外国名作家文集 · 巴列-英克兰卷

四季奏鸣曲：布拉多明侯爵回忆录

Sonatas

［西］巴列-英克兰 ／著

戴永沪 ／译　王菊平 ／校

Ramón del Valle-Inclán

漓江出版社

· 桂林 ·

巴列 - 英克兰

（1866—1936，西班牙小说家、戏剧家、诗人）

巴列－英克兰雕像

The publication of this book, Sonatas, by Ramón del Valle-Inclán, is made possible thanks to a Publication Subvention from Southern Arkansas University, USA, 2018

Esta edición de Sonatas por Ramón del Valle-Inclán se realizó gracias a una subvención de publicación que el traductor recibió de la Southern Arkansas University, EEUU, 2018

本书翻译出版得到了美国南阿肯色大学2018年教师研究基金会的出版赞助

译 序

巴列－英克兰生平简述

从1898年美西战争前后到西班牙内战（1936—1939）这段时间，政治上内忧外患的西班牙却出现了文学事业的繁荣。这个时期被称为西班牙第二黄金时代（区别于十六十七世纪的黄金时代），或者也叫白银时代。其中主要的有“98年一代”流派和稍后的“27年一代”流派。某些文学史家从“98年一代”核心成员的姓氏各取第一个字母而将其叫作“巴布姆”（VABUM）。他们分别是巴列－英克兰、阿索林、巴罗哈、乌纳穆诺和安东尼奥·马查多。

拉蒙·何塞·西蒙·巴列·伊·贝尼亚（1866—1936）出生在西班牙西北部加利西亚自治区蓬特韦德拉省的一个叫比拉诺瓦德亚罗萨的滨海小镇。他从父母双方的祖先里选用了巴列－英克兰这么个听起来有贵族气的姓氏，如今为我们所知的全名是拉蒙·玛丽亚·德尔·巴列－英克兰。他的家庭属于破落的乡村小贵族，父亲业余喜欢舞文弄墨，和当地文人有交往。熟人中有大诗人罗萨莉亚·德卡斯特罗的丈夫，历史学家曼努埃尔·穆尔吉亚。后者为巴列－英克兰的第一本书写了序言。

巴列－英克兰尊父命到加利西亚首府圣地亚哥－德孔波斯特拉大学读法律。但他有志于文学，不喜欢法律。于是父亲去世后他便辍学，“北漂”到马德里当记者，实现他的文学梦。除了为几家报纸写稿，巴列－英克兰频频出入文艺沙龙，认识了许多日后成为大作家的同代人，如贝纳文特、巴罗哈、阿索林。1892 年，也就是鲁文·达里奥第一次从拉美到西班牙并为曾经的宗主国带来现代主义的那一年，巴列－英克兰像四百年前的哥伦布一样到新大陆去闯世界了。不过，他在墨西哥逗留时间不长，第二年就回到了西班牙。

从墨西哥回来的巴列－英克兰以纨绔派作家的形象出现在西班牙文坛。他身材细长，蓄长发，留长胡子，披斗篷，戴礼帽，穿护膝；总之，他精心打造夸张的外表，一副惊世骇俗、独立不群的世纪末巴黎文青派头。他除了形象别出心裁，说话也是语不惊人死不休，而且有本事在文艺沙龙上垄断话题，固执己见。久而久之，巴列－英克兰名声大噪，围绕着他产生了许多传说，而他自己也乐见其成。他本人也是许多关于自己的传闻逸事的始作俑者。自造神话，构建公共形象是他文学事业重要的一面。某些归于作家名下的故作惊人的言论也被用在本书情节里。自 1895 年起，他基本生活在马德里，除了文学创作，就是出席文艺沙龙。巴列－英克兰自己也主持一个沙龙。近来的几位传记作家，包括巴列－英克兰的孙子华金·德尔·巴列－英克兰，本着努力还原历史真相的精神，逐渐揭开了作家的种种神话。譬如，波西米亚式生活作风和经济窘困的表面下，他其实一直有工作。1910 年时他已是一位著名作家，公共教育和美术部专门为他在圣费尔南多美术学院设立了一个美学教授的位置。1931 年西班牙成为第二共和国之后，他被委以艺术遗产总监之职。巴列－英克兰的最后一个重要公职是从 1933 年直到去世（1936 年）期间担任的罗马西班牙皇家美术学院院长。

1899 年是巴列－英克兰生命中的重要一年。首先，鲁文·达里奥为了报道美西战争后西班牙的社会状况第二次来到西班牙。巴列－英克兰和达里奥结识，成为好友，并终生奉达里奥为师。就在同一年，巴列－英克兰还丢了一条胳膊。事情起因是沙龙上的无谓争执，一位名叫曼努埃尔·布埃诺的同仁操起手杖一棒子打在巴列－英克兰的左臂上，不意使一粒金属纽扣陷入了皮肉。巴列－英克兰先是漫不经心，继而拒绝治疗，最终造成伤口坏疽而不得不截肢。巴列－英克兰从此成了引人注目的独臂作家，自诩塞万提斯第二。

1907年，他和演员何塞菲娜·布兰科结婚，夫妻共育有六名子女。1910年他以艺术指导的身份随妻子所在剧团到拉美做巡回演出。1921年，他应墨西哥总统邀请，到墨西哥出席纪念独立一百周年的庆祝活动。除了拉米罗·马埃斯杜①，巴列－英克兰是仅有的对美洲大陆有直接认识的“98年一代”作家。美洲经历对作家的思想和创作均有重要影响。他对美洲有亲切感，支持古巴独立，也为主张土改和反教权的墨西哥革命热情呼吁。巴列－英克兰看好拉美在泛伊比利亚传统中的重要性，对于美洲的西班牙语他不但不抱沙文主义态度，而且将其吸收在自己的作品里。美洲西班牙语的词汇和句法丰富了他的文学话语，虽然增加了他作品的阅读难度，但常使他的作品有不落俗套之感。

巴列－英克兰的政治思想可谓复杂。他很在乎自己的贵族出身，甚至还曾请求国王恢复他家祖上的爵号和特权。然而，在大量以故乡加利西亚为背景的文学作品里，他又嬉笑怒骂地揭露乡村没落贵族的愚昧邪恶和种种滑稽之处。《秋季奏鸣曲》里的胡安·曼努埃尔·蒙特内格罗就是在这方面最令人印象深刻的一个文学形象，这个人物也在作者其他多个故事里出现。巴列－英克兰讨厌伊莎贝尔二世时期的自由派政治和中央集权，他一度是卡洛斯派，甚至还以此身份竞选过议员。但是他又在《冬季奏鸣曲》里把卡洛斯派写得颇为不堪，让主

---

① 马埃斯杜的父亲是出生在古巴的西班牙人。

人公布拉多明侯爵说出自己只是美学上的卡洛斯派，信仰天主教也只是喜欢富丽堂皇的教堂装饰和复杂奢华的宗教仪式，如此等等。有人把作家的卡洛斯派意识形态解释为一种对崇尚物质主义的资产阶级文明的抵触态度。乡村、传统、贵族固然不乏陈规陋习，城市、工业、资产阶级在他看来也弊端重重。第一次世界大战期间，巴列－英克兰有机会到法国战争前线采访，那一亲身经历加深了他对现代文明的批判意识。此后的他不但支持墨西哥革命，甚至主张俄国革命。二十世纪二十年代的普利莫·德里维拉将军独裁时期，他反对在摩洛哥用兵，批判西班牙的军国主义。普利莫·德里维拉对巴列－英克兰的评价是："杰出的作家，古怪的公民。"

1936年初，巴列－英克兰病逝于故乡加利西亚的圣地亚哥－德孔波斯特拉。他的临终遗言明确说："我身边不要谨慎的神父，不要谦卑的修士，不要自恃博学的耶稣会会士。"在那个年代的西班牙，拒绝临终宗教仪式即使不算大逆不道（西班牙名义上已经是世俗的共和国了），但也足以引人注目了。共和国总统曼努埃尔·阿萨尼亚在作家下葬后第二天的纪念文章里说："他一定是不想做今天之人，而是后天之人。"

巴列－英克兰主要作品简述

巴列－英克兰的主要成就在于小说和戏剧。大而言之，他的创作可以被分成两个时期：现代主义时期和"埃斯佩尔蓬托"（esperpento）时期。来自拉美的西班牙语现代主义（modernismo）早于二十世纪二三十年代达到顶峰的国际现代主义（modernism），它同时杂糅了十九世纪后半叶欧洲（特别是法国）文坛上的多种风格流派：象征主义、帕尔纳斯派、颓废主义、唯美主义，等等。拉美现代主义喜欢遥远的时空（中世纪、异国情调、东方主义），遣词造句讲究辞藻和语言的音乐性，场面描写竭力营造奢华唯美的意境和贵族气氛，其美学理想显然是有意识地反现实主义的。巴列－英克兰的第一本短篇小说集《女人们：六个爱情故事》（1895 年）在语言雕琢上正是典型的现代主义作品，但在结构和主题趣味上追随的是法国作家巴贝·德奥尔维利的《魔女故事集》。六个故事的主人公都是世纪末文学中流行的女性形象，不是蛇蝎女人，就是天使女神。今天还经常会进入各种文学选集的有短篇集《幽暗的花园》（1903 年）里的某些篇章。作家在其中描写加利西亚乡村的古老风俗和民间传统，以贵族世界、宗教仪式、撒旦、巫术、迷信、性爱等元素加强作品的神秘氛围和可读性，其中《小罗莎里奥》《我的姐姐安东尼娅》和《贝亚特丽丝》有恐怖小说效果。这个时期值得一提的优秀之作还有长篇小说《圣洁之花》（1904 年）：它描写的是一个古老神秘，富有传奇色彩兼民歌谣曲特点的加利西亚的乡村世界。小说篇幅不长，情节像圣徒传记，读来仿佛散文诗。《贝亚特丽丝》和《圣洁之花》都被拍成了电影。巴列－英克兰现代主义时期的代表作就是《四季奏鸣曲：布拉多明侯爵回忆录》，它被看成西班牙语现代主义叙述散文的顶峰之作。

巴列－英克兰创作的第二个重要时期被学者们称为“埃斯佩尔蓬托”时期。这个词词根不明。《皇家学院词典》解释如下：1. 怪诞离奇的人、事物或场景。例句：你穿上你爸那件夹克简直成了一个埃斯佩尔蓬托。2. 拉蒙·玛丽亚·德尔·巴列－英克兰大约在 1920 年创造的文学概念，其中现实变形，突出怪诞特点。3. 按此特点而写的文学作品。作家自己在解释埃斯佩尔蓬托时用了凹面镜这个词汇。在巴列－英克兰的名剧《波西米亚之光》（1920 年）里，主人公说了下面这番话：“古典英雄反射在凹面镜里产生了埃斯佩尔蓬托。西班牙生活的悲剧感只能通过一种被系统扭曲而畸变的美学来理解。……最美丽的意象在凹面镜里看是荒诞的……当变形从属于完美的数学之时它也就不再是畸形的了。如今我的美学是使用凹面镜的数学来改变古典主义的法度。”巴列－英克兰还举出17世纪的讽刺作家克维多和十八世纪的画家戈雅作为埃斯佩尔蓬托的先例。学者们注意到埃斯佩尔蓬托和同时代欧洲表现主义的相似与暗合之处，他们强调巴列－英克兰属于两次大战之间达到巅峰的欧洲先锋派和现代主义运动。

《波西米亚之光》里的故事讲的是马德里一位落魄的盲诗人临死前一天（主要是夜里）在城中的游历。马德里被写成了地狱；和游地狱的但丁一样，盲诗人也有个导游。《波西米亚之光》以后的小说和剧本，巴列－英克兰基本上都是以埃斯佩尔蓬托的原则而创作的。这些作品里最被重视的包括长篇小说《暴君班德拉斯》（1926年）和戏剧集《星期二狂欢节：埃斯佩尔蓬托》（1930年）。《暴君班德拉斯》故事安排在南美洲一个虚构的“热土共和国”里，是拉美反独裁小说的开山之作。《星期二狂欢节》[①]收集了《堂弗里莱奥拉的触角》《死者的殓装》和《上尉的女儿》三部戏。它讽刺批判以“祖国、宗教、君主”三位一体理念治国的普里莫·德里维拉独裁政权的军国主义。《堂弗里莱奥拉的触角》像是通过哈哈镜看到的莎剧《奥赛罗》；另外两部戏的故事也都与军人有关。

大致上与埃斯佩尔蓬托系列同时期的剧作里最突出的还有一部被

① 星期二狂欢节是天主教世界的一个节日，最有名的或许是巴西的狂欢节。四旬斋第一天即灰色星期三的前一天是狂欢节的最后一天，狂欢节也进入高潮，故名。西班牙语里“星期二”这个词的来源是拉丁语“战神”一词。巴列－英克兰的历史录音带解释，他给这部集子取名时，确实考虑到了“星期二”一词的多层含义。沈石岩先生也把该书题目译为《战神们的狂欢节》，见《西班牙文学史》，北京大学出版社，2006年。

归入神话戏剧系列[①]的《神谕》(1920年)。这部戏的故事安置在加利西亚乡下，一位成为孤儿的水脑性白痴由舅妈领着到集市上展览，以此赚钱。和舅妈竞争畸形怪物这棵摇钱树的还有孩子的姨妈。舅妈和情人野合时被村民捉奸，剥光衣服押回村里。同时，一群人灌醉痴儿，最后致其丧命。故事表现了贪婪、淫荡、残酷、虚伪的人性，效果上是怪诞的悲喜剧。这部戏从接受的角度看是作家最成功的剧作，除了两次拍成电影(分别在墨西哥和西班牙)，一次编成歌剧，还在欧美亚将近二十个国家被搬上舞台。

巴列－英克兰生前是一位不得志的剧作家，因为他的剧本舞台提示所包含的文学性当时没有条件在舞台上实现。另外，他积极借鉴电影手法，人物切换过于频繁，也增加了演出难度。这使得他的剧本当时只能被当作对话体小说来读。巴列－英克兰对自己作品的先锋性有自我认识。他说，如果这世上有什么二十一世纪的文学，那就是他已经在创作的小说和剧本。等到欧美国家开始了戏剧舞台概念上的先锋实验，巴列－英克兰的价值才被重新发现。西班牙广播电视台制作的三集电视剧《星期二狂欢节》(2008年)里称巴列－英克兰是“西班牙戏剧最好的剧作家，在洛佩和卡尔德隆之上，在洛尔迦和贝纳文特之上……”

《四季奏鸣曲：布拉多明侯爵回忆录》

2001年，西班牙《世界报》搞了一个二十世纪西班牙语最佳百部小说榜活动，除了批评家们的参与，还有两万名普通读者的投票。巴

---

① 神话系列还有同样描写加利西亚乡村的《野蛮喜剧》三部曲:《族徽之鹰》(1907年)、《狼谣曲》(1908年)、《银脸》(1923年)。

列－英克兰的《四季奏鸣曲：布拉多明侯爵回忆录》(以下简称《四季奏鸣曲》)和《暴君班德拉斯》榜上有名。

《四季奏鸣曲》依出版顺序分别为《秋季奏鸣曲》(1902年)、《夏季奏鸣曲》(1903年)、《春季奏鸣曲》(1904年)、《冬季奏鸣曲》(1905年)。这个四部曲是四个可以单独阅读的自传体故事，贯穿它们的线索是书中的主人公布拉多明侯爵分别在青年、盛年、中年、老年时期的爱情冒险。布拉多明侯爵是巴列－英克兰塑造的最成功也最有名的人物。自从鲁文·达里奥写了一首致布拉多明侯爵的十四行诗后，每次再版《四季奏鸣曲》时巴列－英克兰都把该诗放在首页，使布拉多明侯爵这个人物获得了某种介于虚构与现实之间的品质。两位文人之间虚虚实实的文字游戏不料最终修成了现实的正果；1981年，西班牙国王胡安·卡洛斯正式册封巴列·英克兰的长子为布拉多明侯爵。《四季奏鸣曲》主人公布拉多明侯爵由虚而实，也算一段佳话。

《四季奏鸣曲》小说情节梗概如下：布拉多明侯爵是个唐·璜，“他相貌丑陋，笃信天主，多愁善感”。《春季奏鸣曲》里，年方二十的他在意大利担任教皇卫队禁卫。他追逐一位即将出家为尼的贵族女子玛丽亚·罗萨里奥，言行犹如撒旦化身。在撒旦的魔力作用下，玛丽亚的小妹妹坠楼而亡。布拉多明侯爵不仅毁了玛丽亚的神圣前途，而且使她发疯，终生困守闺房，念念有词：“是撒旦！是撒旦！”《夏季奏鸣曲》里，布拉多明侯爵是卡洛斯王位战失败后到新大陆冒险的“西班牙征服者”。被他轻易征服的是个名叫尼娜·巧莱的墨西哥“蛇蝎美女”。侯爵和假装侯爵夫人的尼娜在墨西哥的一个女修道院里把僧房当婚房，成就了他们的好事。《秋季奏鸣曲》里，布拉多明侯爵回到故乡加利西亚，和已经病入膏肓的旧日情人表妹孔查重续前缘。30岁的贵族女子孔查早已嫁人生子，所以他们的重逢实际上是通奸。最后一个晚上男欢女爱之际，孔查力竭身亡。《冬季奏鸣曲》里，老年的布拉多明侯爵来到卡洛斯派的根据地纳瓦拉，和朝中贵妇，也是他旧日相好的玛丽亚·安东涅塔·博尔法尼①在半辈子互无音信之后又热烈相爱。布拉多明侯爵在执行一次军事任务时受伤，和小说作者一样丢了一条胳膊。在修道院疗养时，他诱惑了一位天真无辜的小修女。

《四季奏鸣曲》这个题目自然使人首先联想到维瓦尔第或贝多芬的标题音乐。在文学语境里，它承续的是达里奥式的现代主义追求诗歌语言音乐性的旨趣以及用音乐比拟文学的风尚。现代主义这种美学追求又来自法国的象征主义。关于四季的象征，达里奥的成名作故事诗歌合集《蓝……》里有《春》《夏》《秋》《冬》四首合成的组诗《抒情之年》；另外，达里奥的关键诗作里还有一首《小奏鸣曲》。这些或许启发了巴列－英克兰小说的题目。②以音乐比拟文学的传统当然不仅限于作品标题的文字游戏，无伦是达里奥还是巴列－英克兰，他们在魏尔伦“首先是音乐”（De la musique avant toute chose）这个口号之下努力打造作品的音乐性，结果就是《蓝……》中的故事或《四季奏鸣曲》里诗化的小说语言。

《四季奏鸣曲》的诗化语言还体现在营造画面的美术效果。它的故事不做线性推进，而是通过一个个精心选择的片段罗列而行，这些片段往往是一幅情景画，一首散文诗，一道装饰。书中情节也频频指涉西方美术传统：波提切利、戈雅、拉斐尔、鲁本斯、萨尔托、达芬奇、提香、贝拉斯凯斯，等等。还有民间的基督像、圣母像等宗教画。一般认为，对文字视觉化效果的追求来自帕尔纳斯诗派的启发。文中嵌画的地方比比皆是，随手仅举几例，《春季奏鸣曲》开篇对昏暗街道上一处神龛的描写：“圣母怀抱圣婴，赤裸的圣婴笑着伸手去抓

① 这个名字（María Antonieta）是法国路易十六王后（Marie Antoinette）的西班牙语形式。

② 达里奥在巴列－英克兰的剧作《波西米亚之光》里成了一个角色，背诵自己另一首以音乐为标题的名诗《魏尔伦安魂曲》。

母亲童贞的手指高举着给他看的一条鱼，情景仿佛天堂里一个天真的游戏。”《夏季奏鸣曲》里若干段加勒比海的海景描写。《秋季奏鸣曲》里我们看到加利西亚乡下败落的贵族府邸，落叶、喷泉、花园中形似迷宫的林木成功营造的现代主义者喜欢描写的秋之忧郁的视觉意境。

除了借重移植音乐和造型艺术，作者还广泛吸收文学传统。布拉多明这个人物不但谙熟高雅文艺，而且喜欢掉书袋。无论是第一人称独白还是与其他人物互动，他动辄引经据典，出口成章，是个满腹经纶的采花大盗。学者们陆续发现了有些情节或场景设计来自前人的作品。早期有批评家因此谴责巴列－英克兰抄袭，现在我们知道，没有什么是空造的，巴列－英克兰操控的叙述策略就是所谓的互文性。从这个角度来看，可以说《四季奏鸣曲》是关于文艺的文学，是“为文学而文学”的文学，是一部汇集典故的拼凑之书。[①]它实际上体现了唯美派和颓废派“文艺高于生活”的美学理想。

这部貌似拼凑而成，故事情节又不复杂的小说一百多年来引得众多学者花了许多笔墨。之所以如此，是由于作者在玩弄互文性时保持批评审视距离，使用了反讽（irony）、讽刺（satire）、戏拟（parody）、滑稽（burlesque）、幽默、竞赛式模仿（emulation）等手段对拆自前人作品的素材来料加工，从而使人物形象和作品含义都变得复杂。不可靠的第一人称叙述者乐此不疲地自相矛盾，装腔作势，玩世不恭地嘲笑一切包括嘲笑自己（“蔑视众人但也不要自恋”

① 学者约翰·威尔科克斯列出《四季奏鸣曲》明确提到的作家名单如下：邓南遮、阿雷蒂诺、圣奥古斯丁、巴贝·德奥尔维利、波德莱尔、贝克尔、卡尔德隆、卡萨诺瓦、但丁、埃斯普龙塞达、福楼拜、戈迪耶、歌德、龚古尔兄弟、于斯曼、圣胡安·德拉·克鲁斯、洛特雷阿蒙、路易斯·德莱昂修士、皮埃尔·洛蒂、马基雅维利、梅特林克、朱亚诺·马托雷尔、奥维德、彼特拉克、佩特罗尼乌斯、爱伦坡、艾萨·德·克罗兹、兰波、萨德侯爵、萨福、魏尔伦、伏尔泰、索里利亚。有心的读者请参看本书译注，其中还有众多的历史和文化典故。

是书中的名言之一），僭越道德伦理规范（通奸、乱伦、同性恋、亵渎神灵），吓死资产阶级，只图“文本的快乐”，激进地消解任何可能有的严肃意义。这些手段使《四季奏鸣曲》成为一个符合当代趣味的解构性文本。

批评家们探究的问题中有几个或许有助于阅读理解，在此为读者略作介绍。首先，《四季奏鸣曲》总的来说是一个唐·璜故事，但是布拉多明侯爵是个现代主义的唐·璜，他的故事可以被理解为偏离传统唐·璜文学的一次戏拟。传统的唐·璜人物英俊潇洒，征服女人不带一丝儿女情长；面对女主的保护人（往往是父亲），唐·璜会毫不犹豫地击杀；情节必定包括挑战宗教的唐·璜死于石头客人之手，或下地狱（譬如蒂尔索·德莫利纳的原型和莫里哀的版本），或因爱得救（索里利亚的浪漫主义版本）。而布拉多明侯爵却相貌丑陋，多愁善感，而且遇上强者知难而退（《夏季奏鸣曲》）。布拉多明的四个故事里似乎也没有石头客人这一元素。

关于小说的主题，阿马多·阿隆索紧扣奏鸣曲这个音乐标题，拣出爱欲、死亡、宗教三大主题为小说的主旋律。这三者往往一起出现，不分先后，只是在每个故事里有种种转调和变奏。读者很容易注意到，写爱情场面时，作者往往迫不及待地做宗教引申，也往往有死亡主题如影随形地镶嵌在文中。爱欲、死亡、宗教（包括亵渎神灵）难解难分，这在《春季奏鸣曲》和《秋季奏鸣曲》里尤其明显。爱欲（Eros）与死亡（Thanatos）的主题源自希腊神话的传统，以宗教作为性爱场面的装饰性元素也是福楼拜以来的文艺家们相当熟悉的手段。[①]

从文类的角度说，有人认为《春季奏鸣曲》是讽刺。讽刺对象是

---

① 宗教作为性爱装饰的话是恩里克·安德森·因佩特教授说的。

贵族社会的傲慢，譬如神学家以为自己学问高人一等的傲慢，加埃塔尼公主炫耀家庭圣徒辈出的傲慢。《夏季奏鸣曲》被认为是以法国作家皮埃尔·洛蒂作品为原型的帝国主义游记。不过，布拉多明侯爵的殖民主义，包括他对女性，对土著的态度希望不会引起读者的不适。我们需要记住的是布拉多明时时刻刻在扮演角色，在装腔作势，他更像是一个画虎类犬的西班牙征服者。《秋季奏鸣曲》里有不少伤感而俗气的爱情描写，譬如开头那封孔查写给布拉多明的情书，但是这同样是对浪漫爱情套路（书中提到过少年维特）一种不动声色的戏拟，故事的结尾又加入了哥特小说的元素，这是我们应该注意的。读不出叙述者的颠覆口吻，这部书恐怕就沦为普通的言情小说了。《冬季奏鸣曲》纳入了“拉皮条的女人”这一重要的西班牙文学书写传统，只不过这里的媒人是个武僧，是个会打仗的修士。[①]历史与虚构的优劣问题、关于写回忆录和忏悔录的理论探讨等情节又可以被看成书中的元小说元素。

就本书的总体风格而言，批评家何塞·阿尔伯利奇拣出“含混”和“幽默”两个概念来统摄四部曲的总体特征。他强调《四季奏鸣曲》的游戏本质[②]，在他看来，当代人阅读唯美派、颓废派的同类作品难免有过时之感，而《四季奏鸣曲》却依旧使我们感到阅读的乐趣，原因就在这里。[③]

就小说人物的形象分析而言，另一位学者安德鲁·安德森以“性、谎言、回忆录”概括了布拉多明侯爵的一生。侯爵寻花问柳，玩世

① 乌纳穆诺写的唐·璜故事《胡安兄弟》里，唐·璜干的营生不再是拈花惹草，而是为别人牵线搭桥。阿索林的唐·璜回归天主教，成了一个圣徒。阿索林还有一本《堂娜·伊内斯》写十九世纪唐·璜剧《堂胡安·特诺里奥》的女主人公伊内斯。她也被写成克服性欲，并最终到美洲搞慈善事业的西班牙女圣徒。

② 作者让布拉多明侯爵在故事结尾处说出他的创作宗旨：“我不求教益，但求消遣……”

③ 阿尔伯利奇提到于斯曼的《逆天》、王尔德的《道连·葛雷的画像》、邓南遮的《火》等作品。

不恭，装腔作势（一种有文化的装腔作势），生命之火即将熄灭之际，他坐下来写回忆录，通过写作延续生活。也就是说，布拉多明侯爵从性、谎言、自传里获得了一点存在的安慰。[①]

① 安德鲁·安德森，《性、谎言、自传：巴列－英克兰〈四季奏鸣曲〉中的存在安慰》。他说的谎言用了英语“flippancy”一词。他定义自己使用该词的意思包括“撒谎、欺骗、摆姿势、假装、逢场作戏、玩笑、抖机灵、警句、俏皮话、打趣、诡辩、假模假式、反讽、挖苦、讥笑、愚弄，等等”。

目 录

001 / 秋日十四行，写给布拉多明侯爵

001 / 春季奏鸣曲
067 / 夏季奏鸣曲
139 / 秋季奏鸣曲
213 / 冬季奏鸣曲

秋日十四行，写给布拉多明侯爵

鲁文·达里奥（尼加拉瓜）

我向你致意，你这妙手著文的侯爵！
时当深秋，我从痛苦的凡尔赛走来。
天地肃杀寒冷，芸芸众生无处不在。
魏尔伦的诗泉歌声不再，沦于哑默。

我怅然面对着一具大理石的裸体，
突然间有一只鸽子从我眼前飞去，
脑海里却无意出现了你这位朋友，
这种情况任何解释我都无意为之。

深秋的凡尔赛；一只鸽子；一座美丽
雕像；都市中满眼晃动的无知群氓；
刚刚再三拜读过的你的美妙文章；

大作问世，随之声名鹊起……别的细节
都统统略过了吧，我唯愿，唯愿在此
生命的秋天，为你遥寄这一束玫瑰。

按语

这些文字是《快乐回忆录》的片段，布拉多明侯爵客居他国期间开始撰写的。他是一位令人钦佩的唐·璜。也许是最令人钦佩的一位！

他相貌丑陋，笃信天主，多愁善感。

春季奏鸣曲

夜色降临，驿车出了萨拉利亚门，我们开始在充满神秘、众声遥远的田野里穿越。这里的田野堪称经典：葡萄园，橄榄林，破败的水渠，优雅起伏似女性胸脯的丘陵。驿车走在一条古道上，拉车的骡队沉重地甩着脖子，骡铃随之欢乐地叮叮当当乱响，在花开正茂的橄榄林里唤起一片回声。沿路两旁古墓累累，阴郁的翠柏在墓地上落下肃穆的影子。驿车一直沿着这条古道前进，夜间视物使我两眼疲劳，我闭上眼睛打瞌睡。最后，我总算进入梦乡，而且一路未醒睡到天亮，此时此刻，微月进一步从天空淡出。醒来不久，因为坐眠不动再加上夜寒，我依然浑身僵硬。旷野开始传来雄鸡唱晓之声，淙淙溪流也仿佛随着日出一起醒来。远方雉堞城墙的轮廓在幽蓝的冷云之下显得黑而阴沉。那正是古老、高贵、虔诚的城市利古拉。

我们从洛伦佐门入城。驿车走得缓慢，骡铃在生长野草的荒寂的街上发出一种包含嘲讽，几近亵渎神灵的回声。三位老太婆仿佛三个影子，蹲着等在依然紧闭的教堂门前。远处的黎明弥撒钟声却已经敲响。驿车走在一条两旁排列花园、大宅和修道院的街上。这是一条有回声的石板路古街。麻雀在昏暗的屋檐下翻飞，街的尽头有一处灯火昏黄的神龛。骡队步履缓慢，使我得以瞥见神龛里的圣母：圣母怀抱圣婴，赤裸的圣婴笑着伸手去抓母亲童贞的手指高举着给他看的一条鱼，情景仿佛天堂里一个天真的游戏。驿车停住。我们到了克莱门蒂诺学院门口。

这发生在教宗国王的幸福年代，其时克莱门蒂诺学院仍然享有它全部的敕令、特权和财源。学院在当时仍然是名流俊杰的退身之所，仍然被称为科学的卓越宝库。院长的职位多年来一直由一位赫赫有名的主教担任：斯特凡诺·加埃塔尼主教大人。他是贝杜利亚的主教，出自加埃塔尼王子的家族。这位主教大人德高望重，神学通透。我此行目的乃是将红衣主教的官帽送到他手中。教皇陛下对年轻的我恩宠有加，从贵族卫队中独独选派我去执行这项重要使命。从祖母一系我有比比恩纳·迪连佐家族的血统。她叫茱莉亚·埃尔德格利纳，是王子马西莫·德·比比恩纳之女。王子死于1770年，是被著名演员西蒙内塔·拉科尔蒂切利毒死的。这位演员在塞恩加尔特骑士[①]的回忆录里占了很大篇幅。

两位身穿法衣、头戴四角帽的差役走在回廊里。他们年老而且彬彬有礼。一见我进来，就赶紧跑来迎接。

“真不幸啊，大人！真不幸！”

我停下脚步，分别看看他们。

“发生什么事了？”

两位差役叹口气。其中一位开口说道：

“我们睿智的院长……”

另一位带着哭腔咬文嚼字地纠正道：

“我们最最敬爱的父亲，大人哪！……我们最最敬爱的父亲，我们的导师，我们的领袖，他怕是凶多吉少了。昨天在他妹妹家里，他

① 指意大利情圣卡萨诺瓦（1725—1798），他有自传体《我的一生》传世。他在书中自称塞恩加尔特骑士。西蒙内塔·拉科尔蒂切利在该书的若干章节里出现。

出事了。”

另一位差役默默擦拭着眼泪，反过来又纠正：

“加埃塔尼公主殿下是一位西班牙贵妇，嫁给了主教大人的长兄菲利波·加埃塔尼。后者一年之前死于一次狩猎。这是第二次大不幸，祸不单行啊！……”

我略为不耐烦地打断：

“主教大人被送回学院了吗？”

“公主殿下不同意。刚刚我说了，他怕已经凶多吉少了。”

我沉痛而庄重地欠欠身。

“让我们听天由命吧！”

两位差役虔诚地画了一道十字。那边回廊尽头响起清脆而沉重的圣礼小铃声。那是主教大人的临终圣餐。差役们摘下四角帽。不久，学院成员在拱廊里开始列队而行：人文学者和神学家，博士们和学士们，他们组成长长的队伍，分作两排从拱廊下鱼贯而出，而且声音沉闷地一路祈祷。他们双手在胸前十指交叉，四角帽紧紧压住，飘飘然的长袍扫着地面。我单膝跪地，看着他们通过。饱学之士们也看着我。我的贵族卫队披风标明了我的身份，也惹得他们交头接耳地品评。等全体通过，我便起身跟在后面。临终圣餐的小铃声远远响在大街上。偶尔有个虔诚的老人点着灯从家里出来，画一个十字，并加入队伍中。我们在一个空旷寂寞的广场上停住脚步，面对一座灯火通明的宫殿。队伍缓缓地进入宽阔的门厅。祈祷声在穹顶下变得更加庄严，清脆的铃声在低沉而且悲痛的人语之上赫然萦绕。

我们爬上气派非凡的楼梯。所有的门统统敞开，年迈的仆人们手持大蜡烛领着我们穿过众多空无一人的大房间。奄奄一息的斯特凡诺·加埃塔尼主教大人所在的房间处于一种宗教式的幽暗之中。尊贵的主教躺在一张带丝绸帐幔的古床上。他双目紧闭，头陷在枕头里，罗马元老似的鹰脸在阴影里一动不动，脸色像纸一样煞白，整个身体轮廓犹如卧雕。房间里边有一座祭坛，公主领着五个女儿正跪在地上祈祷。

加埃塔尼公主白肤金发，风姿犹存。她的嘴唇涂得很红，她的手洁白如雪，金黄色的眼睛，头发也是金黄。一看见我，她便端详了我一番，并和蔼而悲哀地露出一个微笑。我欠身施礼，并再次注视她。那位加埃塔尼公主令我想起玛丽亚·梅迪奇的一幅肖像，就是后者和法兰西国王大婚时彼得·保罗·鲁本斯所作的那幅名画[①]。

神父带着临终圣餐走到床边，主教大人艰难地睁开眼睛，抬起头来。领过圣餐，他的脑袋再次无力地落到枕上，同时含混不清地说着一串拉丁文祈祷，嘴唇显得既急切欲言又笨拙无奈。列队的人们开始默默退出。我也离开了卧室。经过前厅时，主教大人的一位家人过来和我说话：

“您毫无疑问是教皇陛下派来的使者吧？”

“正是。我是布拉多明侯爵。”

“公主刚刚告诉我的……”

“公主认识我？”

“她认识您的父母大人。”

“什么时候我可以向她致敬呢？”

“公主希望现在就和您说话。”

我们闪到窗户边继续交谈。最后一批学院成员鱼贯而出，前厅终于空无一人。我本能地朝卧室房门望去，看到公主正从里面出来，她拿一块蕾丝手帕擦着眼睛，女儿们簇拥着她。我上前亲吻她的手。她

---

① 玛丽亚·梅迪奇（1573—1642），法国王后，亨利四世的第二任妻子。鲁本斯有一系列画作纪念他们的婚礼。

虚弱地说道：

“我的孩子，竟然在这悲痛的场合里再次见到你。”

加埃塔尼公主的话勾起我记忆中一个遥远的世界，那是欢乐而幸福的朦胧的童年回忆。公主继续道：

“你母亲怎么样？你小时候很像她，现在不像了……我抱过你多少次啊！你不记得我了吧？”

“我记得声音……”

我沉吟不语地回忆着过去。加埃塔尼公主笑吟吟地注视着我，忽然，在她那神秘的金黄色的眼珠里，我猜到了她是谁。于是我也笑了。她随即问道：

“想起来了吗？”

“对……”

“我是谁？”

我再次亲吻她的手，然后回答：

“阿伽尔侯爵的千金……”

她悲哀地微笑着想起了自己的青春岁月，并一一介绍我认识她的女儿：

“玛丽亚·罗萨里奥、玛丽亚·德尔卡门、玛丽亚·德尔皮拉尔、玛丽亚·德拉索莱达、玛丽亚·德拉斯涅韦斯……五个玛丽亚。”

我深深一鞠躬向她们所有人致意。大女儿玛丽亚·罗萨里奥是个年方二十的大姑娘，小女儿玛丽亚·德拉斯涅韦斯还是个五岁的小孩。我看她们全都美丽而优雅。玛丽亚·罗萨里奥皮肤雪白，黑瞳仁的目光热烈而慵懒。其他几个都像母亲，金黄色的眼珠和头发。公主在一张红缎面大沙发上落座，并和我低声交谈起来。女儿们默默退下，以微笑和我道别。她们的笑显得害羞而可爱。玛丽亚·罗萨里奥最后一个离开。我想当时除了她的芳唇，她的眼睛也对我笑了，但是时隔多年，我不好肯定。我记得真切的是，看着她离开，我感到心里笼上了一层淡淡的悲伤之雾。公主朝着女儿们退去的房门怔怔地看了片刻，然后她以和蔼而虔诚的贵妇特有的那种温柔对我说：

“现在你认识她们了！”

我欠身作答：

“都像母亲一样漂亮！”

“她们都很善良，这更可贵。”

我保持沉默，因为我一直认为女人的善良甚至比美貌更加短暂易逝。那位可怜的夫人的想法与我相反，她继续说道：

“过不了几天，玛丽亚·罗萨里奥就要进修道院了。但愿上帝保佑，使她成就为另一个有福的弗朗西斯卡·加埃塔尼！”

我一本正经地压低声音：

“这分离像死亡一样残酷！”

公主有力地打断我：

“这无疑是一种很大的痛苦，但是知道尘世的诱惑和危险对那亲爱的人儿来说将不再存在，那也是一种安慰。如果我的女儿们都进修道院，我也会很高兴地随她们而去……很遗憾，不是所有的人都像玛丽亚·罗萨里奥那样！”

她若有所失地叹了一口气，不再说话。在她那金色眼珠的深处，我想我看见了一种悲剧而阴郁的狂热之火。就在那个时刻，守着加埃塔尼主教的一位家人从卧室门里探出头来，那人静静地站在那里，唯恐搅乱我们的沉默，直到公主轻蔑而和蔼地叹口气和他搭腔：

“什么事情，堂安东尼诺？”

堂安东尼诺假虔诚地合起双手，半眯着眼睛说：

“殿下，事情是这样的，主教大人希望和教皇陛下的使者说话。”

“他知道他在这里？”

“对，他知道，殿下。他在领临终圣餐的时候看见他了。主教大人没有一刻失去意识，虽然看上去也许正好相反。”

听到这话的时候，我已经站起来了。公主伸手给我，即使在这样一个时刻，我也做到了亲吻她的手时风流多于敬意。然后，我走进奄奄一息的主教大人的房间。

尊贵的主教行将就木，他呆滞地望着我，努力要为我祝福，但是他的手无力地沿着身体落下，同时一滴眼泪缓慢而痛苦地从面颊上滚落。寂静的房间里只听到他艰难地喘气。终于，他吃力而紧迫地说出了一些话：

“将军，我要你把我对教皇的感激之情传达到……”

他不再说话，而且眼睛闭了很久。他干燥而发青的嘴唇似乎因祈祷而抖动着。

再次睁开眼睛的时候，他接着说：

“我的时间已经所剩不多了。荣誉、权势、高位，我毕生追求的一切，此时此刻，在我这垂死者的眼里，它们仿佛虚无之灰四散而尽。上帝不但没有抛弃我，而且他为我显示了万物的粗暴和赤裸……永恒的影子向我靠近，但是神恩之光从内部照亮了我的灵魂……”

他不得不再次中断谈话，有气无力地闭上眼睛。一位家人上前拿一块麻纱手帕为他擦干额头的汗水，然后他面朝我低声说道：

“将军，请尽量不要和他说话。”

我点头同意。主教大人睁开眼睛，看看我们两人。他的嘴里吐出一阵虚弱的呢喃。我俯身侧耳，但是没听明白他说什么。那位家人让我让开，也像我一样低身凑到垂死者胸前，亲切而不容分说地宣称：

“现在主教大人必须休息了！请别说话……”

主教做了一个痛苦的姿势。那位家人一边再次用手帕擦拭他的额头，一边以他那意大利教士特有的犀利的目光向我示意，我不应该继续留在那里了。我正有此意，于是对他作礼而退。那位家人在床头边的一把扶手椅里坐下，轻轻提一下教士袍，准备思考，或许准备要打瞌睡，但是这时候主教大人注意到了我要走，他使出浑身力气抬头叫我：

“你别走，我的孩子！我要你把我的忏悔传达给教皇陛下。”

他等我再次靠近，眼睛注视着房间尽头的一座雪白的祭坛，开口说道：

“我的上帝啊，让罪孽的痛苦以及坦白认罪而带来的羞耻作为我的赎罪惩罚吧！”

主教两眼泪水直淌。他的声音急切而沙哑。家人们聚集到临终者床边。他们低头看地，全都显得很沉重，而且似乎已经提前受到了那垂死的贝杜利亚主教打算在他们面前做的忏悔的感化。我跪下。主教默默祈祷，眼望着祭坛上的十字受难像。泪水在他干瘪的面颊上扑簌簌流下。终于，他开始说话了：

“收到费拉迪主教最初几封信的时候，我的罪孽就产生了。主教在信里通知我，教皇陛下有意把红衣主教的帽子授予我。我们的人性是多么脆弱啊！我们的浊泥之躯又是多么脆弱！我曾以为自己贵胄的出身要比别人的道德学问更高一筹，于是我心中生出傲慢，那人性参谋中最危险致命的一位。而且我曾想入非非，有朝一日将要由我来统治整个基督教世界。我的家族不是没有出过教皇和圣徒，我由此判定自己也可以步先人后尘。魔鬼就是这样使我们双目失明。我感到自己老了，于是我期待着死亡铺平我的道路。上帝不欲我紫红加身，晋升为红衣主教，然而，种种不可靠而且令人警醒的消息传来，人人担心教皇陛下会死，这时候，我又担心死亡使我的希望落空……我的上帝啊，我亵渎了你的祭坛，我竟然求你保住教皇的珍贵生命，因为假以时日，他的晚死对我有利！我的上帝啊！魔鬼瞎了我的眼！直到今天，我都没有意识到我的罪孽！主啊，你遍阅万有，洞穿一切灵魂；你悉知我的罪孽和悔恨，请赐还我神恩吧！”

他不说话了，一阵长长的痛苦痉挛传遍他的躯体。他说话时的声音很微弱，话中注满平和而安宁的绝望。他的黑眼圈的痕迹在面颊上扩散，眼珠在眼眶里进一步陷落，并罩上了一层死亡的阴影。然后他身体变得直挺僵硬，没了反应，脑袋侧向一边，半张着嘴透气，胸口不停起伏。我们都手足无措地跪着，既不敢喊他，也不敢动，怕扰乱那使我们心生恐惧的临终安息。楼下广场中间的喷泉发出它永远的啜泣，一群小女孩在玩着拉圈子，她们唱着一个慵懒而怀旧的老调子。四月的晨光照在祭坛的圣杯上，家人们低声祷告，他们受到了折磨主教纯洁灵魂的良心责备的感化……我这个罪人开始打瞌睡了，因为我坐着驿车奔走了一夜，长路颠簸之后已经筋疲力尽。

我走出奄奄一息的加埃塔尼主教大人的房间，遇见一位年迈而恭敬有礼的管家，他在门口等着我。

“阁下，我家公主派我来把您的房间指给您看。”

我不禁心头一震。我霎时想到公主的五位千金，而且说不出来这给我的灵魂带来了什么样淡淡的春天的芬芳。住进加埃塔尼宫的念头使我满心欢喜，然而，我却勇敢地拒绝了。

“请告诉您家主人加埃塔尼公主，我万分感激，但是我住到克莱门蒂诺学院里。”

管家一脸错愕。

“请阁下相信我，这会引起她极大的不快。但是如果您坚持回绝，她给我的吩咐是让我马上汇报。还有劳您稍等片刻。她听弥撒快要结束了。”

我只好恭敬不如从命。

“您什么也不用对她说了。倘若我更喜欢这座住着五位迷人少女的宫殿，而不是克莱门蒂诺学院严肃的神学家们，上帝会原谅我的。”

管家吃惊地看着我，仿佛怀疑我脑子是否正常。然后他显得想和我说点什么，却犹犹豫豫地欲言又止，最后仅仅面带微笑地为我指路。我跟着他。这是一位胡子刮得干干净净的老人，身上那件超长的教士燕尾服几乎擦到他带银扣的鞋子上。这位叫博洛尼奥的管家走路踮着脚不发出一点声响，并时时回头，神秘兮兮地压低声音和我说话：

“主教保住性命的希望不大了。”

走了几步之后。

“我给圣母奉献了九日经。”

又走没多远，他边挽起帘子边说道：

“这是我最起码能做的。主教大人答应过带我去罗马。”

说完，他又迈起步子来。

“天不遂人愿！天不遂人愿！”

我们就这样穿过门厅，穿过一个几乎处于黑暗中的大房间和一个空无一人的书房。到了那里，管家在一扇上锁的门前停下，在裤子口袋里摸索着。

“老天哪……我的钥匙丢了……”

他还在继续找钥匙。终于找到钥匙之后，他开门并闪到一边让我进去。

“公主希望您用得上客厅、书房和这个房间。”

我进去。我觉得那个房间和临终的加埃塔尼主教大人的房间各方面都一样。一样深，一样安静，一样的深红色旧式窗帘。我把贵族卫队的披风扔到一把扶手椅上，并转头看着墙上挂的图画。它们是佛罗伦萨画派表现《圣经》主题的古画，《摩西得救尼罗河》《苏萨娜蒙冤二老贼》《朱迪思挥刀割霍洛芬斯头》，诸如此类。为了看得更真切，管家来回拉开房间里所有的窗帘，然后让我独自静静观赏。他像影子一样跟在我身后，挂在嘴角的微笑从不收敛，那是一种行家式的淡定的微笑。他判断我已经痛痛快快地看了个够，于是踮着脚靠近我，有气无力的声音比任何时候都更和蔼而神秘：

“您觉得怎么样？全都出自一个人的手……真是大手笔……”

我打断他：

“毫无疑问，是安德烈亚·德尔·萨尔托[①]画的吧？”

博洛尼奥先生的神情变得严肃，几近庄严。

“被归到了拉斐尔的名下。”

我回头又把它们扫了一眼。博洛尼奥先生继续说道：

“请注意，我只是说被归到。鄙意以为，它们比货真价实的拉斐尔的画还要可贵……我认为是神圣者画的！”

“谁是神圣者？”

管家彻底错愕地摊开双手。

“您问我，大人？除了莱昂纳多·达·芬奇还能是谁呢？”

他默默地看着我，心里肯定在想，实在是太遗憾了！我忍不住露出嘲讽的微笑，博洛尼奥先生不但装作没看见，而且拍起我的马屁来，机敏如罗马的红衣主教。

“我一直深信不疑……现在我向您坦白，我起了怀疑。大人，或许您是对的。安德烈亚·德尔·萨尔托在达·芬奇的画室里画了很多画，而且两人那个时期的画又那么相似，人们不止一次地把他们搞混淆了……就在梵蒂冈也有一个例子：《玫瑰圣母》[②]。有人判断是达·芬

---

① 萨尔托（1486—1531），意大利佛罗伦萨艺术家。

②《玫瑰圣母》，拉斐尔作于1520年左右，画面内容为神圣家族，人物有约瑟夫、童年的洗礼约翰、怀抱圣婴的圣母。作品因图中桌上有一朵玫瑰花而得名。今藏马德里布拉多博物馆。

奇的，有人说是萨尔托的。我认为是唐娜卢克蕾西亚·德尔·菲德的丈夫①画的，但是神圣者也插手了的。您一定知道，那种情况当时在师徒之间很常见。”②

我面露倦容地听着他说。博洛尼奥先生言毕对我深深一鞠躬，然后高高抬手又把帘子一一拉上。房间处于半明不暗之中，正适合睡眠。博洛尼奥先生肃穆得仿佛置身礼拜堂似的低声和我道别，然后无声无息地离开，并随手关上身后的门……我实在太累，一觉睡到了黄昏。梦见玛丽亚·罗萨里奥的时候，我醒了。

书房有三扇门，都通往大理石露台。花园中的喷泉水声汩汩，永葆青春，仿佛在对每一道爱的思绪恣意评头品足。我凭栏俯身，顿时感到春天的气息扑面而来。那座爱神木和月桂树触目皆是的古老花园在落日余晖里洋溢着异教的优雅。远处的五姐妹徜徉在九曲回旋的迷宫中，她们现身时裙裾里兜满玫瑰花朵的形象，宛似一个古老的寓言故事。极目远眺，第勒尼安海中色如琥珀的三角帆星星点点；浪花温驯地在金沙滩上消失；宣告渔船靠岸的螺号声此起彼伏；大海歌喉沙哑；而在那芬芳四溢的古老花园中，五姐妹在粉花满枝的月桂树的树荫下互诉着自己的青春之梦。这一切妙趣天成，谐美无比。

她们在一条大理石长椅上坐下扎花。玛丽亚·罗莎里奥的肩头停着一只鸽子，在这天真无邪的细节中，我体验到寓言的优美和神秘。村庄里敲响节庆的钟声；远处一个苍翠的山顶上，矗立着一座松柏环绕的教堂。游行队伍络绎从里面出来并绕着教堂而行，抬架上的圣像清晰可见，绣金镶银的披风在阳光下熠熠生辉，教区的红旗走在队伍

① 卢克蕾西亚·德尔·菲德是萨尔托的妻子。

② 萨尔托的艺术受到同代人达·芬奇和拉斐尔的影响。说他和达·芬奇有师徒关系是本书作者的虚构。

最前面，威风凛凛地在空中飘扬。五姐妹跪在草地上祈祷，互相牵住的手里握满玫瑰。

八哥在枝头鸣啭，它们的歌声叽叽喳喳地互相应和，节奏犹如遥远的海浪连绵不断。五姐妹再次坐下，她们默默编织花束，玉手灵巧如白鸽在鲜红的玫瑰丛中翻飞，太阳漏过密叶，如一道神秘之光在她们身上波动。喷泉池里的特里同[①]和美人鱼汩汩地冒着古怪的笑声，银样的泉水带着青春的呢喃从老海怪绿苔厚积的大胡子上流下，这些怪物把美人鱼抓在手中，俯身做出亲吻的姿势。五姐妹起身返回宫中。她们缓缓走在迷宫的曲径之中，仿佛五位魔法公主爱抚着同一个梦想。她们的话语声在午后的喧嚣中隐没，只有她们的笑声在古典的月桂树影里如春潮美妙泛起。

我走进公主家客厅的时候，已经掌灯了。静悄悄的屋里回响着一位资深院士严肃的话语声，他正在加埃塔尼公主聚谈会上的夫人们中间侃侃而谈。金色的大厅有一种阴柔、奢华的法国格调。头戴花环的小爱神、身穿花边衣裳的仙女、风流潇洒的猎人和角如树杈的梅花鹿布满壁毯，靠壁桌上摆着一组组优雅可爱的瓷器，牧羊人公爵拥抱着村姑侯爵夫人花一样的腰肢。坐在客厅高台上的夫人们一看到我不由得异口同声地发出一声叹息，那位资深院士站了起来。

“请将军允许我以克莱门蒂诺学院的名义向您致敬。”

他随后把手伸给我，那手又白又胖，似乎在要求给它戴上主教戒指。他身穿教皇恩准的天鹅绒法袍，这为他的形象平添了几分尊贵和威严。他还年轻，但是头发已白。他的目光炯炯有神，鹰钩鼻，雕像嘴，坚毅而且轮廓分明。公主带着满是慵懒和伤感的姿态把他介绍给我。

“安东内利主教大人。一位学者！也是一位圣徒！”

---

① 特里同，希腊神话里的海上信使，人身鱼尾，手持三叉戟和法螺。

我鞠躬施礼。

“公主，我已久闻大名。罗马的红衣主教们向他请教最棘手的神学问题，而且他的美德盛名已经传遍四方……”

那学院成员严肃、平静、和蔼地打断话头：

“我只不过是一个像古人一样理解哲学的哲学家，哲学就是爱智慧。”

接着，他重新坐下，继续说道：

“您见到加埃塔尼主教了吗？太不幸了！不但不幸，而且完全是意外啊！”

大家都悲哀地保持沉默。两位身穿丝绸、尊严肃穆的老夫人异口同声地问道：

“没有希望了吗？”

公主一声叹息。

“没有……除非发生奇迹。”

人们复归于沉默。公主的女儿们在大厅的另一端绣着一袭金丝袍，五姐妹围坐一圈。她们低声交谈，低首含笑。只有玛丽亚·罗萨里奥默默无语，缓缓绣花，仿佛置身梦中。金丝在针下抖动，五位少女的指间生出玫瑰和百合，天国的花卉布满圣洁的丝袍。在那安详的气氛中突然有人三叩门环。公主面色煞白，大家面面相觑。资深院士起身道：

“容我告退。没想到已经这么晚了……怎么会锁门了呢？”

公主声音发颤：

“没锁门。”

穿黑丝绸的两位夫人低身咕哝：

“谁这么无礼！”

仿佛是为了互相鼓励，她们胆怯地交换了一下目光，继而她们浑身略微一颤，神色变得专注。叩门声再次响起，但是这次声音却从加埃塔尼宫的内部传来。一阵风吹进客厅，熄灭了一些烛火。公主一声惊叫。大家围住她。她嘴唇发抖、目露惊恐地看着我们。有人轻轻说道：

“菲利波王子去世的时候，也发生了这样的事情……而且他说他父亲去世的时候也是这样！”

就在此时，博洛尼奥先生出现在客厅门口。他并不进来。公主从沙发上起身擦干眼泪，然后她矜持而镇静地问道：

“死了吗？”

管家颔首。

“已经荣享上帝了！”

客厅高台上升起一片哭声。夫人们簇拥着公主，公主罗帕掩目，在沙发上软软地昏死过去。资深院士画了一个十字。

玛丽亚·罗萨里奥泪流满面。她慢吞吞地收拾着针和金线。我在房间另一头看她低头把一只打开的雕花小匣捧在怀中。她肯定在低声祈祷，因为她的嘴唇在微微翕动。她纤长的睫影在面颊上闪烁；我在灵魂深处感到那张苍白的脸蛋仿佛月沉湖底，带着神秘而充满诗意的魅力。玛丽亚·罗萨里奥关上匣子，把金钥匙放到里面，把匣子放到地毯上，然后把受惊而泣的最小的妹妹抱在怀里。

我看着玛丽亚·德拉斯涅韦斯那一头幼稚的金发在玛丽亚·罗萨里奥的手臂上流泻。此情此景，我看到了虔诚的古代僧侣所画的那些圣母像的天真纯洁之美。小姑娘轻声道：

“我困了。”

“你要我叫你的仆人领你去睡吗？”

“玛尔维娜会把我一个人撇下的。她以为我睡着了，然后就蹑手蹑脚地走开，其实我一个人很害怕。”

玛丽亚·罗萨里奥把孩子抱起来，仿佛一个沉默而苍白的影子穿过房间。我赶紧上前一步撩起门帘。玛丽亚·罗萨里奥低头而过，并不抬眼看我。相反，孩子回头张着泪汪汪的清澈的眼睛，用很细弱的声音说道：

“晚安，侯爵，明天见。”

“再见，宝贝。”

玛丽亚·罗萨里奥流露的轻蔑使我伤心。我回到客厅高台，公主继续拿着手帕拭泪。沙龙上的老年贵妇们围着她，时不时言语谨慎地为她的女儿们出一些主意。姑娘们也是唉声叹气，但是不如她们的母亲那么难过。

“孩子们，你们应该带她去睡了。”

“还需要安排丧服。”

“玛丽亚·罗萨里奥到哪儿去了？”

那位资深院士也偶尔让我们听到他严肃而和蔼的声音。他的每句话在夫人们中间都会引起一阵低声的赞叹。事实上，只要是他嘴里冒出来的，似乎都充满神学智慧和宗教慰藉。他犀利的目光时不时快速地看我一下，我心头一震，领会到那双黑眼睛试图看透我的内心。我是那里唯一保持沉默的人，或许也是唯一悲伤的人。我有生以来头一次感受到了罗马的主教们喜欢对女士们献殷勤的遗风流绪。他们情场得意的传奇出现在我的脑海之中。我坦白，有那么几个瞬间，我彻底忘掉了当时的情景、地点，甚至那些贵妇的白发，而对那资深院士产生了嫉妒，强烈的嫉妒。忽然，我吃了一惊，所有的人都沉默不语，原来那资深院士在沉默中向我靠拢，他亲切地把右手放到我的肩上，说道：

“亲爱的侯爵，我们必须通知教皇。”

我躬身作答：

“大人说得有理。”

于是他极为有礼地表示道：

“我很高兴我们意见一致……天有不测风云哪，侯爵！”

“太不幸了，大人！”

我们互相盯了对方一眼，深知大家都在装腔作势。随后我们分手，资深院士回到公主身边，我离开客厅去给教皇侍从写信。当时担任教皇侍从的是萨索费拉托大人。

此时此刻，玛丽亚·罗萨里奥或许正在加埃塔尼主教的尸体旁为他守灵。一走进静悄悄、黑绰绰的书房，我就想到了这一点。这一念头来自遥远的国度并经过我的灵魂，似清风扫拂神秘的湖面。我感到冰冷的死人之手触到我的额头，不禁心头一震。我站起来，把仅仅画了一个十字的信纸留在桌上，并迈步向死人房间走去。宫中弥漫蜡烛的气味。默不作声的仆人们在走廊里守灵，两位在前厅里走动的家人向我颔首致意。一片寂静之中只能听到他们的脚步和房间里蜡烛燃烧的嘶嘶声。

我走到门口停下脚步。加埃塔尼主教直挺挺躺在床上，身上裹着方济各会僧衣。他僵硬的手中握着一枚银十字，大理石一般的脸庞被烛光闪得一明一晦。房间深处，玛丽亚·罗萨里奥正在祈祷。我细细端详了她一番。她抬起眼睛，画了三道十字，并亲吻自己用手指架起的十字，然后起身走到门口。

“侯爵，我母亲在客厅里吗？”

“我走的时候她还在……”

“她必须休息，因为她已经这样子持续熬了两夜……再见，侯爵！”

“不要我陪你吗？”

她回头道：

“好吧，请你陪我。说实话，玛丽亚·德拉斯涅韦斯的害怕感染了我……”

我们穿过前厅。两位家人停下无声的步子，探询的目光一直跟踪我们到门口。我们走到一条无人的走廊，我按捺不住自己，抓住玛丽亚·罗萨里奥的一只手试图亲吻她，她非常生气地把手抽了回去。

“你干什么？”

“我爱你！我爱你！”

她吓得花容失色地在长长的走廊里奔逃。我紧追不舍。

“我爱你！我爱你！”

我的呼吸几乎摩擦到她的秀丽的脖子，那脖子白皙如雕像，散发着难以言传的鲜花和少女的芳香。

“我爱你！我爱你！”

她压低声音焦急地叫道：

“放开我！请你放开我！”

她惊慌失色，浑身颤抖，头也不回地在走廊里奔逃。

她气喘吁吁、浑身无力地在房门口停下。我还在她的耳边低声重复：

“我爱你！我爱你！”

玛丽亚·罗萨里奥以手掩目走进门里。我手梳着胡子随后跟进。玛丽亚·罗萨里奥在一盏灯下驻足，惊恐地看了我一眼，脸霎地红了，然后她的脸又变得煞白，死人一样白。踌躇之际，她走到妹妹们身边并在她们中间落座。她们从椅子里低头征询她，可是她几乎什么都说不出来。她们胆怯收敛，窃窃私语，在间隔的沉默时刻，自鸣钟的钟摆声听得清清楚楚。聚谈会上的人渐次散去，最后只剩下那两个穿粗罗绸的白发老夫人。到了午夜时分，公主终于同意退身休息，但是女儿们继续在房中通宵守灵，直到天亮。陪伴她们的那两位夫人讲述着自己年轻时的往事：旧日的女性时尚，拿破仑战争，等等。我心不在焉地听着，并在房间深处暗中打量着玛丽亚·罗萨里奥。她神情恍惚，仿佛迷失梦中；半启的芳唇因想象中的欲望而苍白，仿佛在和无形的灵魂们交谈。她张着眼睛一动不动地出神，眼睁睁却一无所见。凝望着她，我的心头生出爱意，激动热烈如一朵神秘火焰。我的全部激越情愫因那神圣爱火的锻炼而纯净，并散发出阿拉伯胶一样的香气。那么多年过去了，回首往事依然令我叹息!

天色将晓，我退回书房。我必须给教皇侍从写信，于是决定在那悲哀无聊的时间里来做这件事。此时此刻，里古拉城的钟正全部敲响报丧，大大小小的祭司神父纷纷念着拉丁祷词，超度已故的贝杜利亚主教灵魂升天。我在信里一五一十告诉萨索费拉托大人此行经历，然后缄上封蜡并戳下五个教皇宝印。我唤来管家，把信交给他，好让快使立即将信送到罗马。此事一妥我便走向公主家的礼拜堂。日出之前礼拜堂里持续做着弥撒，不曾稍停。瞻仰弥撒的首先是为加埃塔尼主教守灵的家人亲戚，接着是家里的家庭牧师们，然后是这个那个步履匆匆、气喘吁吁赶来的胖乎乎的资深院士。公主早已下令宫中重门洞开，沿着一条条走廊，到处都是陆续进来瞻仰遗体的民众，人群发出一阵阵沉闷的低语。仆人们守在前厅里，穿红长袍、白法衣的侍童们来来往往，推挤着前来告别遗体的人们抢到里面。

一进礼拜堂，我的心就怦怦直跳。玛丽亚·罗萨里奥在那里，而且我有幸在她附近听弥撒。祝福礼毕，我上前和她打招呼。她答话的时候浑身发抖。我的心也在发抖，但是玛丽亚·罗萨里奥看不见我的心跳。要不是不怕她拒绝我的请求，我早就让她把手放到我的胸口来验证了。那姑娘像所有玉手秉持童贞棕榈枝的圣女一样冷酷。我坦白，我更偏爱那些先是罪孽深重而后超罪入圣的女圣徒。遗憾的是，玛丽亚·罗萨里奥从来都拒绝理解她的命运远不如玛丽亚·抹大拉的命运美丽这个道理。那可怜的人并不懂得，圣洁的最妙之处就在于诱惑。我想为她献上圣水，便殷勤地一步抢先将圣水端来。玛丽亚·罗萨里奥几乎没有碰到我的指头，然后她画一个十字就离开了礼拜堂。我尾随而出，尚能看到她在幽暗的走廊尽头和管家说话。看上去她在低声给他下达命令。她回头一看正见我靠近，便霎时涨红了脸。管家喊道：

“侯爵先生来了！”

然后他毕恭毕敬地对着我，继续说道：

“阁下原谅我多有打扰，不过我还是要请您明示，您对我是否有什么不满？我对您也许有什么疏忽不当之处？……”

玛丽亚·罗萨里奥生气地打断他：

“行啦，博洛尼奥！”

拿腔拿调的管家看似错愕不已。

“我做错了什么让您这样……”

“我叫您别说了……”

“我服从您的命令，可是您责备我疏忽职责没有伺候好侯爵先生……”

玛丽亚·罗萨里奥面似火烧，语含恼怒，眼含泪水，她再次打断：

“我叫您闭嘴。您的解释实在令人难以忍受。”

“我做什么了？我的白鸽子，我做什么了？”

玛丽亚·罗萨里奥带着略为宽恕的语气低声说道：

“行啦！……行啦！请您原谅，侯爵！”

然后她轻轻施礼而别。管家在走廊里眼泪汪汪地挠着头皮。

“她的姐妹中任何一人这样对我，我都会一笑了之……哪怕是最小的一位也知道摆公主架子。不，我不会一笑了之，因为她们都是我的主子……然而她，她可从来不曾与任何人红脸，今天她却来和我这可怜的老头过不去……这不公平！太不公平！”

我带着一种从未体验过的感情问他：

“她是姐妹中最棒的吗？”

“她是所有动物和人类中最好的造物……那个姑娘简直是天使投胎……”

于是博洛尼奥满怀深情地讲了装饰那侯门少女灵魂的诸多美德，老管家讲的故事天真单纯，仿佛来自《黄金传奇》[①]。

他们来搬移主教的尸体了！依然万分委屈的管家急忙从我身边走开。历史古城的钟全部同时敲响。教士们唱着拉丁语颂歌，歌声在宫殿门廊下回荡；挤满广场的人们也发出嗡嗡的低语。四位资深院士肩扛着灵柩从宫中下来，送葬队伍开始前进。安东内利主教在身体右边为我腾出地方，并且带着在我看来假惺惺的谦卑，开始痛惜那位圣徒兼智者的去世对克莱门蒂诺学院带来的巨大损失。无论他说什么我都模棱两可地颔首赞许，并偷偷张望一路上窗口里挤满的女人。主教大人不久便觉察到了，他面带微笑，既和蔼又犀利地对我说：

“毫无疑问，您还不熟悉我们的城市。”

“大人，我不熟悉。”

“如果您在我们这里住上一些时日而且想了解这座城市，那么我自告奋勇做您的向导。这里的艺术珍藏比比皆是！”

“多谢主教大人。”

我们继续无言前行。钟声满天，教士们庄严的圣歌仿佛降落并停栖在触目尘污的地面上。急切的短祷、垂怜经、安魂经此起彼伏，似圣水器洒出的圣水不断落到灵柩上。钟声一直在我们头上敲响，而太

① 《黄金传奇》指中世纪流行的一部基督教圣徒烈士传记。

阳，那恰似金发美少年的四月的太阳，带着一种异教力量的辉煌，照得僧人的法衣、丝绸的旗帜以及教区的受难十字闪闪发光。

我们几乎走遍整个城市。主教大人生前嘱咐，他的遗体要安葬在方济各会修道院里。加埃塔尼王子家族四百年来都埋葬在这里。有一种宗教传统里说，阿西斯的圣徒亲手创建了里古拉的修道院，而且他在那里住过一段时间。圣方济各每次造访那座寺院，院里那株古老的玫瑰都开放得繁花满枝，时至今日它依然花开不衰。随着一路钟声，我们终于到达目的地。早已等候在教堂门口的僧众们秉烛照明，分成长长的两列。先是苍白瘦削一脸天真的见习僧人；然后是剃度僧人，他们脸色阴郁，带着忏悔神情，仿佛饱受折磨。这些人都低头念经，蜡炬的黄蜡如泪滴落到他们的凉鞋上。

做足了许多弥撒，唱够了长长的葬礼圣歌，棺材终于落入自天明起便开启等候的墓穴。墓碑石一经在坟头落下，一位院士便彬彬有礼地找到我，并把我带到圣器室。修士们继续念安魂经，教堂渐渐处于孤独寂静之中。在圣器室里，我和许多博学可敬的神学家打过招呼，他们说的话使我获益匪浅。接着来了本院的长老。他是一位白胡子老人，曾经在圣地住过许多年。他一边带着福音式的慈祥和蔼地与我寒暄，一边让我坐到他的身旁，然后开始向我询问教皇陛下的圣体。神情庄严的神学家们围成一圈听我讲关于教皇的新鲜事。因为实在没什么好讲，我只得凭空杜撰了一个虔诚而充满奇迹的传奇故事，以期不辱教皇圣名。教皇陛下通过一件圣物恢复了青春活力！满面信仰之光的长老问我：

“是哪位圣徒的圣物呢，我的孩子？”

“我们家族的一位圣徒。”

大家都躬身赞许，仿佛我就是那位圣徒似的。颤悠悠的祈祷从那些露出在神秘的僧服之外的长胡子上传过，此时此刻，我真想跪下来亲吻长老的手，那只手可以在我所有的罪孽之上画十字并将它们一笔勾销："我宽恕你。"

返回加埃塔尼宫的时候，我发现玛丽亚·罗萨里奥在礼拜堂门口的一群乞丐中间分发施舍，衣衫褴褛的乞丐们纷纷伸着邋遢的手。玛丽亚·罗萨里奥的美妙形象令我想到那些生于帝王家的女圣徒；她们是貌若天仙的少女，却伸出自己金贵的纤纤玉手治疗麻风病人。那位姑娘的灵魂里燃烧着同样的神圣渴望。她正在和一位佝偻老妇说着话：

"里贝拉塔，你的丈夫还好吗？"

"老样子，小姐！……老样子啊！"

领到施舍并亲吻过公主后，老妇人念念有词地千恩万谢，拄着拐杖颤巍巍地走了。玛丽亚·罗萨里奥打量了她一会儿，然后她饱含同情的目光又转到另一位女乞丐身上。她正在奶一个破布裹身的邋遢婴儿。

"保拉，那个孩子是你的吗？"

"不是的，小公主。是一位已故姐妹的孩子。那可怜人留下了三个孩子，这是最小的一个。"

"那么你是领养了他？"

"孩子母亲临终把他托付给了我。"

"那另外两个孩子呢？"

"无家可归，满街流浪吧。一个五岁，另一个七岁。赤条条像上帝的天使，看着他们也叫人心酸呢。"

玛丽亚·罗萨里奥将孩子抱在怀里，眼里噙着两滴泪水亲吻了他。把孩子交到女乞丐手中时，她吩咐道：

"今天下午你再来吧，找博洛尼奥先生就行。"

"多谢，我的小姐！"

一阵热烈如祈祷的低语启开那些乞丐悲惨的黑嘴。

“那可怜的母亲在天堂里会感谢您的！”

玛丽亚·罗萨里奥又道：

“如果你找到另外两个小家伙，也把他们带来。”

“我的小公主，另外两个不知道今天哪里能找到他们。”

一位鬓角无毛却长髯飘飘，一贫如洗却淡泊宁静的老汉上前一步，一本正经地说道：

“那另外两个孩子虽然命运多舛，却也已经有所依靠。一位浣衣为生的寡妇收留了他们，她也收留了我。她名叫巴尔韦利娜·拉普利斯卡。”

老汉不知不觉向前迈出了几步，接着他一边用手杖点着地面，一边伸出一只手在空中摸索，一边后退。玛丽亚·罗萨里奥无语泪流，在那群双膝跪地、纷纷上前亲吻她玉手的邋遢乞丐中间，美丽天真的她光芒四射，犹如一位圣母。于是我联想到在翁布里亚一座古修道院里多次看到过的古画；那些前拉斐尔派的壁画乃是一位无名僧人所作，他热爱图林根王后[1]传奇故事中如花开放的天真奇迹。

玛丽亚·罗萨里奥也有一个美丽传奇，慈善的白百合也使那传奇染上了芳香。她身居豪华宫殿，生活却严格得如同修道院中的出家人。她来到花园中，不但裙兜里采满薰衣草，而且那芬芳的花草也沾满她浑身上下。而每当着手苦修式地劳作，她的脑中便做起圣徒之梦。那是洁白如耶稣寓言的梦幻，而思想爱抚梦幻，如怜惜之手爱抚家养鸽子的温顺羽毛。玛丽亚·罗萨里奥大概会希望把宫殿变成收容老弱病残、孤寡疯愚的避难所。那些人挤满礼拜堂，念着主日经祈求布施。叹息之际，她想起了那些在城堡中接纳自耶路撒冷返回的朝圣者的古代公主。她也是这样一位圣徒兼公主。她的日子宛如静静流淌的溪水，水底似乎沉睡着一片倒映的蓝天。她在孤寂悲凉的大房间里

① 图林根王后（1207—1231）也叫匈牙利的圣伊丽莎白，14岁出嫁，20岁守寡，终生献身慈善事业，照顾贫病。去世后四年即封圣。她是基督教慈善的象征。

默默刺绣并祈祷。芳唇翕动，念念有词地祈祷，玉指翻飞，有板有眼地穿针引线，就这样，她使绣金镶银的圣徒披风上开满美丽的玫瑰和百合。她的白天在这卑谦寂寞然而堪为基督教美德典范的忙碌中度过。到了晚上，她跪在闺房里，带着盲目热烈的信仰向玻璃钟罩内的圣婴祈祷，那圣婴身穿镶嵌金箔和水晶珠子的白丝袍，显得金碧辉煌。家庭的祥和之美宛似云雀从她的如巢胸口飞起，在宫中回旋，在门楣上高歌，在偌大的客厅的入口低吟。玛丽亚·罗萨里奥乃是我此生唯一的真爱。岁月荏苒，如今的我一想到她，干枯而几近失明的眼中依然泪水难禁。

宫中依然留有蜡烛的气味。公主头痛，躺在梳妆室的沙发上休息。身穿丧服的女儿们说话压低声音，偶尔有其中的一位无声无息地进来出去。一片寂静之中，公主懒洋洋地起身，回头望我，风韵犹存的脸庞在黑色蕾丝边的头巾下越发显得白皙。

“哈维尔，你必须几时动身回罗马？”

我浑身一震。

“明天，夫人。”

然后我看了玛丽亚·罗萨里奥一眼，她低下头，脸霎时红得如同一朵玫瑰。公主没有注意到。她手托着额头，那只手令人联想到古肖像画里那些有时拈一朵鲜花、有时捏一块蕾丝小手绢的贵妇的手。她保持着这个优雅的姿势长长地叹了一口气，又问道：

“为什么非要明天？”

“因为我的使命已经完成，夫人。”

“你就不能和我们多待几天？”

“这需要有许可才行。”

“那么我今天就写信到罗马。”

我偷偷看了玛丽亚·罗萨里奥一眼，她那双美丽的黑眼睛惊恐地看着我，她的嘴唇变得煞白，半启的芳唇颤动着似乎要吐出一声叹息。就在此时，她的母亲转头看她所在的地方。

“玛丽亚·罗萨里奥。”

“夫人。”

“记得以我的名义给萨索费拉托大人写封信。我来签名。”

一直红着脸的玛丽亚·罗萨里奥带着那种芬芳淑静的温柔回答：

“您要我马上就写吗？”

“你觉得合适就行，孩子。”

玛丽亚·罗萨里奥站起身来。

“那么我应该对大人说什么呢？”

“你把家中发生的不幸通知他，另外也告诉他，我们非常孤单，希望他准许我们把布拉多明侯爵留在身边一段日子。”

玛丽亚·罗萨里奥走到门口。她必须经过我身边，于是我大胆利用这个机会，低声对她说：

“我留下来，因为我爱你！”

她假装没听见便出去了。我接着回头看公主，她充满期待地望着我，而我却假装无所谓地问她：

“玛丽亚·罗萨里奥什么时候出家？”

“日子还没有定。”

“大概会被加埃塔尼大人去世耽搁一点时间吧。”

“为什么？”

“因为对您来说这肯定又是一桩不快。”

“我不自私。我理解女儿在修道院里将会幸福，比在我身边幸福得多，那么我也就由她去了。”

“玛丽亚·罗萨里奥早就有此夙愿吗？”

“从小就有了。”

“她不曾动摇过？”

“从来没有！”

我的手微颤着梳了一下胡子。

“她有志当圣徒。”

“对，女圣徒。我要提醒你，她在我们家族可不是第一位哦。里古拉的圣玛格丽塔，费耶索莱修道院女院长，她就是一位加埃塔尼王子的女儿。她的身体在宫中的礼拜堂里保存完好，四百年后还像刚断气的时候那样，看上去仿佛安然入眠。你没有去过地下墓室吗？”

“没有，夫人。”

“改天你一定要下去看看。”

我们沉默下来。公主又叹着气双手捧住额头，她的女儿们就在房间里面窃窃私语。我面带微笑地看着她们，她们同样含笑看我，带着某种童稚而嘲讽的快乐，正与身上穿戴的黑丧服形成反差。黄昏开始降临，公主下令打开朝向花园的一扇窗户。

“孩子们，玫瑰花香让我头晕呢！”

她指着梳妆台上的花瓶。窗户一开，便有一阵微风吹入屋里。风犹如春天女神的一位使者，快活、芬芳、优雅、无形的翅膀拂动那些孩子头上的鬈发。从房间深处含笑看我的孩子们金黄灿烂的鬈发多么可爱！有多少次，我在罪孽之梦中看到那些可爱的小脑袋，它们比苦修圣徒的天国之梦里所见的飞翅天使的脑袋更加美丽！

夜晚伊始，公主便上床就寝，当时她刚刚念完玫瑰经不久。在灯火昏黄的客厅里，年迈的夫人们在低声交谈，她们二十年来一直定期参加加埃塔尼宫里的聚谈会。这个季节的天气开始热起来，朝向花园的玻璃门都敞开着。公主的两位女儿玛丽亚·德拉索莱达和玛丽亚·德尔卡门尽着地主之谊。懒洋洋的谈话正经无趣。好在大教堂的钟一敲响九点，夫人们便起身告辞了。玛丽亚·德尔卡门和玛丽亚·德拉索莱达送她们出去。空荡荡的大厅里只剩下我一个人，我不知做什么好，就下楼来走进了花园。

这是一个花气馥郁的静谧的春夜。微风过处，树梢悠然轻摇，月弄花影，偶尔照亮繁枝茂叶，显出一番神秘。可以感到一阵长长的颤动从园中通过，然后一切复归静夜里那种可爱的安详。繁星在幽蓝而深邃的空中闪烁，而花园中的寂静似乎比高空的寂静更甚。远处，神秘而波动不息的大海散发着它那永恒的叹息。海豚欢跃出水之际，沉睡的海面泛起粼粼波光，而一叶三角帆正在皎洁的月光下从天边穿过。

我走在一条玫瑰夹道的小径之中。萤火虫在灌木丛下闪亮，花香在空中浮动，最轻微的一丝夜风也足以吹落花枝上黯然凋谢的玫瑰花瓣。我体味着那种使青春爱情魅力无穷的朦胧而浪漫的感伤情怀；那种老式爱情总是伴有它大喜大悲的传奇故事。我认为我心灵的伤口就像那些无药可救的创伤一样严重，而且我也想到，它将以一种致命的方式决定我的命运。我怀着少年维特式的极端感伤，梦想自己超越了世上所有因其不幸和忠贞而青史留名的情人，他们不止一次在百姓传颂的歌谣中露出泪流阑干的脸庞。不幸的是，我终究也没有能够超越他们，因为诸如此类的浪漫情调从来都不过是洒落在我年轻时的全部风流韵事之上的些许香水。一次次潇洒而稍纵即逝的癫狂只会持续几个时辰，无疑，正因为如此，它们才使我终生叹息，微笑终生！

忽然，我的思绪逃离而去。大教堂的旧钟敲响了十二点的钟声，每一声钟响都在花园的静谧之中传出洪亮的回音。我回到客厅，那里灯火已灭。月光颤悠悠地打在一扇玻璃窗上，也照亮房间深处的一座时钟，它发出优美如银的声音，也敲响了十二点。为了习惯黑暗，我在门口停住脚步，渐渐地，眼睛依稀分辨出了各种形体。一位女人坐在客厅高台的沙发里。我只能看清她洁白的双手。她的身体是一个黑影。我试图靠近，然后看到她悄悄起身，又悄悄走远，直至渐渐消失。如果在她行将消失之际我没有听到传来的一声啼哭，我会以为她是我眼生幻觉而见的幽灵。沙发脚下遗落着一块带玫瑰花香、被泪水浸湿的手绢。我热烈地亲吻那块手绢。我不怀疑刚才那个幽灵就是玛丽亚·罗萨里奥。

我辗转反侧地熬过了一夜，根本没有入睡。只有当曙色在卧室窗口显现的时候，我才听着通知弥撒的欢乐钟声进入了梦乡。等我醒来，白天已经过去大半。我被告知，加埃塔尼公主对我的精神健康不知有多么关心！这令我万分感激。高贵的夫人非常苦恼不安，因为我错过了为亡灵祈祷的神圣仪式。

黄昏降临，来了那两位白发苍苍、身上的黑丝衣裙沙沙作响的老夫人。公主起身和她们打招呼，声音亲切而虚弱。

“你们去哪里了？”

“我们逛遍了整座里古拉城！”

“你们？”

看着公主不胜诧异的样子，两位夫人相视而笑。

“你来说吧，安东尼娜。”

“你来说，洛伦西娜。”

于是两个人异口同声地讲了起来：她们在大教堂里听了布道；到圣衣会修道院问候了病中的院长嬷嬷；她们也瞻仰了圣餐礼。在这个节骨眼上公主打断了她们：

“那么，院长嬷嬷怎么样呢？”

“她还不能下到会客室来。”

“你们见到谁了？”

“见到了教习嬷嬷。那可怜的人总是那么善良，那么亲切！你不知道关于你和你的女儿们，她问了我们多少问题！她让我们看了玛丽亚·罗萨里奥的法袍。她要送过来让她试试。法袍是她亲手缝的。她说这是最后一件了，因为她快要双目失明了。”

公主叹道：

“我不知道她失明！”

“完全失明还没有，但是看不清什么了。”

“可是她还没到那个年龄啊……”

公主把两只手放到额头，带着倦容说完这句话。然后她心不在焉地朝门口张望，门外正露出博洛尼奥先生瘦骨嶙峋的身影。管家毕恭毕敬地站在门口。

“公主允许我进来吗？”

“进来，博洛尼奥。有什么事？”

“圣衣会修道院的司事带着小姐的法袍来了。”

“那她知道吗？”

“已经在试衣服了。”

听到这话，坐成一圈绣着里古拉的圣玛格丽塔披风的另外几个女儿交头接耳地说了起来，然后她们带着欢声笑语从屋里出去，宛似桑德罗·波提切利画中那群沐浴春光的贞洁女神[①]。公主带着母亲的自豪看着她们离开，然后她一个手势示意管家也出去。管家不但没出去，反而上前几步低语道：

“拜苦路[②]主题游行彩车已经杀青……圣周游行今天就开始。”

---

① 指波提切利的名画《春》。

② 拜苦路又称十字架之路，指模仿重现耶稣基督钉上十字架的历程的系列绘画或雕塑艺术。苦路分十四个步骤，苦路主题艺术一般布置在教堂内部周围，或者在室外沿着路边安放。它也是圣周游行彩车的常见主题。

公主居高临下地轻蔑答道：

“毫无疑问，你以为我不知道。”

管家看似不知所措。

“我的天哪，夫人！”

“那是怎么回事？”

“说起游行，修道院司事对我说，也许今年公主您出资赞助的游行彩车就不出来游行了。”

“什么缘故呢？”

“因为主教大人过世，举家服丧。”

“这和宗教没有任何关系，博洛尼奥。”

公主以为在这个当儿发一声叹息是合时宜的。管家欠身说道：

“是的，夫人，太对了。司事说这话时看着我的作品。公主您知道的……拜苦路主题游行彩车……我希望公主能赏光看上它一眼……”

管家一本正经地站住微笑。公主一个姿势表示同意，然后她回头看我，略带嘲讽地问道：

“难道你不知道我的管家是位大艺术家？”

老管家欠身道：

“艺术家？……如今已经没有什么艺术家了。古时候倒是有。”

初生牛犊不畏虎的我反唇相讥道：

“您是什么年代的人呢，博洛尼奥先生？”

管家笑答：

“大人您说得对……实话说，我不能认同当今之世为我的世纪……”

“您属于最古典、最遥远的古代。那么您从事的是什么门类的艺术呢，博洛尼奥先生？”

博洛尼奥先生极为谦逊地答道：

“什么都搞一点，大人。”

“那您可真是米开朗琪罗的传人啊！”

“大人，从事所有艺术并不说明样样都能精通。”

公主带着那可爱的嘲讽笑了，她对管家显出既威严又同情的爱怜之意。

“哈维尔，你一定要看看他的最新作品，拜苦路游行彩车！漂亮极了！”

两位老夫人带着幼稚的钦佩之情将干瘪的双手合在一起。

“如果他年轻时愿意去罗马，那可就……”

管家感动得眼睛发红。

“两位夫人……我高贵的保护人！”

突然传来步步临近的年轻人的欢声笑语，不出一会儿，五姐妹叽叽喳喳地进了房间。玛丽亚·罗萨里奥身着她将要终生披戴的法袍，妹妹们围着她，仿佛她就是一个圣徒。一见她们进门，脸色惨白的公主直起身来。她徒劳地遏止着夺眶而出的眼泪。当玛丽亚·罗萨里奥上前亲吻她手的时候，她伸出双手亲热地抱住女儿的脖子。然后她身体后仰着端详了她一番，不禁发出一声痛苦的叫声。

我感动得出神，听到老管家的声音，才如梦初醒。一阵沉默之后，他开口说道：

“承蒙赏光……请原谅，他们马上要把出于这双罪人之手的可怜作品搬走了。要是想看的话，要快点了……”

两位夫人一边起身，一边拉直坐得起皱、走起路来沙沙作响的丝裙。

“哦……那咱们去吧。”

出发之前博洛尼奥先生就解释开了：

“我应该告诉你们，拿撒勒人耶稣和古利奈人西门①是原来就做好的。只有犹太人是这次亲手做的。我用的是硬纸板。你们已经知道，我向来就有做面具的癖好。确实是癖好，而且是最糟糕的一种，因为我以我的癖好极大地推动了狂欢节这一魔鬼的节日。以前这里没有人戴面具，但是因为我逢人就送一个纸板面具，上帝宽恕我！里古拉城的狂欢节最终在意大利竟变得闻名遐迩……诸位这边请。”

我们经过一个窗户紧闭的大厅。博洛尼奥先生上前一步打开全部窗子。然后他转身回来向我们赔着千万个不是，让我们进去。大厅中央摆着几个游行架子，是四个傻模傻样的大胡子犹太人，还有拿撒勒人耶稣，我不禁看得目瞪口呆。两位夫人感动落泪。

“想想我主基督为我们吃了多少苦啊！”

“哎！想起来就……”

看到那四个身穿西班牙古军装的犹太人，虔诚的贵妇们无疑在努力进入基督受难剧的境界。博洛尼奥先生围着游行架子转圈，指关节轻轻敲着四个弑神者骇人的脑袋。

“纸板做的！……是的，夫人们，就和面具一样！这个主意连我自己也不知道是怎么来的。”

夫人们合掌重复：

“神圣的灵感！……”

“来自天国的灵感！……”

博洛尼奥先生微笑。

“没有人，绝对没有一个人指望我会把这个主意付诸实践……他们都嘲笑我……现在反过来了，人人赞不绝口。我原谅人们的嘲笑！

---

① “有一个古利奈人西门，就是亚历山大和鲁孚的父亲，从乡下来到，经过那里，士兵就强迫他背着耶稣的十字架。”《马可福音》第 15 章第 21 节。

我的匠心在脑中酝酿了整整一年！”

一听此话，夫人们动情地重复道：

“灵感！……”

“灵感！……”

拿撒勒人耶稣披头散发，面如死灰，血肉模糊。它背负沉重的十字架，临死前温柔的目光似乎在盯着我们。四个身穿红衣的犹太人恶狠狠地围着它。走在前面的一个在吹喇叭，左右押送它的两个各自举着鞭子，走在后面的一个向民众展示着彼拉多的审判书。那是一张乐谱，管家细心地提醒我们，异教时代的文书们写的蝌蚪文和今日音乐家的乐谱非常相像。他朝向我，像学究一样正经地继续说道：

“摩尔人和犹太人现在写字也与此类似。大人，是不是？”

博洛尼奥先生正抖搂他的学问，这时候，一个教堂司事领着四个虔诚的教徒来了。他们要把那大名鼎鼎的拜苦路游行架子搬到方济各会的教堂去。博洛尼奥先生用一张床单把游行架子盖住，并帮他们竖起来。然后他陪他们走到门口。

“小心！……别碰到墙上……小心！……”

他擦干眼泪，并打开窗户目送他们离开。教堂司事在街上现身，他首要关注的就是看看阴云密布的天空。然后他来到队伍前面，并义无反顾地走了起来。那四个虔诚的信徒几乎在跑着走。红布包住的游行架子在他们的肩上摇晃。博洛尼奥先生过来问我们：

“不说恭维话，你们真的觉得如何？”

两位夫人一如既往地意见相同。

“很有教益！”

“很有教益！”

博洛尼奥先生微笑得像个圣徒，他那爱恋缪斯的拉丁文老师的瘦削身体再次转到窗前，并伸手向外看看是否下雨。

那天夜晚，公主的千金们聚集在洒满月光的露台上，仿佛一群童话中的仙子。她们围着一位年轻貌美的女性友人，后者偶尔充满好奇地打量我几下。阵阵清风裹挟着露台脚下盛开的丁香花气和欢声笑语送入客厅，年老的贵妇们在里面极有分寸地交谈，一听到孩子们的说笑，她们的脸上便露出微笑。月光下静谧的花园从客厅里可以看得清清楚楚，淡淡的月辉笼罩着肃穆的柏树梢头，也洒在昔日里曾有孔雀展屏的露天阳台上。

我几次三番试图接近玛丽亚·罗萨里奥。一切都无济于事。她总是猜透我的企图，小心翼翼地低头走开，一声不响，双手交叉放在一直穿在身上的法袍披肩上。看到她万分忧惧的样子，我的采花大盗的自豪得到了满足。有时候我从一头走到另一头，只为了扰她取乐。那可怜的孩子时时准备逃走。我只管来来去去假装什么也没注意到。我有着年方二十之人的装腔作势。有时候，我走进客厅并在年老的贵妇们身边逗留，她们像少女一样怯生生地接受我的恭维。我仍然记得，自己正和那位虔诚的特斯卡拉侯爵夫人交谈，却突然冥冥之中在预感的驱动之下回头，以目光搜寻玛丽亚·罗萨里奥洁白的身影。那女圣徒已经不见了踪影。

愁云惨雾罩上我的心头。我从那出身名门的老夫人身边离开并出来走到露台上。我俯身鲜花盛开的石栏，长久注目花园。一只夜莺在芬芳寂静之中放歌，喈喈莺啼与淙淙流泉似乎相得益彰。月光照耀着我另一个晚上走过的玫瑰小径。夜气氤氲，呢喃而过，这微风正适合吹送爱语幽怨。远处，爱神木默然而立，围绕一池涟漪。我的脑海里勾起玛丽亚·罗萨里奥的芳容，并不停地暗忖。

“她有什么感受？……她对我有什么感受？……”

我慢慢下来走向水池。池边的青蛙跃入水中，使沉睡的水晶生出一丝波痕。那里有一条长石椅，于是我坐下来。夜色和月光都催人想入非非，我沉浸在一种类似狂喜陶醉的观照之中。记忆中泛起昔日模糊不清的往事，其中也有过往的爱情。过去的一切终于涌起一阵巨大的悲痛和悔恨之波。我的青春仿佛孤独和风暴之海，永远处在黑夜之中。心灵在寂静的花园里慵懒寡欢，而同一个念头却时时如一支遥远的歌调回环往复：

“她有什么感受？……她对我有什么感受？……”

一抹抹白云在月亮周围徘徊并一路追随它梦幻的流浪脚步。无形的风推动着它们盖住月盘，使花园沦于阴暗之中。纹丝不动的爱神木之间的池塘也不再泛光，只有柏树的梢头依然处于亮光中。仿佛为了与这影影绰绰的境界浑然谐美，一缕微风平地而起，所到之处，四下里沙沙有声。微风也为我传来枯玫瑰的幽香。我悠然回望宫殿，目光在一扇明亮的窗前停留，不知道冥冥之中有什么样的预感，我的心头竟怦怦跳动。那扇窗子不比露台高出多少，窗开着，风吹动帘子。我似乎看到一个白色的影子在房间深处穿过。我试图靠近，但是柏树林夹道的大路上传来的脚步声使我停了下来。是老管家带着他艺术家的梦想在月光下漫步。我在花园深处停止不动。看着那道亮光，我的心怦怦跳个不停。

“她有什么感受？……她对我有什么感受？……”

可怜的玛丽亚·罗萨里奥！我相信她已经坠入情网，然而我的心却预感到了不知什么怪诞而混沌的不幸。我努力再次潜入爱情的想入非非之中，无奈柏树拱下一只蛤蟆单调地唱个不休的歌声分散并扰乱了我的思路。我想起小时候在祖母用的一本祈祷书里多次读到过，魔鬼经常以此化身来扰乱一位出家圣人的祈祷。同样的事情发生在我身上是很自然的。任凭别人怎么诽谤和误解，我从来就不过是一个生性风流的神秘主义者，就像圣胡安·德拉·克鲁斯[①]那样。如果能够在我的名片上写下“布拉多明侯爵，公主们的忏悔者”这么一个头衔，我恐怕早就心甘情愿地放弃了尘世的全部荣耀。

谁害了相思病而没有犯过一两回错误的呢？我坚信，魔鬼总是诱惑最善良的人。那天夜里，头上长角的地狱君王口吐火苗点燃我的偾张血脉，唤醒我软弱的肉体，并以他黑色的尾巴抽打我的情欲之躯。正当我穿过露台之际，一阵大风掀起帘子，让我的俗眼看到了房间深处玛丽亚·罗萨里奥跪地祈祷的白色仙影。我难以形容当时的感受。首先是热烈的冲动，接着是冰冷而残酷的浑身一震。那是神圣的拉斐尔所作的神圣的切萨雷·波吉亚[②]那幅肖像中可以欣赏到的嘴角和眼神所传达的胆大妄为。我回头察看四周，屏息静听，花园中，宫殿里，一片寂静。我蹑手蹑脚地走到窗口，并跳了进去。女圣徒一声尖叫，仿佛风过花摇，她的身体顿时瘫软。她脸贴地面，四肢伸开，晕厥了过去。她白皙而冰冷的手永远留在我的记忆之中。那圣饼一样晶莹剔透的玉手！……

见她昏厥，我便伸手将她抱起，并将她放到床上。绣床犹如带褶皱花边的白麻布祭坛。然后，我带着一丝疑惧将灯熄灭。房间里一片漆黑，我在黑暗中伸手摸索而行。我探到床边并触摸到她洁白的法袍，正在此时，露台外传来一阵脚步声，这使我心血凝固、魂飞魄散地赶紧停住。看不见的手撩起飘动的帘子，月光照进屋里。脚步声早已停止。明亮的窗口显出一个黑影。那影子低头朝屋里张望，随即又挺身抬头。帘子落下，我再次听到脚步声，那人渐行渐远。我没有

---

① 圣胡安·德拉·克鲁斯，十六世纪西班牙神秘主义诗人，天主教会的三十六位教会博士之一。
② 切萨雷·波吉亚（1475—1507），祖籍西班牙的意大利贵族政客，曾为红衣主教。父亲是教皇亚历山大六世。

被发现。我吓得浑身僵硬不动，大气不敢出一口。窗帘偶尔飘动之处，一缕月辉照亮房间，使我的眼睛带着爱的惊喜再次看清洁白的绣床和躺在床上宛似墓穴雕像的洁白的躯体。出于恐惧，我蹑手蹑脚地走到窗户边。柏树拱下的蛤蟆已经停止了它的歌喉；花园里潮湿，阴郁，呢喃有声，影影绰绰，仿佛那就是它的王国。我像窃贼那样跳出窗口，在露台上贴墙而行。忽然我听到一丝响动，像是有人在小心压低脚步声走路。我停下来看了看。宫殿巨大的黑影打在露台上，花园中，什么也看不见。我继续前行。还没迈出几步，我的脖子边感到一阵急促的喘气，刀尖划破了我的肩膀。我猛地转身。一个人奔跑着躲进了花园里。当他穿过月光照亮的一片林中空地时，我认出了他是谁。我不仅错愕，甚至感到了害怕。为了避免一切丑闻，我不再追逐他。不能惩罚他使我感到痛苦，而且远比伤口的痛苦更甚。但是我不得不如此。我走进宫殿，感到温热的鲜血在顺着身体流下。我的仆人穆萨雷洛本来在前厅打着瞌睡，听到我的脚步声，他醒来并点亮一根蜡烛，然后一个立正。

“愿为将军效劳！”

“穆萨雷洛，你过来……”

为了身体不倒下，我不得不扶住门框。穆萨雷洛是一位自从我加入贵族卫队起就伺候我的老兵。我低声而沉着地告诉他：

“我受伤了……”

他惊恐地看着我。

“在哪里，先生？”

“在肩上。”

穆萨雷洛挥起胳膊，像宗教狂一样激昂地喊道：

“一定是暗中的突然袭击！……”

我笑了。穆萨雷洛判定没有人可以面对面地伤到我。

“对，是暗刀。现在帮我包扎一下，别让人看出来……”

老兵开始解开我的漂亮外套。伤口一露出来，我就感到他的手在发抖。

“别昏过去，穆萨雷洛。”

“将军，我不会的。”

为我包扎的同时，他一直在低声重复着：

“我们一定会找到那恶棍！……”

不。不可能找到他的。恶棍有公主的保护，说不定那个时刻他正在把自己的丰功伟绩讲给公主听呢。这一念头折磨着我，使我整夜焦躁不安。我想推测接下来会发生什么，但是种种思虑使我渐渐迷惘。再次见到加埃塔尼公主时，我的心跳得像个小孩，对此我记忆犹新。

一走进书房，我就听到加埃塔尼公主激动的声音。因为房中一片黑暗，我还以为里面没人呢。

“真无耻！太无耻了！”

从那个时刻开始我就确定，公主已经知悉真情。奇怪的是，一旦疑虑消释，我也就不再畏惧。我嘴上挂着微笑，一只手梳着胡子走进书房。

“公主，我听出是您在说话，所以不想不打招呼就走过去。”

公主的脸死人一样煞白。

“谢谢！”

管家站在公主落座的扶手椅后面，在昏暗的书房里，我能感到他的目光如箭向我射来。公主低头浏览着一本书。偌大的房间里，沉默如一只邪恶的蝙蝠从空中降落，它只以冷气森森的翅膀宣告自己的到来。我明白那贵夫人试图以轻蔑伤害我，所以我略为犹豫地在房中站住。我的傲慢在内心兴风作浪，但是我颤巍巍的嘴角却始终挂着微笑。我按捺住心头的恼恨，颇有君子风度地进了屋，并亲切问道：

“夫人，您病了吗？”

“没有……”

公主继续浏览着那本书，屋里陷入了长久的沉默。终于，她一声哀叹，同时从扶手椅里直起身子。

“博洛尼奥，我们走吧……”

管家对我侧目而视，他看我的样子令人想起艺术喜剧里自私、贪婪、狡诈的潘大龙[①]：

“听凭公主阁下吩咐。”

公主身后跟着管家。她穿过长长的书房，看都没看我一眼。我感觉受了侮辱，但是仍然按捺住火气，并对她说：

“公主，请您等等，让我告诉您今夜我是怎么受伤的……”

虽然我的声音因紧张而僵硬，但是它却也带着使公主心生害怕的某种笑面虎的和善。只见她脸色变得煞白，并停下脚步看着管家。接着，她冷冰冰地轻声问我，几乎连嘴皮都没有动一下。

“你说被伤着了？”

她紧盯着我，我感到她蛇眼一样滚圆灵动的眼珠里含着仇恨。我甚至以为她会叫手下人将我扔出宫去，但是她忌惮这样公开侮辱我的后果，于是仅仅不屑一顾地走到门口，然后慢慢回身。

“噢……我没有收到准许你在里古拉逗留的信函。”

我微笑作答，眼睛丝毫不从她的眼睛上移开。

“那必须再写一封。”

“谁？”

“先前写信的人，玛丽亚·罗萨里奥。”

公主没有料到我竟会如此胆大妄为！她浑身发抖。关于我青春

---

① 潘大龙是意大利艺术喜剧里的一个固定角色。

激情和狂暴的传奇给我的话添加了一圈撒旦的光环。公主的眼中盛满泪水。那双眼睛美丽犹存，这使我游侠骑士的心中不禁泛起了一丝后悔。所幸公主的泪水没有真的滚落，泪水只是模糊了她的明眸。她有一颗伟大贵妇的心，知道怎样战胜恐惧。她的嘴角习惯性地露出微笑，而看我的眼睛里则是和蔼的冷漠。她的脸色有了一种宁静、安详、舒展的神情，犹如那些貌似慈祥地看着村中善男信女的女圣徒。她在门口停下脚步问我道：

“怎么把你伤了呢？”

“在花园里，夫人……”

公主没有从门槛边移开，她听完了我坚持要讲的故事。她没有显得吃惊，没有开口，也没有任何姿态。她企图通过沉默不语来挫败我的肆无忌惮。我猜透了她的意图，于是我兴高采烈地说个不停而反败为胜。说最后一句话的时候我显得极为礼貌，但是我没有勇气去亲吻她的手。

“再见公主！有了罗马来的音信请您通知我。”

博洛尼奥暗中伸手做成魔鬼之角。公主沉默不语。我穿过鸦雀无声的书房走了出去。此后我独自思索是否必须离开加埃塔尼宫，最终，我拿定主意要留下来。我要让公主看看，别人绝望之时，我却能做到微笑；别人受辱的地方，我却能胜出。骄傲从来都是我最大的优点！

我在房间里关了一整天，发现自己像长途跋涉之后一样筋疲力尽，不但眼皮干涩，而且内中的思绪犹如爬行类卷作一团，昏昏欲睡。它们有时醒来，悄无声息、缩头缩脑地四散乱跑。那些思绪不再是展翅伸爪如雄鹰飞翔的自豪和征服。现在我的意志变得软弱，我觉得自己像一只斗败的公鸡，只想离开宫殿。正当这些胡思乱想轮番对我发起进攻之际，穆萨雷洛走了进来。

“将军，有一位方济会修士要见您。”

“告诉他我病了。”

“我告诉他了，大人。”

“那就告诉他我死了。”

“我也说了，大人。”

我瞟了穆萨雷洛一眼。他站在我面前，面无表情，像个小丑。

“那位和尚又怎么接你的茬呢？”

“为您念安魂经，大人。”

我正欲反唇相讥，却有一只手掀起了富丽堂皇的深红色天鹅绒帘子。

“请原谅我打扰您，年轻的骑士。”

一位长须飘飘，身披方济会僧袍的老者站在门槛边。他那可敬的模样迫使我以礼相待。

“请进，神父大人。”

我向前一步给他搬了一把椅子。和尚拒绝坐下，他的白胡子衬着圣徒式的严肃而谦卑的微笑。他重复道：

“多有打扰，还望原谅……”

他略一停顿，等着穆萨雷洛退出，然后继续说道：

“年轻的骑士啊，请仔细听我要对您说的这番话，上帝保佑您不要轻视我的忠告。这可事关您的生死啊！答应我，听完之后不再多问什么，因为我不可能回答您。您将会明白，出家人的身份迫使我保持沉默，任何一个基督教徒都应该尊重这一点。而您是基督教徒！……”

我深深一鞠躬，并回答道：

“神父大人，我是个大罪人。”

那方济会修士脸色一亮，露出宽容的微笑。

“我们都是罪人，我的孩子。”

话说完，他两手相握闭了一会儿眼睛，仿佛沉思。深凹的眼窝里，干瘪枯黄的眼皮下，他的眼球几近透明。略过片刻，他继续说道：

“我来找您没有任何恶意，关于我的话和我的信仰，您大可不必怀疑。引导我的只是一种强烈的启示，而且我不怀疑，借我之手拯救您生命的正是您的守护天使。现在请您告诉我，我的话有没有打动您？我可以把藏在心里的忠告说给您听吗？”

“那还有什么怀疑，神父大人！您的话使我产生类似恐怖的感觉。如果没有与我的骑士荣誉相悖之处，我发誓对您言听计从。”

“那好吧，我的孩子。无论事情如何，我希望您出于慈悲之情别对人提起这位可怜的方济会修士。”

“我以我的基督教信仰许诺，神父大人……有什么话您就讲吧，我求您了。”

“今天天黑以后，您就从花园大门出去，绕着墙走。您将会看到一间茅舍，屋顶上有一个牛头骷髅。您敲门。一位老太婆会开门，然后您告诉她，您要见她。这样她就会让您进去。她甚至极有可能都不会问您是谁，但是万一她问了，您就随便编一个名字给她。一旦进了屋，您就恳求她听您陈情，求她为您将要告诉她的话保密。她穷，所以您最好对她出手大方，因为这样一来她会更好地为您办事。您将看到她会怎样迅速关门，以便您无所顾忌地开口。接着呢，您要让她明白，您不惜一切代价要赎回戒指以及她随戒指同时收到的全部东西。别忘了，戒指以及她与戒指同时收到的全部东西。如果她抗拒，您就威胁她，但是不要弄出响动，也不要让她喊救命。努力说服她，您愿意付出那害您之人付给她的双倍价钱。我可以肯定，最后她会答应您的，而且这一切只会让您付出很小的代价。即便情况并非如此，您的性命对您来说也比秘鲁王国的金山银山值钱吧。不要问我更多，因为我不能告诉您更多了……现在请您在我走之前发誓，您打算照我说的去做。”

“神父大人，我一定遵从将您带到这里来的天使的启示。”

“但愿如此！”

那方济会修士在空中缓缓地做了一个祝福的手势，我低头接纳。我坦白，他离开的时候我一点也笑不出来了。我吃惊甚至害怕地注意到，我手上戴了多年、用作印章的一枚戒指不翼而飞了。我想不起来是在哪里丢失的。这是一枚老戒指，黄晶石上刻着纹章，以前属于我的祖父布拉多明侯爵。

我步下花园，园中有一群雨燕在黄昏蓝色的阴影里翻飞。条条小径幽深寂静，生长百年的爱神木树林一路夹道，只愿如美德暗中勃发的无名小草在空中播撒清香。这些美妙的园中小径仿佛就是邀请人类沉思并忘却的理想之路。耳边传来喷泉声，它们深藏在终年苍翠的爱神木、月桂树和黄杨木林中，泉声低沉而日夜不歇。寂寞的花园似乎发出一种神秘的震动，而我的心头却压着一种未知的迫切之情。我在柏树林中徜徉。翠柏的树冠上落下一片影子的面纱。仿佛通过一长串门廊，我远远望见玛丽亚·罗萨里奥坐在喷泉边读着一本书。我紧盯着那令人欣喜的天仙形象继续行走。听到我的脚步声，她轻轻抬了一下头，面颊上泛起两朵火玫瑰，又低头继续看书。我停止脚步，因为一来我估摸她会逃走，二来找不到能和她白百合似的圣洁优雅相匹配的婉约之言。她一直坐在那古老的黄杨木林深处的喷泉边，膝头摊着书继续阅读，这使我猜测，玛丽亚·罗萨里奥把我在她闺房中的出现当成了梦中幻境。少顷，她再次抬头，眨眼之间偷觑了我一下。于是我问她：

“您在这幽境里读什么书呢？”

她胆怯地微笑。

“《圣母生平》。”

我从她手里拿过书来，松手之际，她的面颊上再次烧出两朵淡淡的火焰，同时她提醒我：

“您小心，别让夹在书里的干花掉了。”

“别担心……”

我带着宗教式的一本正经打开书本，嗅着其中发出的枯花的淡香。它宛似一股圣徒之香。我低声念道：“修女玛丽亚·阿格莱达的神秘之城。”

我把书还给她，她接的时候开口相问，却不敢看我。

“您知道这本书吗？”

“我知道这本书，因为我的精神之父在威尼斯被囚禁在铅铸监狱[①]时读的就是它。”

玛丽亚·罗萨里奥略为不解地低声说道：

“您的精神之父！谁是您的精神之父呢？”

“卡萨诺瓦骑士先生。”

“一个西班牙贵族吗？”

“不是，是一个威尼斯的冒险家。”

“一个冒险家？……”

我打断她：

“在生命的最后关头他忏悔了。”

“是出家了吗？”

“来不及了，但是他还是写下了他的忏悔。”

“像圣奥古斯丁的《忏悔录》那样？”

---

① 所指的监狱有灌铅屋顶，故名。

“一模一样！但他是个谦卑的好基督徒，他不愿意把自己和那位教会博士相提并论，就把自己的作品叫作《回忆录》。”

“您读过吗？”

“那是我的枕边书。”

“一定很有教益吧？”

“噢！……您将从它那里学到多少东西啊！……雅科波·卡萨诺瓦可是威尼斯一位修女的好朋友。”

“就像圣方济各是圣克拉拉的朋友？”

“比这还要亲密的一种友谊。”

“那修女是哪个教会的呢？”

“圣衣会。”

“我也将入圣衣会。”

玛丽亚·罗萨里奥红着脸不再多说，只拿眼睛盯着池中清泉。水池中反映着她的整个身影。这是一座布满青苔、颇有野趣的喷泉，汩汩泉声宛似祈祷，遗世独立地藏在幽深之处，而这百年老树的树拱围成的幽境也仿佛一座圆形修道院。我低头看着水池喃喃有声，似乎在和清泉中闪动的形象交谈。

“一旦您进了修道院，就不会再是我的朋友了！……”

玛丽亚·罗萨里奥猛地闪开身子。

“别说了！……我求求您，别说了！……”

她一脸苍白，紧张地握着手，美丽的眼睛焦急地看着我。我很是感动，然而，我能做的只有躬身求她原谅。她哀哀言道：

“别说了，要不然我就不能把真相告诉您了……”

她用双手盖住额头，而且这样子停留了一阵。我看她浑身都在发抖。忽然，她以一种悲剧式的力量露出脸庞，声音沙哑地喊道：

“您在这里有生命危险！……今天就走吧！”

然后她跑过去和妹妹们汇合，她们正从一条长长的爱神木林荫道上走来。她们走得前前后后，边说话边采撷用来装饰礼拜堂祭坛的鲜花。我缓缓走远。黄昏开始降临，花园大门上方的族徽石上停着两只咕咕连声的鸽子，待我走近它们便逃走了。它们的脖子上装饰着色彩鲜艳的丝带，或许是那双在大地上只会行善的神秘而热烈的手某一天为它们系上的吧。墙缝里年久的紫罗兰正在盛开，蜥蜴们在盖满泛黄的干苔藓、被烤得热烘烘的石头上晒太阳。我打开铁栏门，注目那绿荫蔽日、充满贵族式恬静的花园。黑压压的雨燕盖满一座钟塔，落日在塔楼的玻璃窗上留下一抹金晖，而在这黄昏的寂静里，传来的是汩汩喷泉和五姐妹的欢声笑语。

沿着花园院墙，我来到一间屋顶装饰着一枚牛角的茅舍。一位老太婆坐在门洞里纺纱，路上正有羊群通过，掀起飞扬的尘土。老太婆一看见我便站了起来。

“您有何贵干？”

她一边说一边做出一个贪婪巫婆的姿态，在老朽干瘪的嘴唇上湿润着拇指继续搓她的麻线。我对她说道：

“我需要和您谈谈。”

看到我露出来的两枚金币，老太婆顿时殷勤地笑道：

“您请进！……请进！……”

屋里已经完全黑了，老太婆必须在黑暗中摸索着点上一盏油灯。她接着把灯挂到一枚钉子上，冲我问道：

“不知怎么可以为尊贵的先生您效劳？”

她露出笑容，同时也露出牙齿无存的口腔。我一个手势示意她关门，她利索从命，但是关门前先朝外张望了一下。路上正有羊群缓缓通过，铃铛一片叮叮当当。随后，她坐到灯下的一把高凳上，顺势将双手拢在膝头。她的手看似一捆骨头。

“我知道你已坠入情网。如果你尚未如愿以偿，那是你的错。你要是早来，早就会有办法。”

听她这么说话，我立即明白，她是在告诉我她是神婆。我想起方济会修士神秘兮兮的话，不由心中一惊。我略为迟疑，但是那老太婆却一直等着我的回答，狡猾而狐疑的眼睛不曾从我的身上移开。我猛然大声告诉她：

“您要知道，神婆太太，我只是为被偷的戒指而来的。”

老太婆陡然变了脸色地直起身来。

“您什么意思？”

“我来要我的戒指。”

“我这里没有！我也不认识您是谁！”

她试图跑过去开门，但是我把枪顶到了她的胸口，她唉声叹气地退到一角。于是我不动声色地对她说道：

“我可以出别人请您作法的双倍价钱，您把戒指以及与戒指同时拿到您这里的其他东西一并交还我，您远不会亏，反而会赚……”

她从地上爬起来，嘴里还在唉声叹气，然后坐到灯下的高凳上。灯火闪烁不定，照得她羊皮纸一样的脸庞和双手时明时暗。她说话时带着哭腔：

“我会损失五个金币，但是一旦得知详情，您会付我双倍……因为我刚刚认出来您是谁……”

“那您给说说我是谁吧。”

“您是在教皇卫队里效力的一位西班牙骑士。”

“您不知道我的名字吗？”

她低着脑袋努力回忆。只见她嘴里念念有词，却不知她在嘟哝点什么。忽然她对我说道：

“您就是布拉多明侯爵老爷。”

我判定，此时此刻我应该从兜里掏出答应她的十个金币，好让她眼见为实。老太婆于是感动落泪。

“大人，我从来没有要置您于死地啊，只是要夺去您的阳刚之气……”

“请解释一下您的意思。”

“请跟我来……”

她让我走过一道又黑又破的芦苇屏风，屏风后藏着炉灶，微弱的炉火冒着烟散发出硫黄的气味。面对巫婆能吸尽我阳刚之气的神秘法力，我承认当时我着实吃了一惊。

巫婆早已将油灯取下。她把灯举过头顶，这样照得更亮；她把她居室内部指给我看。直到此时，因为一直在阴暗中，我还不曾看到屋子里边。灯火闪动之处，我清晰地看到被烟熏黑的墙上放着蜥蜴、摆成十字架的骨头、闪光的石头、钉子、铁钳等物。巫婆将油灯放到地上并低头在灰堆里翻动。

“您看，您的戒指在这里。”

在给我之前，她先小心翼翼地在裙子上把戒指擦干净。然后她郑重其事地把戒指交到我的手里。

“他们为什么要把戒指拿给您？”

“为了作法，我必须有一块您佩戴多年的宝石。”

“那他们是怎么偷走的呢？”

“您睡着的时候，大人。”

“那您打算怎么干呢？”

“刚才对您说过了……他们命我夺去您的全部阳刚之气……您会落得像初生的婴儿一样……”

“您怎么作法行此奇迹呢？”

“您会看到的。”

她继续在灰中翻找，并掏出一具躺在火盆底部、完全裸体的蜡像。那具蜡像毫无疑问是管家制作的。它奇怪的模样却与我相像。我看着它不禁哈哈大笑，巫婆却在一旁埋怨我。

“现在您倒笑话起它来了！凭我的法力，如果那具人偶淋上女人的血，您一定遭灾！……如果它在火盆里烧化了，您更是要大祸临头……”

“就这些？”

“对……”

“拿着给您的十个金币。现在开门吧。”

老太婆狡猾地看了我一眼。

“阁下这就走了？您对我没有别的要求？如果再给我十个金币，我定将使公主如痴如狂地爱上您。您不想吗，大人？”

我干巴巴地回答道：

“不要。”

老太婆于是从地上拿起油灯，并打开屋门。我走到空荡荡的路上。天已全黑，天上下起大滴大滴的雨，这使我加快脚步。我一边走远，一边想着那位方济会修士，他竟然对这一切知道得那么清楚。我发现花园的铁栏门已关，只得绕了很长的一段冤枉路。大教堂的钟敲响九点的时候，我正穿过通往加埃塔尼宫所在广场的罗马式拱廊。阳台上灯火通明，最后晚餐的游行队伍正在一片烛光中陆续从多明我会的教堂里出来。那些漫长、悲伤、闹哄哄的游行队伍在倾盆大雨中前进，对此我记忆犹新。天明时分有游行，午后有游行，半夜里也有游行。兄弟会则多得数不清。在那个年代，那座古老的教皇城里的圣周游行可谓名闻遐迩。

公主在聚谈会上不但没有和我说话，她甚至都没有正眼瞧我一下。我怕她对我的轻蔑被别人察觉，便决定离开。我面挂微笑地走到边谈话边叹息的尊贵的公主跟前。我大胆地拉起并亲吻她的手，并使她感到我用嘴唇对她决然而有力的挤压。我看她面颊变得煞白，眼中闪着仇恨之光，然而我表现得潇洒而得体，温顺地躬身请求她允许我告辞。她冷冷地答道：

“悉听尊便吧。”

“多谢公主！”

我从鸦雀无声的客厅走出。我感到大丢面子，而且明白刚刚发生的事情已经使得我不可能在宫中多做逗留。我在书房的休息室过了一夜，心中一直想着这件事，耳听着雨水一直单调地敲打窗玻璃。我感到自己成了某种痛苦而郁闷的渴望的牺牲品。对自己，对分分秒秒的时间，对围绕我周围的一切，我都不明智地感到烦躁。在那黑漆漆的书房里，我发现自己仿佛一位囚徒。我努力进入真实的自我意识，冷静而坚决地反思并判断那天发生的一切。我意欲决断行事，然而我的思路每每迷茫，我的意志力终止消失，一切都归于徒劳。

那些时辰真可谓无穷无尽的折磨！丧失理智的暴力在我心中如狂风暴雨一阵阵激荡。在大客厅气息芬芳的光影之间为对付我而设置的那些神秘陷阱仿佛地狱深渊，虽然令人晕眩，却也紧紧地吸引着我。我徒劳地挣扎着克制心中的傲气，并试图说服自己，如果我能当夜于风雨交加之际离开加埃塔尼宫，这将更显得潇洒，也更能挽回我的面子。我意识到自己正受制于一种异乎寻常的激动，同时我也清楚，自己无力战胜它，而且所有那些当时在我内心开始蠢蠢欲动的幼虫终将致命地长成凶猛的毒蛇。冥冥之中我预感到，我的病无药可救，我的意志也经不住采取胆大包天行动的诱惑。那可真是毁灭的晕眩啊！……

我无视风雨打开了窗户。我需要呼吸夜的清气。天空黑黢黢一片。一阵夹雨大风吹过我的脑袋。若干无巢之鸟在屋檐下寻求庇护，它们冻得瑟瑟发抖，不停地扇动着湿漉漉的羽毛发出哀鸣。广场上传来远处游行队伍单调的哼唱。修道院里的礼拜堂四门大开，礼拜堂内部的祭坛上灯火辉煌，可以听到其中老朽之辈的声音。虔诚的人们从教堂里出来并站到广场的拱廊下观看游行。远处一条高楼林立的窄街上，两长列明晃晃的蜡烛之中走着摇摇晃晃的游行架子。众多好奇的人们等在广场上，一边唱着音文并茂的祈祷。雨点敲打在伞上，脚踩水坑的晃晃声和温柔可爱的白衬裙的色调形成了鲜明的反差。洁白的衬裙从黑色的衣裙里探出一道边，宛似暴风雨中衬着黑色浪头的洁白浪花。两位身穿沙沙作响的黑丝衣的夫人从教堂里走出来。她们踮起脚，奔跑着穿过广场，要从宫殿的窗户里观看游行队伍。一阵大风掀动她们的披巾。

粗大的雨点持续敲打广场的石板路，在地上留下黑色的光斑。雨水打湿我的面颊，我感到似乎有两行热泪随着雨水流下。忽然间，阳台上亮起了灯火，公主们伴随着另外一些贵妇人在其中现身。游行队伍到达拱廊下的时候，天上下起了瓢泼大雨。我从书房的阳台上看着队伍走过，任凭风裹着雨水时时刻刻溅到我的脸上。首先走过的是敬拜苦路兄弟会，他们身裹斗篷，沉默无语。接着是基督殉难兄弟会，他们身披黄袍，手秉蜡烛。然后是抬架游行的车队：在客西马尼橄榄园的耶稣、面对彼拉多的耶稣、面对希律王的耶稣、绑在柱上受鞭的耶稣。在那灰蒙蒙、冷飕飕的雨水下，他们透着一股悲凉肃穆之气。最后出现的是拜苦路游行彩车。贵妇人无视雨水，双膝跪行直抵阳台凭栏。但听得管家颤巍巍地喊道：

“来了！来了！”

确实来了，但是和我们首次在宫中一间大厅里见过的相比又是多么不同啊！四个犹太人在雨中失去了凶相。它们的纸板脑袋糊成了花脸。它们被淋得身软腿虚，仿佛就要曲膝下跪，貌似已经诚心忏悔了。穿老式粗罗绸长裙的两姐妹在这变化中看到了一个奇迹，一本正经地反复说着：

“很有教益，安东尼娜！”

“很有教益，洛伦西娜！”

雨下个不停，仿佛一道天谴。从对面阳台上传来两只斑鸠的鸣啭，它们的歌声带着淡淡的诗意和神秘。养鸟的是一位身穿丧服、弱不禁风的老太婆。透过玻璃窗，可以看见她在两个高高的烛台之间烧着蜡烛祈祷。我四下张望寻找管家，他早已不见了踪影。

时过不久，我正在自己房间里闷闷不乐、痛心疾首地胡思乱想，这时响起了指关节叩门的声音，同时我听出门外说话有气无力的正是那个管家。我暂时脱离了痛苦的思虑。

“大人，罗马来信。”

“谁送来的？”

“刚刚到了一位信使。”

我拆开信并很快扫了一眼。萨索费拉托大人命我回罗马复命。不待把信看完，我抬头极为轻蔑地对管家说道：

“博洛尼奥先生，让他们准备驿车。”

管家虚伪地问道：

“大人您要走了吗？”

“不出一个钟头。”

“我家公主知道了吗？”

“由您去告诉她。”

“倍感荣幸，大人！您知道的，车夫病了……必须再找一个。如果您允许的话，由我来负责找一个，保证您满意。”

那老头的口气和躲躲闪闪的眼神使我心中疑窦顿生。我想不能轻率地相信这么一个人，于是对他说道：

“我先看看我自己的车夫。”

他对我深深一个鞠躬意欲退下，但是我拦住了他。

“您听着，博洛尼奥先生。”

“大人请吩咐。”

他每次鞠躬都益发显得恭敬有加。我盯住他的眼睛，看着他，却什么也没说。我发觉他越来越控制不住心中的不安。我上前一步对他说道：

“作为我这次来访的纪念，我希望您留下这枚宝石。”

然后我微笑着从口袋里掏出那枚戒指。镶在戒指上的黄晶石上镂刻着我的族徽。他一脸错愕地看着我。

“不不！”

他挥着手表示拒绝接受。我坚持道：

“拿着！”

他低下头浑身颤抖着接过戒指。我带着盛气凌人的神情为他指门：

“现在您走吧。”

管家走到门边，决然却又胆怯地嘟哝道：

“您留着您的戒指吧。”

他以仆人的傲慢将戒指扔到桌上。我充满威胁地看着他。

“我看您是要从窗户出去吧，博洛尼奥先生。”

他后退一步，使劲叫道：

“我知道您的心思！您用歪门邪术毁掉了我亲手制作的犹太人，还嫌报复得不过瘾！现在又想用那枚戒指让我入魔。我一定要让他们去宗教裁判所告发！”

他画着十字仿佛逃避魔鬼一样从我身边逃开了。我不禁哈哈大笑。我喊来穆萨雷洛，并命他打听车夫的病情。但是穆萨雷洛喝了太多酒，根本无法执行我的命令。我唯一能确定的是，车夫和穆萨雷洛是和博洛尼奥先生一起吃的晚饭。

记忆中的那一天对我来说实在是悲伤！玛丽亚·罗萨里奥在一个房间深处往礼拜堂用的花瓶里插着玫瑰花。我进去的时候她略略犹豫了一下。她不安地朝门口张望，然后回头胆怯而急切地向我投来恳求的目光。当时她正好装满最后一个花瓶，一朵玫瑰的花瓣凋落在她手上。于是我笑着对她说：

“连玫瑰花都为了亲吻您的玉手而不顾性命呢！”

她也看着指间的花瓣笑了，然后她轻轻一吹，花瓣飞走。我们沉默不语。正值黄昏降临时分，太阳在窗玻璃上涂抹着最后一道金晖。明亮的窗户下，花园里的柏树在黄昏的蓝天下挺着若有所思的树冠。室内的物体渐渐变得依稀难辨，玫瑰花静静地散发幽香，我的话也像黄昏一样缓缓消退。我的眼睛搜寻着玛丽亚·罗萨里奥的眼睛，意欲在阴影之中将它们一举擒获。她痛苦地叹了一声，仿佛透不过气来似的。随后她伸出两只手将额前的头发朝两边分开，同时向窗口逃去。我怕她受到惊吓，所以没有打算追过去。长长的沉默之后，我只问了一句：

“您不给我一朵玫瑰吗？”

她缓缓转身并细声答道：

“如果您想要的话……”

她略一犹豫，还是向我靠了过来。她竭力显得镇静，但是我却看到她在花瓶上挑选花朵的手在发抖。她很不自在地微笑着。

“我给您挑一朵最好的。”

她继续在一个个花瓶里挑拣着。我含情脉脉地叹道：

“最好的那朵在您的芳唇之间呢。”

她看了我一眼赶紧后退，脸色苍白难堪。

“您不是好人……为什么要对我说那些话呢？”

“为了看您生气。”

“这能让您开心？有时候我觉得您就是魔鬼！……”

“魔鬼不懂得爱。”

她默不作声。屋内昏黄，我看不清她的脸庞。只有到她哭出声来的时候，我才发觉她一直在默默流泪。我走上前去，想给她安慰：

“哦！……请原谅我。”

我的语气温柔、多情、顺从，连我自己听着都感到一阵奇异的诱惑力。至高无上的高潮时刻到了。这一预感使我的心激动地盼望着伟大的冒险临近。玛丽亚·罗萨里奥惊恐地闭起眼睛，如临深渊。她那失去血色的嘴唇似乎感到了一种夹带着痛苦的快感。我捧住她僵硬的双手，她由我拉着她的手，万分痛苦地泣诉：

“为什么您要害我痛苦而取乐呢？……您知道一切都是不可能的！”

“不可能！……我从没指望过获得您的爱……我知道我不配！……我只想请求您原谅，并听您亲口告诉我，我远离之后您会为我祈祷。”

“别说了！……别说了！……”

“我仰望您，觉得您是那么的高大，离我那么的遥远，那么的理想。我把您的祈祷当作圣徒的祈祷。”

“别说了！……别说了！……”

“我的心痛苦得没有任何希望。或许我会忘记您，但是我对您的爱仿佛就是我的净界炼火。”

“别说了！……别说了！……”

我的眼中含着泪水，而且我知道，眼中有泪时，手会蠢蠢欲动地不安分。可怜的玛丽亚·罗萨里奥！她脸色白得像个死人，我还以为她会在我的怀中昏过去呢！那孩子可真是一位圣女！看我极其不幸而痛苦万分的样子，她没有勇气再对我表现冷酷。她慢慢闭上眼睛并痛苦地呻吟：

“放开我！……放开我！……”

我轻轻问她：

“为什么您这么恨我？”

“因为您是魔鬼！”

她花容失色地看了我一眼，仿佛我的话使她从梦中惊醒。她挣脱我的怀抱逃到窗边。夕阳依然在窗户上涂抹着最后一道金晖。她额头抵着玻璃窗，哭开了。花园中升起夜莺的鸣啭。在黄昏蓝色的阴影里，它唤起一道关于圣洁的天真回忆。

玛丽亚·罗萨里奥叫住最小的妹妹，小姑娘刚刚抱着洋娃娃从房门外现身。她叫喊得急切有力，白皙的皮肤上烧起了美丽的红玫瑰。

“进来！……进来！……”

她从窗边伸手招她进来。小姑娘却止步不前，只是把洋娃娃让她看。

“博洛尼奥给我做的。”

“你过来让我看看。”

“这样子你看不见吗？”

“我看不见。”

玛丽亚·德拉斯涅韦斯终于决定跑进了房间。她的头发在背上飘动，仿佛一片金色的云彩。她的动作快乐轻盈，像只小鸟，实在可爱极了。看着她过来，玛丽亚·罗萨里奥露出了笑容。她的脸上依然覆盖着红晕，也不曾擦去泪水。她低头亲吻小妹，小妹抱住她的脖子，亲热地附着她耳朵说道：

“你可以给我的洋娃娃做一条裙子吗？”

“你要什么样的？”

玛丽亚·罗萨里奥爱抚着她的头发，把她留在自己身边。我一直看着她颤抖的手指埋在喷香而童稚的秀发里。我低声问她：

“您怕我什么？”

她的面颊霎时变得火红。

“没怕什么。”

那双眼睛里含着胆怯而充满爱意的目光，时至今日我也未曾见过如此美丽的眼睛，我也不指望以后有此艳福。我们心有所感，却反而变得默默无语。小姑娘开始讲起她洋娃娃的故事。这个洋娃娃叫约兰达，是一位王后。等做好金丝裙，她还要给她戴上一顶王冠。玛丽亚·德拉斯涅韦斯不停地讲啊讲，她的声音听似一道持续不停的欢乐喷泉。她一五一十地数着她拥有过的玩偶，还要把它们的故事都讲一遍。其中一些玩偶是王后，另外一些是牧羊女。同样的情节在那些长长的故事里不停重复，终于变得混淆不清。小姑娘迷失在自己的故事里，犹如安达拉、玛迦罗娜和阿拉蒂娜三姐妹迷失在食人妖魔的魔法花园里……忽然，她从我们身边跑开了。玛丽亚·罗萨里奥慌忙叫住她：

“别走！……”

“我没走啊。”

小姑娘从昏暗的房间深处说着话。玛丽亚·罗萨里奥利用这个时机压低声音说道：

“侯爵，请离开里古拉……”

“那不等于放弃看见您吗？”

“难道今天不是最后一次吗？明天我就要进修道院了。侯爵，我求求您了！”

“我愿意在这里受苦受难……我想要我从未哭过的眼睛在看到您披上僧袍、剃去秀发、关入铁窗之时为您一洒清泪。看到您执意剃度，谁知道我对您的尘世之爱会不会也转变为一种宗教信仰！您确实是一位圣徒！……”

“侯爵，您不要说那些亵渎神灵的话！”

她恳求的目光哀哀地望着我，眼中含着的泪水仿佛是最最纯洁的祈祷。此时此刻，她似乎忘记了小妹。小妹坐在沙发上哼着祖母年代的老歌哄洋娃娃睡觉呢。偌大的房间里，玫瑰的花香在黄昏的幽光里扩散，小姑娘的歌声有着旧日骑士风流之魅力，这种骑士精神的余风似乎早已随着一支小步舞曲淡出的音符而销声匿迹。

仿佛一朵敏感的花朵，玛丽亚·罗萨里奥在我眼皮底下浑身发抖。我从她的芳唇间猜出她急欲说话却又怕和我说话。忽然，她仿佛大梦初醒般地眨着眼睛，并焦急地看着我。她向我伸出双臂，冲动地，近乎剧烈地说道：

“今天您就到罗马去。您有危险，需要提防。您被告发到了宗教裁判所。”

我无法掩饰惊诧。

“告发到了宗教裁判所？”

“对，告您是巫师……您丢了一只戒指，又通过魔法找回了它……人们是这么说的，侯爵！”

我语含讽刺地喊道：

“说这话的是您母亲吧？”

“不是！……”

我难过地笑了笑。

“您母亲恨我，就因为您爱我……”

“从来没有！……从来没有！……”

“可怜的孩子，您的心为我而颤抖，它预感到了包围我的危险并且想要加以阻止！”

“行行好，别说了！……请别冤枉我母亲！……”

“难道她没有冷酷无情地指责您吗？您对她发誓，那天晚上根本没有见到我。您这么做的时候，难道她相信了吗？”

“对，她相信的！”

玛丽亚·罗萨里奥不再发抖。她勇敢地昂然挺胸，显得纯洁无邪，仿佛罗马角斗场内面对猛兽的女圣徒。我继续品味刽子手看别人痛苦时的无上快乐，语带悲调地对她说：

“不，她没有相信您。这您知道。您的眼睛在暗中抛洒了多少泪珠啊！”

玛丽亚·罗萨里奥退到窗边。

“您是个巫师！……他们说得对！……您是个巫师！……”

她稍稍恢复镇静并企图逃走，但是我一把拦住了她。

“听我说。”

她用狂野的眼神看着我，一边不停画十字。

“您是巫师！……请您放开我！”

我绝望地呢喃一声：

“您也冤枉我？”

“那您说说，您怎么知道的？……”

我默默端详她良久，直到觉出先知的圣灵落到我的心头。

“我之所以知道是因为您为了让我知道而反复祷告……我在梦里看到了一切的启示！……”

玛丽亚·罗萨里奥急促地呼吸着。她再次试图逃走，我再次将她挡住。她已经无力挣扎。她看看房间内部，同时喊妹妹：

“过来，妹妹！……过来！”

随之她向小妹张开胳膊，小妹跑了过来。玛丽亚·罗萨里奥将她紧紧地抱在胸口并将她从地上举起来，但是她实在太虚弱无力了，她抱不住，只得疲惫地喘着气将她放到窗台上坐下。落日的光芒照着孩子幼稚的脑袋，仿佛给她戴上一圈光环。柔滑如丝，气息芬芳的头发在孩子的肩头犹如光明的波浪。我在暗光里寻找着玛丽亚·罗萨里奥的手。

“请治治我的病吧！……”

她后缩一步。

“怎么治？……”

“您发誓您恨我。”

“那没有……”

“那么爱我？”

“也没有。我的爱不属于今世！”[①]

她的声音是如此悲哀，以至于她说这番话时，我体验到了一种快感，仿佛最最纯洁的泪珠滴上我的心头。我低头啜饮她的呼吸和身上的香味，并激动地低语道：

“您属于我。我的尘世之爱将会一直跟到您修道院的斋房。仅仅为了活在您的记忆里，活在您的祈祷里，我也乐意死去！”

“别说了！……别说了！……”

玛丽亚·罗萨里奥花容失色，她伸出颤抖的手去够妹妹。坐在窗台上的小妹身上照着最后一缕夕阳，仿佛古教堂玻璃画里的大天使。对那个时刻的记忆至今依然使我的脸上感到死亡的冰冷。窗户在我们

---

① 典出自“我的国不属于这个世界”。（《约翰福音》第18章第36节）

惊恐的眼睛面前打开了。它来得悄无声息，冥冥之中却早已注定，不可抗拒，致命而残酷。姐姐的手臂眼看就要碰到她了，那静静坐在窗台上的孩子的身影却在星光黯淡的蓝天下闪了一下，随后坠入花园。

是撒旦！是撒旦！……玛丽亚·罗萨里奥那痛苦万分的尖叫至今仍在我耳边回荡。那么多年过去了，我依然看见她苍白的容颜，仿佛一尊古代的大理石雕像，美丽而悲剧。我也依然感到当时那天崩地裂的恐怖。

“是撒旦！……是撒旦！……”

孩子直挺挺地躺在台阶边上。被头发半遮住的脸庞白得仿佛一朵百合，一丝鲜血从摔裂的额头流出，渐渐染红头发。姐姐仿佛中了邪魔，大声地喊个不停：

“是撒旦！……是撒旦！……”

我把孩子抱在怀里，她的眼睛睁开了一下，眼中分明是无限的悲伤。鲜血模糊的脑袋僵硬地滚到我的肩上，眼睛再次慢慢合上。姐姐的尖叫在静悄悄的花园中回荡：

“是撒旦！……是撒旦！……”

她的金发，那一头柔软如阳光，芳香似花园的秀发，被血染过之后变黑了。我感到她压在我的肩上沉重得仿佛一出命运的悲剧。我抱着孩子爬上台阶。哭喊成一片的姐妹们从高处向我迎来。我听着她们的哭叫声，并在她们恐惧万状的眼中和苍白的脸上感到了无言的审问。她们绝望地伸出手纷纷冲我而来，接过小妹的尸体，并将她抱进宫去。我呆呆地站着，也没有勇气后退，眼中是沾满自己双手的鲜血。房屋深处不停传来姐妹们的号啕，还有那发疯的人已经沙哑的大喊大叫。

“是撒旦！……是撒旦！……”

我很害怕。我走下台阶，来到马房，在一位仆人的帮助下把马匹和驿车套好。马车带着我飞驰而去。将要在广场的拱廊下消失之际，我噙着泪水回头告别加埃塔尼宫。在那扇总是开着的窗口里，我似乎看到一个悲惨凄凉的身影。如今那可怜的影子已经垂垂老矣，满脸皱纹，却依然提心吊胆地在那些房间里游荡，依然认为我在黑暗中窥伺着她。人们告诉我，过去了这么多年，时至今日，她已经无喜无悲，却依然像老太婆做祷告一样呆呆地重复着：是撒旦！

夏季奏鸣曲

我试图忘却一段不幸的风流韵事，并打算周游世界，浪迹情场。回首往事不由人依然一声叹息！那位女子在我的生活史中是一段风流、残酷而光荣的记忆，她好比希腊历史上的黛依丝[①]，法国历史上的妮侬[②]，那两朵命运赛过美色的交际花。或许这是唯一值得嫉妒的命运！倘若我生而为女人，我的命运定能与之差肩，说不定还要伟大，而且我也就会取得作为男人所不曾取得的成就而名垂青史。女人只要无所顾忌便足以得到幸福，而假想中的布拉多明女侯爵也极可能是放荡不羁之辈。倘若天遂人愿，我的行为举止也就会以当今之世令人侧目的女侯爵们为楷模，日日作孽，周五忏悔。她们中诚然也有人在姿色撩人、风韵犹存的年纪就已心生悔恨；这类人忘记了一点：感到老年迫近之际再起一丝忏悔之念也为时不迟。

在那些爱情漫游的日子里，我年轻而富有诗人气质，初涉人世，毫无经验，满脑子小说故事。当时的我真诚相信如今怀疑的许多东西；我急匆匆地忙着享受生活，根本无暇理会怀疑主义为何物。虽然从未说破，或许自己也并不知晓，但我是幸福的，那是得天下女子而

① 黛伊丝，雅典美女，亚历山大大帝的情妇。

② 妮侬（1620—1705），法国美女，她的巴黎沙龙吸引了许多文艺界人物，有些成为她的情人。

博爱之所带来的无法言传的遍览群芳的幸福。我不是唐·璜，但是我有过爱和激情的青春岁月，那是年少轻狂之爱，是平衡而乐天的激情。我从来没有体验过新一代人的种种颓废感觉。时至今日，虽然罪孽深重，我每天醒来依然春风得意。而回想起自己曾在一个遥远的年代为心灵的死亡——死于嫉妒、愤怒和爱情——而潸然泪下，我也不禁由衷微笑。

虽然打定主意要周游世界，我却不知道步履该迈向何方。一开始这颇为令人踌躇，稍后，由着一种浪漫冲动的牵引，我去了墨西哥。我感到祖祖辈辈的冒险传统如荷马的歌吟在我灵魂中升起。我的一位祖先贡萨洛·德桑多瓦尔曾在那片土地上创建了新加里西亚王国，另一位祖先曾当过宗教裁判所大法官，而布拉多明侯爵家族在那里仍然保有一处庄园。庄园在一场官司的如山案牍中元气大伤，只剩下尺椽片瓦。不待更多盘算，我便决定远涉重洋。古老的王朝和凶神恶煞造就的墨西哥传奇在吸引着我。

我自伦敦启航，从贝尔加拉的背叛[①]以来我一直客居此地。我们这些对堂卡洛斯忠心耿耿的人不承认那个所谓的和约。我乘坐一艘旧的大帆船渡海，这船后来在尤卡坦半岛海岸失事了。像昔日的冒险家一样，我将要在那古老而幅员辽阔的阿兹特克帝国隐身，自甘迷踪。这个帝国不为人知的历史随同其历朝历代王公贵族的木乃伊永远被埋在了地下，唯余巨大的废墟在诉说着昔日的文明、宗教崇拜和人类种族，其神秘性只有遥远的东方差可比拟。

---

① 费尔南多七世（1784—1833）去世前废除了只传男子的萨利克继承法，好让自己女儿伊萨贝尔继位。他的弟弟卡洛斯拒绝承认伊莎贝尔。这是西班牙历史上三次卡洛斯战争的由来。第一次战争（1833—1840）以贝尔加拉的和解告终。卡洛斯派许多人不喜欢这个和解。本书作者也是一个卡洛斯派，这一点在《秋季奏鸣曲》和《冬季奏鸣曲》里都有所表现。

虽然旅途全程波平浪静，一帆风顺，我却几乎不离船舱一步，也不与任何人交谈。爱情这顽疾将我伤得不轻。我旅行的确是为了忘却，但是我发现我的相思之痛太像小说情节，实在难以置于脑后。船是英国船，船上旅客全是异教徒和商人，这一点绝对帮了我大忙。狡诈的眼神！红胡子！撒克逊人是大地上最可鄙视的种族。看着他们在轮船甲板上幼稚可笑的胡闹，我感到了一种新的羞耻：动物学的羞耻。

我乘坐热那亚船的第一次海上旅行是多么不同啊！船上的旅客来自世界各地。记得才到第三天我就已经和一位那不勒斯王子混熟了。船上每一位因晕船而脸色苍白、头发凌乱的少女都把我的手当成倚靠。甲板上巨大的帆布篷下聚集着一堆堆人，我在其中进进出出，和留着细而短的黑胡子、头戴土耳其毡帽的希腊商人大讲我那蹩脚的意大利语，从亚美尼亚传教士的烟斗里借火点燃香烟。实在有趣！船上的旅客形形色色：貌似外交官的赌徒、手指戴满戒指的歌唱家、走路时留下一丝麝香的奶油小生教士、南美的将军、西班牙斗牛士、俄国犹太人、英国的大爵爷。一个充满异国情调，色彩缤纷的大戏班子。众声喧哗。令人头晕眼花的叽里呱啦。那次旅行是在前往雅法的东方海洋上，我去圣地朝圣。

长啸的猿猴和空中盘旋的一群群绿色金刚鹦鹉在向旭日致意，这热带森林的日出美景每每令我回想起热那亚轮船上的三处桥楼，服饰语言各不相同的光怪陆离的人们在那里汇成巴别塔似的一个大集市。但是更勾起我这种回忆的却是得到鸦片慰藉的时光，后者才是大丽花号上的生活。到处探头探脑的是布满雀斑的红兮兮的脸庞，番红花颜色的头发，狡诈的眼神。桥楼里是异教徒和商人，休息厅里是异教徒和商人。真正能把人逼急！然而，我却耐心忍受着。我心已死，自从那多灾多难的器官吐出最后几口气，我似乎换了一个人。我仿佛在服丧；在女人面前，不管她们的眼神多娇媚，我都保持一种掘墓的痛苦诗人的悲催姿态。在船舱的孤独里，我以长长的反思启迪自己的精神。我以为，倘若神圣的彼特拉克活在今世，他定会吟唱我所遭受的爱之不忠，而有幸如我能为此不忠之爱而一哭的男人也可谓寥若晨星。

为了避开路德教派的乌合之众，我几乎不到甲板上露面。只有夕阳西下时分我才到船尾坐下，那里无人打扰，我看着轮船的尾波时时抹平，借以消磨时光。安的列斯海色如绿色的宝石，碧波微颤，清澈见底。它吸引着我，令我着迷，如同住在湖底水晶宫里的仙子们绿色而不忠的眼睛令我着迷。我总是想起我的第一次旅行。在那遥远的时空，在幸福时光烟消云散的蓝色远方，我仿佛在幻想的氛围里时时体验到昔日的欢乐。澎湃不定而齐声轰鸣的波涛如阵阵叹息，在我心头唤起一个回忆的世界：消逝的倩影、回响的笑语、唧唧咕咕的万国方言、拍手叫好、摇动的折扇，这些和丽丽在四壁挂满镜子的大厅里唱的提洛尔①歌曲混缠得难解难分。那是一种纷繁感觉的复活，过去时光令人欣喜地在眼前重现并迅即烟消云散。那是一种飘然、闪烁、撒满金粉的微妙之物，犹如我们有时候在梦境中重新瞥见的生活场景。

我们在墨西哥水域停靠的第一处港口是圣胡安·德图斯特兰。记得上午过半之时，船在那片灿若白银的水面上抛锚了。烈日酷如火盆，足以烧灼树木，熔化沥青。划着独木舟的印第安人肤色如泛绿的古青铜器。他们从两边向轮船靠拢，从独木舟里取出椰壳雕、蒲扇、玳瑁手杖等充满异国情调的货物，笑眯眯地向俯身船舷的旅客展示兜售，神情活似乞丐。我抬头望去，岸边有一片礁石从波浪中探出被太阳烤得黑乎乎的脑袋，一丝不挂的孩子们纷纷从石上跳水并能游着很长的距离，一边游水，一边有说有笑。他们有些把脚泡在海水中坐在礁石之上，有些爬到礁石高处把身体晒干。阳光侧照着他们赤裸优美

① 提洛尔在阿尔卑斯山北部，分属意大利和奥地利。

的躯体，恰似希腊万神殿中门楣雕饰里的造型。

我欲逃避恼人的海上生活，便决定下船。从帆船到海滩的旅行所持续的那要命的三个钟头真是永生难忘。期间我一直躺在一个非洲黑人划的独木舟里，直热得昏昏欲睡，而且那黑人荡桨速度之慢能把人急死。我半眯着眼睛看那黑炭的身体随着叫人晕船的荡桨节奏在我头上一挺一收；巨人肉乎乎的嘴唇时而向着我绽开微笑，时而吹出充满宗教麻醉的调子；那是由三个悲音构成的音乐，某些野蛮部落的催眠师们用来催眠大蛇的那种曲调。古人乘坐卡戎[①]之舟的冥界之旅想必也不过如此吧：烈日如火，天地白热，海上风平浪静，不闻一丝声响，火神伏尔甘[②]锻炉里的所有热度铺天盖地倒翻在空中。

我们抵达海滩的时候，稍稍刮起了一阵清风，不久前沉重如铅的海面上也开始泛起涟漪。大丽花号一定会利用多日沉闷之后到来的风力而不失时机地起锚扬帆。我只剩几个钟头的工夫可以逛逛那座印第安人村庄。我走在圣胡安·德图斯特兰沙土铺路的街上，这印象一直保留至今。这是类似于炙热的午睡时分躺在吊床上懒洋洋地翻阅一本版画册所留下的昏眠混沌的印象。我甚至觉得只有闭上眼睛，记忆才变得生动而且轮廓分明。我再次感到焦渴和尘土的不适；再次看到身裹白布的幽灵似的印第安人慢悠悠地来回走动，听到那些打扮得像古典雕像一样天真而别致的克里奥尔女人甜美的笑语，她们披散秀发，透明的丝巾勉强遮住裸露的香肩。

冒着轮船挂帆而去的风险，我找到一匹马，并一路探险来到了特基尔废墟。一位印第安少年充当我的向导。天热得叫人难以忍受。我骑马走过这炎热地区的辽阔平原，平原上种着一望无穷的龙舌兰和甘蔗。地平线上是火山丘陵的轮廓，山上覆盖着茂密而黛绿的低矮树

---

① 希腊神话里，艄公卡戎的船将死者的亡灵运过冥河。

② 伏尔甘（Vulcan），罗马神话里的火神。

林。平原上的矮栎树张开枝叶，如一把巨大的阳伞，树下的印第安人围坐一圈，吞食着他们那一点点可怜的玉米卷饼。我们走的是一条尘土飞扬的红土路。几乎赤身裸体的向导跑在马前。我们一口气走到特基尔，路上不曾停下一次。废墟有巨大的宫殿、金字塔和神庙，其中长满灰蒙蒙的榆叶梧桐，绿色的爬行类动物到处做窝。就是在这片废墟上我首次看到了一位不同凡响的女人，她的印第安侍从们——我差点要说她的奴仆们——亲切地叫她尼娜·巧莱。前往圣胡安·德图斯特兰的她正在一座金字塔的阴凉处由仆人们簇拥着休息。这是一位充满异国情调的青铜色美人，带着游牧民族那种奇异而灵动的优雅。观赏这位姿态庄严而委婉的美人唤起了我对身为太阳女儿的公主们的回忆，她们在印第安诗篇里因神圣而妖冶的双重魅力而大放光彩。和尤卡坦半岛上所有的克里奥尔女人一样，尼娜·巧莱穿一件镶着五彩丝绸的威皮尔[①]白袍，这种土著衣袍类似古代的短袍和安达路西亚衬裙，后者在这片昔日属于西班牙的土地上依然被人们用正宗而略带做作的名字“府丝坦”来称呼。她黑发垂肩，威皮尔白袍凸显她那富有古典之美的胸脯。可惜我只有在她向我转身的极少几次机会才看见她的脸庞。尼娜·巧莱有着宗教偶像的优美仪态，有着玛雅人那种神圣而令人陶醉的静默。那仿佛从西印度的大地下脱颖而出的种族多么古老，多么高贵，多么神秘！虽然难以正面一睹芳容，我却也从别处挽回了损失。我有幸在披巾不及遮掩的部分大饱眼福，观赏她那灵动婉约的秀脖香肩。天哪！我感到经过尤卡坦的烈日抛光的那具肉体懒洋洋地洋溢着情欲的芬芳，而我在其中尽情呼吸，啜饮，陶醉……一位印第安仆人牵来她的坐骑。尼娜用她古老的语言与之交谈，并微笑着上马。接着，我和她打了一个照面，我不由怦然心动。她的微笑和丽

① 威皮尔袍，一种无袖套头短裙，是墨西哥中部到中美洲的印第安妇女常用的服装。

丽一模一样。那个丽丽，我不知道是爱她，还是恨她！

我在废墟中央搭起的一间茅舍里歇脚。在浓荫遮门的一棵大雪松上悬挂的吊床里，我睡着了。原野逐渐沉沦于一种弥漫炎热黄昏的叹息所带来的可爱的寂静之中。芬芳而丰饶的热带黄昏的轻风吹过我的额头。浑身颤抖的原野仿佛感到婚庆逼近的新娘，从处子的心肠里散发着坠入情网的茁壮而充满欲望的黑美人的热烈气息。

颠簸、炎热和灰尘催我入眠，我如同想象跨入天堂门槛的阿拉伯人那样做了一场美梦。不消说，先知赏赐我的七位乌利是七位身穿府丝坦长裙和威皮尔短袍的克里奥尔美人，而且她们都俏笑倩兮如丽丽，美目盼兮同尼娜·巧莱。特基尔宫殿那位美娇娘真的让我开始魂不守舍了。我惊恐地意识到这一点，因为我很清楚，如果不幸再次与她邂逅，我最终定会疯狂地爱上她的朗眉秀目。万幸的是，那些出其不意地捕获我们的女子通常不会在生活中再次露面了。她们如影闪过，笼罩在一片理想黄昏的神秘之中。倘若她们芳容再露，或许魅力也就消失了。如果勾魂一瞥就足以传达爱情全部的秘密忧郁，她们又何必再现呢！

啊，想入非非的浪漫，诞生于倏忽逆旅的理想的可怜儿女！有谁活到老而没有因你们洁白翅膀的爱抚而怦然心动过呢？我的灵魂中蕴藏着多少这样的爱情啊！……甚至时至今日，我虽已未老先衰，白发苍苍，依然会不无忧郁地回想起一张女子的脸庞，那是我在乌尔比诺和罗马之间于某个黎明有福得见的，当时我在教皇陛下的贵族卫队效忠。她苍白而哀怨的形象如梦似幻地漂浮于过去，为我全部的青春记忆撒上理想的芬芳；那是恋人们珍藏于情书和秀发之间的干枯花朵的芬芳，仿佛从某个小巧的百宝箱里散发出初恋的纯真秘密。

尼娜·巧莱的美目在我心中勾起了多么遥远的往事啊，它们纤弱如幽灵，洁白如沐浴月光。那令人销魂的微笑唤起另一道遥远的微笑，在我的血液里燃起躁动的欲望，使我的精神生出朦胧的爱之渴望。我感到一种青春焕发而略带忧郁的幸福，我为过去经历过的爱情而叹息，同时为老树新花的四月玫瑰的芳香而陶醉。青春元气如波浪涌入我久已哀死的心头，使我再次感到对昔日情怀的留恋。我潜回往事之雾，品味回忆之乐，那是以种种方式频坠情网的人临终时所体验的快乐。狂热的想象传递给神经的那种激动实在是妙不可言！

夜色在大平原上伸展它满怀激情许诺的黑影，群鸟翻动着长长的翅膀在废墟上空飞翔。我在茅舍外迈出几步，叫唤我的印第安向导；那废墟上的千年回声随即重复我的声音。他从红石雕刻的一尊巨人般的偶像背后探出身子。我骑上马，我们便出发了。天边划出阵阵闪电。一股淡淡的海洋的气息，海藻和沥青的气息，有时与令人眩晕的原野的气味混合在一起。远方，在昏暗的地平线深处，隐约可见燃烧的林莽泛出略带红色的光芒。放荡不羁而野性十足的大自然依然跳动着黄昏的热力，仿佛一头怀孕的母兽正气喘吁吁地睡得香甜。四周充斥着婚庆的呢喃，随处可见萤火虫在高高的草尖上轻快地跳着怪诞的舞蹈，在这样的夜色里，我似乎呼吸到了一种微妙、悦人、神圣的元气，这是盛夏在花盏和心杯里尽情倾注的生命的琼浆。

我们抵达圣胡安·德图斯特兰的时候，夜色已深。我下得马来，顺手将缰绳抛给向导，随即沿着一条空无一人的道路独自走向海滩。海风拂面，我四处张望，担心客船已经扬帆而去。正在满腹狐疑之际，我感到了背后有人赤脚走路的轻微声响。一位身裹白布的印第安人朝我走来。

“老爷没有什么要我效劳的吗？”

“没有，没有……”

印第安人作出转身离去的架势。

“老爷您不要我领路吗？”

“什么也不要。”

他暗自嘀咕一阵，紧一紧当袍子穿的白布，便走开了。我继续朝海滩走。忽然，我的耳边再次传来那印第安人温顺而谦卑的声音。我回头一看，发现他离我不过几步之遥。他边跑边唱着赞美瓜达卢佩圣母的颂歌。他赶上我并与我并排，低声说道：

“说真的，老爷，要是迷路您可就走不出这些沙丘了……”

那家伙开始烦人，我决意不搭理他。这无疑给了他鼓舞，因为他又追随着我走了好一阵子。他略一沉默，再次神秘兮兮地开腔：

“要不要带您到一位小妞那里去，老爷？十五岁的瓜达拉哈拉小妞，就住在这儿。来吧，老爷，来看她跳哈拉维舞。不到一月前她离开了瓦希拉庄园主人，就是纳乔老爷，您知道的吧？”

突然他打断话头，奋不顾身地一跳抢到我面前，作势拦住我的去路。他躬起身子，一只手握草帽为盾，另一只手猛地后甩，亮出一把明晃晃的大弯刀。实话说，我吓了一大跳。这个地方打伏击再理想不过了：寸步难行的沙丘，四周环绕一汪汪倒映明月的黑水，远处可见一处阴森森的茅屋，茅屋缝隙漏出室内的亮光。假如那强盗对我不那么客气，而是恶狠狠地威胁我，要扒我的皮，喝我的血，我也许就由他抢劫了。然而我听到的不是期待中断然而凶狠的恐吓，而是万世奴才的低声下气：

“别靠近，老爷，刀会伤到你……”听到这话和我恢复勇气都是瞬间发生的事。那印第安人已摆出姿势，准备山猫一样向我扑来。我的骨髓里似乎感到了钢刀的寒意。我惊恐地觉得自己要死于刀下了，然而突然之间我竟变得坚强无比，勇气百倍。我向前一步，准备好抵抗他的进攻，声音略带颤抖地对那歹徒吼道：

“滚开，要不你死定了！”

那印第安人并不移动。他奴气十足的话在我听来似乎充满了讽刺：

“别怕，朋友！……只要把钱扔到那块石头上，就放你走。快点，快点。”

那把亮闪闪的弯刀再次让我发怵。但是我坚决而低声地说道：

“走着瞧，强盗！”

我没带武器，但是在特基尔废墟我一时性起从一位兜售豹皮的印第安人那里买下了他的拐杖。我爱它做工奇特。这拐杖我现在还保留着，它仿佛一位黑人国王的权杖，富有东方情调，既古朴原始，又造意巧妙。我操起拐杖做出防守姿势。如两个世纪之前的武士会说的那样，我迈着敏捷的步子，向那强盗迎上去。他略退一步，试图从侧面给我一刀。谢天谢地，月光照得他浑身分明，我注意到刀子袭来，紧急一个闪避。我模糊记得自己佯攻他的脑袋并试图打掉他手中的大刀，那印第安人也借着月色一把避开，身手矫捷如同野人。后来的事记不得了。我只保留着一个噩梦般的痛苦印象：月光照耀着沙丘，两脚陷在黑乎乎的流沙中，胳膊疲惫无力，眼前一片模糊，印第安人时隐时现地穷追不舍，如一只中魔的猫怒不可遏地躬身蹿腾。正当拐杖将要脱手之际，一个身影奔逃而去，明晃晃的弯刀在我头顶飞过又如一条颤动的银蛇钉入由两截烧焦的木疙瘩架成的又黑又弯的十字架上……我一阵迷惑，不清楚到底发生了什么。透过浓雾，我仿佛看见那茅舍的门悄悄打开了，两个人出来到海滩上张望。我怕再像刚才那样被打劫，迈开大步朝大海走去。一只载着大副的客轮小舢板正要离岸的时候，我赶到了。我冲着他喊叫，于是他下令掉头来接我。

一上客轮，我径自钻进船舱；我累得筋疲力尽，一骨碌便躺下了。刚一灭灯，那未曾睡稳的欲望的毒蛇就开始蠕动起来；整整一天它们紧缠着我的心，现在准备要开口咬它了。一阵充满迷茫和神秘的巨大的忧郁之感向我袭来。那是作为人生大悲之萌芽的性爱的忧郁。尼娜·巧莱在我脑中如一只轻盈的蝴蝶固执地翻飞，对我紧追不舍。印第安的美色，女祭司的魅力，蛇一般的优雅，女巫的眼神，灵动的臀部，令人不安的微笑，女童的秀脚，裸露的香肩，脑子能想到的一切，眼睛能看到的一切，这一切的一切，点起熊熊篝火，灼烧我的肉体。我想象那尤卡坦美娇娘青春娇美、婀娜多姿的形体在微风中慢慢绽开，犹如墨西哥花园中的日本玫瑰，先是一个紧闭的花苞，然后逐渐开放。丰满，鲜艳，茂盛，芬芳。记忆的暗示力如此之强，竟使我相信自己屡屡呼吸到了她移步扭动时裙裾一路挥洒的情欲芬芳。

渐渐地，疲惫合上我的眼睛，单调而有节奏的水声催人入眠，并终于把我送入一个热烈而躁动的爱之梦境，这梦境正是我生活的表现和象征。天亮时分我醒来，浑身的神经都在颤动，仿佛在种满奇花异草的温室里过了一夜，那里的奇葩散发馥郁、奇妙、催情的香气。我的头顶上响着混乱嘈杂的语声，还有赤脚轻踩甲板的脚步声。噪音来来往往，其间还伴随着水声飞溅。是在开始冲洗甲板了。我起床并爬上桥楼。迎面吹来夹带着海藻和沥青味道的微风。这一时刻的温热令人喜悦。空气中可以感到一阵阵妩媚的颤动，天地在美丽的旭日下欢笑。

朝晖在蔚蓝的海面上铺开玫瑰色的蒸汽，一叶小艇在这茫茫水汽中朝客轮划来。小艇苗条、轻盈、洁白，把它比作海鸥与天鹅的经典比喻真是恰如其分。坐着划船的桨手多至六人。一个白衣人站在船尾撑起的遮阳的帆布篷下。当小舟触到客轮舷梯的时候，我早已等在那里，自己也不清楚冥冥之中究竟在期待什么伟大的冒险经历。船舵边坐着一位女子。布篷只许我窥见她的裙边和藏在白丝厚底绣花鞋里的女王玉足，但是我的灵魂已经猜到她是谁。是她！是特基尔宫殿的那位美娇娘！……对，是她，丝巾下的美色欲盖弥彰，使她比任何时候都更加风姿绰约。只见她在尾座上翘首而立，身靠着一位黑人水手魁梧的肩膀。那克里奥尔美人的丰满红唇含笑微启之时带着古代埃及美人或者古代图兰[1]美人令人魂不守舍的魅力。修长的睫毛罩住一双秀目，显得神秘、绮丽、幽远，使人联想到远古年代在太阳的国度里缔造伟大帝国的那些古老而高贵的种族……小艇晃着脑袋靠到客轮侧面。克里奥尔美人在惊惧与开怀之间揪住那黑巨人的鬈发，后者出其不意地把她抱到空中并一个箭步跳上舷梯。一个浪头打来，浪花飞溅他们的笑脸。上船以后，黑巨人把她独自留在甲板上，自己走到一边和水手长交头接耳地说开了。

我快步跑到他们必须经过的大厅。我的心从来没有跳得那么猛烈。我记得很清楚，大厅里空无一人，略显幽暗。晨光在窗玻璃上跳跃。过了片刻。我听到欢声笑语：一道更加调皮、更加生动、更加欢快的阳光照亮大厅，镜中反映出尼娜·巧莱的倩影。

那是海上风平浪静、闷热难熬而旅程永无止境的一个漫长日子。偶尔才有一阵热风吹过索具，刮得船帆猎猎作响。我漫无目的地东张西望，盼望着能在甲板上看见尼娜·巧莱。我真是痴心妄想。尼娜·巧莱一直把自己关在船舱里，肯定是这个原因我才觉得时光从来没有那么无聊而难以排遣。在别的芳唇上亦曾有缘见过爱过的那道微笑让我失望。失望之余，我走到船尾坐下。

大帆船在沉睡的绿宝石水晶上留下一道白浪翻滚的尾波。不知为何，我的记忆中涌起了母亲好友涅韦斯·阿伽尔多年前教我唱的某支拉美歌曲。当时的我还是一个满头金发的小宝贝，常常在来赴布拉多明侯爵府晚会的女士们怀里入睡。在女人怀里睡觉的爱好我保留至

---

① 图兰，古代中亚的游牧民族。

今。可怜的涅韦斯·阿伽尔！多少次你在膝头随着那支哈瓦那舞曲的节拍摇我入眠！那支歌里讲的是一个比阿达拉[1]还要美丽的克里奥尔美人，她睡在椰子树下的丝绸吊床里乘凉。或许那故事讲的就是另一个尼娜·巧莱！

一下午我在三角帆下坐着乘凉，三角帆在我头顶懒洋洋地耷拉着。我想入非非，闷闷不乐。落日时分终于刮起一阵轻风，客轮鼓起风帆，成功绕过牺牲岛并在韦拉克鲁斯水面抛锚。宗教感捕获了我的心灵；我久久注视着这片晚霞似火的海滩。遥想西班牙的冒险家们，蛮子阿拉里克[2]和摩尔人塔里克[3]的子孙们，他们早于欧洲任何一个民族在此捷足先登。我看到他们一手创建并在其中传承英勇传统的城市韦拉克鲁斯[4]。城市倒映在静谧如铅的海面上，仿佛满心迷惑地望着白种人带来的航线。一边是荒芜的花岗岩小岛，岛上是濯足波涛的乌路阿城堡，这是勾起那里并不存在的封建历史的一道浪漫阴影。远处的奥利萨瓦山脉[5]白雪皑皑，如一位祖父的白头。雪峰在一片明澈湛蓝的古典的天空中突兀而立，奇幻多姿，令人难以置信。我回想起从前读过而几乎已经忘记的书籍，那些书中的故事半是历史半是虚构，使儿时的我对那片土地，对那太阳的女儿充满了梦想。书中描述的印第安人肤如青铜，沉默忧伤，这正是战败的英雄应有的样子。书中还有原始森林，林中飞满羽毛鲜亮的奇禽；有尼娜·巧莱那样热情洋溢的深肤色美女，她们是当今一位痛苦诗人所说的激

---

① 法国作家夏多布里昂小说《阿达拉》中的印第安姑娘。

② 阿拉里克，洗劫罗马的西哥特国王。罗马帝国崩溃后，西哥特人在西班牙建立了自己的王国。

③ 塔里克，八世纪穆斯林将军，从北非渡海征服西班牙。直布罗陀这个名字就是塔里克山的意思。

④ 韦拉克鲁斯也叫英雄的韦拉克鲁斯，墨西哥人曾经在此先后抵御过西班牙、法国和美国的进攻。

⑤ 奥利萨瓦山，海拔 5636 米，是墨西哥最高峰。

情的象征。

一般人不可能背弃自己的祖国，更何况我是一位西班牙骑士。我感到心中热情澎湃，脑海里浮现出辉煌梦想，记忆里充斥着历史伟业。在狂热的想象中，我看到那破釜沉舟的埃斯特雷马都拉的冒险家[①]，看到散布海滩的部下对他的举动侧目而视，他们留着旧时军人的上翘八字胡，饱经风霜的脸庞刚毅，黝黑，泛着铜绿，如同年代弥久的油画里的人物形象。我也将要在那片神圣的海滩上岸；随着流浪生活的冲动，我或许将永远消失在广袤古老的阿兹特克帝国。我感到历史的庄严呼唤在我冒险的基督教骑士的心灵中油然升起。

我们的船刚一抛锚，即有舢板和独木舟组成的一支可爱的小船队从岸边急急驶来。远远就能听到单调的桨声。有人在船舷上探出脑袋观望，甲板上到处是聚聚散散的激动人群。他们用西班牙语、英语、汉语大声吼着，起劲地打着手势示意划船的印第安人靠拢。他们吵吵闹闹地讨价还价，最终谈妥价钱便似散串的念珠纷纷落入围住舷梯举桨待发的独木舟里。船队散去。大老远仍然可以看见已经变得很小的挥手划桨的身影，可以听到他们的语声，这声音衬托并加深了那片炎热地区的庄严寂静。没有一个人回头和客轮道别。他们一意孤行，只想尽快上岸。他们是黄金的征服者。夜色临近。在这黄昏时分，尼娜·巧莱带给我的燃烧的欲望得到了净化，甚至变成了充满诗意的理想爱情的朦胧渴望。天地不紧不慢地暗淡下来：微风呻吟，月光如水，深蓝的天空变成黑色，满天星光在这庄严的黑色里显得清澈深邃。这是诗人梦中的美洲之夜。

我下到自己的船舱，躺在床上抽着鸦片，当我或许正梦见尼娜·巧

---

① 指征服墨西哥的埃尔南·科尔特斯（1485—1547）。他和其他许多征服者都来自西班牙的埃斯特雷马都拉地区。

莱之时，门开了，我一看，是胡里奥·塞萨尔。他是某位葡萄牙冒险家在牙买加送给我的一个黑白混血男孩。那葡萄牙人后来做到了多米尼加共和国的将军。胡里奥·塞萨尔在门口帘幔下站住。

“老爷，船上来了一位下海用刀刺鲨鱼的黑人。赶紧上来看哪，老爷……”

然后他像那些在中了魔法的城堡中监守公主的埃塞俄比亚黑人那样迅捷地消失了。好奇心刺激我跟着他。一轮圆月照得船楼通明。一个身上衣服不停淌水的黑巨人正在围成一圈的旅客中一边像大猩猩一样甩动身子，一边露出洁白的牙齿像宠物一样微笑。两个水手在几步之外躬身靠着右舷，使劲把一条被砍断半个脑袋的鲨鱼往船上拉。鲨鱼已经在船边被左摇右晃地拉出水面。突然，绳子拉断，鲨鱼转眼落到一个泡沫翻滚的漩涡中消失不见了。大老黑抿着肉乎乎的嘴唇轻声骂了一句：

“笨蛋！”

话音一落他便走开了，光脚在甲板上留下一串湿漉漉的脚印。一个女人的声音从远处叫他：

“喂，黑炭！”

“这就来……马上，马上。”

船舱门口出现一个女人的白色身影。没错，就是她！可是我怎么就没有猜到呢？我的心啊，你为何不早告诉我，她远在天边，近在眼前？我多么乐意罚你被她的秀脚践踏啊！

“尼娜有何吩咐？”

“我想看你杀死一条鲨鱼。”

黑家伙露出野蛮人白森森的微笑，眼睛盯着月光下银色的波浪，慢悠悠地说道：

“夫人，那不行哪。鲨鱼聚了一群，您知道吧？”

“害怕了？”

“这有什么害怕的！……本来很容易，不过现在可危险啊……您只要看一眼就……”

尼娜·巧莱没让他把话说完。

“那几位先生给你多少钱？”

“二十个托斯通：两个森腾呢！”①

指挥作业的水手长正好路过，听到了他的回答。带着饱经风霜的老海员那种严厉而坦率的直截了当，他嘴叼着香烟，头也不回地对他说：

“别犯傻！四块！”

黑人看来犹豫了。他从右舷护栏上探出脑袋，瞅了一眼星光淡然跃动的大海。只见银色的鱼儿优美穿梭，身后留下仿佛点点磷火的水痕，然后在月波里消失。轮船一侧在蓝色的海面上投下阴影，阴影里那片形状不定的黑斑正是黑压压的鲨鱼群。水手心事重重地转身一侧。然而，他还是回头看了好几眼沉睡的波涛，仿佛被它们静夜中发出的哀怨打动了。他用指甲钳出一支香烟，并向她靠拢。

“四个森腾，夫人愿意吗？”

带着克里奥尔阔女人对黑人特有的那种贵族式的轻蔑，尼娜·巧莱转过她印第安女王的美丽头颅，她的口气听起来仿佛话尚未脱口就已经厌倦得在唇边打瞌睡了：

“你有完没完？……四块就四块呗……”

黑人肥厚的嘴唇露出一个微笑，活像贪婪好色的食人魔。他迅速脱掉衬衫，拔出腰间短刀，并像纽芬兰犬那样用牙咬住刀子，然后爬上船舷。那赤裸的躯体恰似油亮的黑檀木，甚至反映出粼粼海波。大

① 托斯通是西班牙帝国在其美洲殖民地铸造的多种银币的名称，其中之一是面值五角的墨西哥银币。森腾，一种西班牙金币。

老黑低头探测着深渊，然后，当一群鲨鱼浮出水面的时候，我看到月光中那神话似的黑巨人在护栏上挺身张臂，一头扎入水中。无论船员乘客，凡是甲板上的人都涌到了船边。鲨鱼群潜入水中找那黑人，所有人的目光紧紧盯着一个漩涡，几乎不待旋涡消散，海面就被染成一片红色。水手们连连叫好，商人们举起红润的平民之手起劲地鼓掌，黑水手一头卷毛的扁平脑袋浮出水面，他只用一只手划着水，另一只手掐住鲨鱼脖子，刀捅在鲨鱼脖子上……人群试图把那黑人拉上来：他们把事先备好的绳子扔下去，正当他的半个身子被拉出水面的时候，一声恐怖的尖叫撕破了夜空，我们看到他松开胳膊，一下子被鲨鱼吞得无影无踪。我惊魂未定，不料背后传来一个话音：

“先生，劳驾您腾个地方。”

话音未落，同时有人轻轻碰了一下我的肩膀。我回头一看，是尼娜·巧莱。她带着那令人不安的一贯微笑，一只手很快张开又合上。我看到她手掌里握着几枚亮闪闪的金币。她神秘兮兮地催我让开，然后伏在船舷上尽力把金币朝远处扔去。紧接着，她回头对着我优雅地欠欠身子。

“这是他该得的！”

我当时一定吓得面如死灰，但是一见到她那含情凝睇、笑容可掬的模样，感官的魅力就让我乖乖就擒了；我依然微颤不已的嘴唇对那古代女王的倩笑报以主人面前唯唯诺诺的奴才才有的那种微笑。克里奥尔女人的残酷使我反感，令我着迷：我觉得她比任何时候都更美丽，更有蛊惑力。流水的潺湲和芬芳从黑暗而神秘的大海升起，皎洁的月光赋予它们一种难以言表的奇妙的快意。那个黑巨人的悲惨死亡、仍然刻在众人脸上的无声恐惧、大厅里如泣如诉的小提琴声……那个月夜的一切带给我的是邪恶而微妙的快感。

尼娜·巧莱有板有眼地扭着虎步走远了。她的身影刚一消失，一个残酷的疑问就啃啮起我的心灵。我一直没有注意到自己身边站着一位金发的美少年。记得在图斯特兰海滩下船时我见过这位俊男。尼娜·巧莱含笑的嘴里仿佛沉睡着某种古老、放荡、残酷、魔性的宗教崇拜之谜，那么她会不会是笑给他看的呢？

曙色初现，我在韦拉克鲁斯上岸。我害怕那道微笑，那是丽丽的微笑，如今绽放在另一个女人的嘴角上。我害怕那两叶芳唇，那也是丽丽的芳唇，清新，鲜红，芬芳，犹如我们园中的樱桃，曾几何时，丽丽多么喜欢咬着樱桃喂我！如果可怜的心灵曾经不止一次慷慨地让爱情筑巢，品尝过有限的爱之欢乐，也承受过无穷的爱之悲伤，那么当它面对尼娜·巧莱的顾盼美目和嫣然倩笑，它也同样少不得心旌动摇。不仅当时的我心旌乱摇，即便在满头皑皑白雪经年不化的今日，我依然会怦然心动！

在此之前我已多次体验过同样的那种爱的恐惧，但是每当要脱身避祸的节骨眼上，我总是像浪漫少女一样缺乏勇气。终生被自己的柔情所娇惯的心灵是多么软弱啊！而这颗软弱的心灵终生带给我的唯有伤悲！如今的我已由经验得出，只有伟大的圣徒和伟大的罪人才拥有逃脱爱情诱惑的必要美德。我非常谦卑地坦白，感到爱情翅膀的抚摸而不让它在我心中做窠，我只有那一次做到了。或许这是命运要借此测试我的勇气吧。

我们坐着客轮的一只小艇，将要抵达海滩的时候，另一艘彩旗飘飘的小艇也刚刚冲上海滩。我一眼认出那从船头跳上海岸，身穿白衣、头裹面纱的女人正是尼娜·巧莱。毫无疑问，我命中注定经不起诱惑。魔鬼同某些烈士寻开心，夺走他们的凯旋棕榈叶①；很不幸，

① 棕榈叶是殉教烈士打败邪恶的胜利象征。

我终生在后者之列。我走过今世，如一位落下神坛的圣徒，跌得头破血流。幸运的是，有时候我也能找到洁白而慈悲的手为我创伤的心灵包扎绷带。如今当我注目旧日伤疤，回想过往的自己如何落入爱的陷阱，我感到的简直是一种安慰。在童年读过的一本《西班牙历史》上，我曾学到过，凯旋奏捷和虽败犹荣原本是一回事。

在韦拉克鲁斯上岸的时候，我的心中充满了万丈豪情。我像一位古代的征服者趾高气扬地从尼娜·巧莱眼前走过。我那在墨西哥缔造新加利西亚王国的祖先桑多瓦尔，当时他在被俘的阿兹特克公主面前大概也不会流露更多的轻蔑吧。而尼娜·巧莱无疑如同那些阿兹特克公主一样，侮辱和征服反而激起她们心生爱意，因为她含情脉脉地望着我，向我露出最美丽的微笑。一片片微笑从她唇间如花剥落，仿佛女奴手剥玫瑰花瓣抛撒胜利者凯旋的步伐，而我却始终保持无动于衷的冷漠神情。

我们在那片金色沙滩上并排上岸，一队印第安仆从簇拥着尼娜·巧莱，我的黑奴走在我前面开道。一群群又丑又黑的笨鸟几乎擦着我们的脑袋翻飞。它们易受惊吓似的不停拍闪翅膀，所经之处天空为之一暗。我的脸上感到一阵阵猛烈的扇动。它们飞得忽高忽低；正在低空盘旋，忽又一个猛子窜上蓝天。它们排成黑压压的长队，在高空久久不下，翻出怪诞的舞姿。它们落到摩尔式的白色露台上，露台为之变黑；它们停上沙滩的椰子树，树枝也被折断。它们看起来像是废墟上的鸟，长着麻风似的脑袋，翅膀上斑斑点点，一身黑色羽毛，而且是那种惨淡无光的黑色。它们多至成百上千。一步之遥的多明我会教堂响起晨祷的钟声，尼娜·巧莱和她的仆从队伍一起走了进去。甚至到了门口她还对我回眸一笑。然而，最终将我擒获的却是她表现出来的那种宗教虔诚！

在比利亚黎加·德拉·韦拉克鲁斯，我下榻于一家颇有来历的客栈。客栈令人想起总督统治的幸福年代。我预计只在那里逗留若干小时，招一支卫队，并打算当天即上路前往属于我遗产的那片土地。在那个年代，只有在武装卫队的护送下你才敢在盗匪出没的墨西哥的路上冒险出行。盗匪中就有大名鼎鼎的“银帮”，他们的名气来自他们的勇猛和人马的豪华装束。那是阿德里亚诺·奎利亚尔和胡安·德古斯曼的时代。

突然，尼娜·巧莱和她的仆从队伍出现在阳光明媚的客栈庭院中。她缓步走来，威风凛凛，不可一世。她对马夫发号施令，马夫低眉顺眼，并用尤卡坦的语言答话；那古老的语言兼有意大利语的优美和原始语言的率真生动。一见到我，她很有风度地向我施礼致意，随即命令三个适婚年龄的印第安姑娘跑过来见我。她们应该是她的丫鬟。三个人轮流开口，活像学会了祈祷经文的见习修女在分别背诵自己最擅长的段落。她们低着头说话，口气恭顺，慢条斯理。

“是尼娜派我们来的，老爷……”

“派我们来告诉您……”

“请您原谅，来恳求您，老爷……”

“尼娜知道老爷您聚集了一支卫队，而她也必须上路。”

“老远的路，老爷！”

“好几里格的路呢，老爷！”

“两天多路程呢，老爷！”

我跟在那几个丫鬟身后。尼娜·巧莱向我挥手示意，迎接我到来。

“多有打扰。”

她的声音柔软、婉转、甜美，是女祭司和公主的语调。我静静地打量着她，然后躬身施礼。师承古人奥维德的古老的爱之艺术！尼娜·巧莱继续说道：

“适才我得知，您拉了一支卫队护送您上路。要是同路，我们就可以合在一起走。我去内科斯特拉。”

我像凡尔赛的廷臣一样深深一鞠躬，并一声惊叹：

“噢，内科斯特拉，那肯定和我顺路。”

尼娜·巧莱好奇地问我：

“您是去很远的地方？是到新锡古恩萨吗？”

“我去提苏尔平原，不过我不知道它在哪里。那是总督时期留下来的一份遗产，大致位于格里哈尔瓦和特拉可塔尔潘之间。”

尼娜·巧莱吃惊地看着我。

“您在说什么，先生？我们不同路啊。格里哈尔瓦在海边，您最好继续走水路。”

我再次恭敬地对她一鞠躬。

“我确实要路过内科斯特拉。”

她轻蔑地微笑道：

“但是我们的人马不能同路。”

“为什么？”

“因为不应该。我求您，先生，您走您的路。我走我的。”

“我们两人的路是同一条路。我打算一出荒郊野外就劫美。”

尼娜·巧莱刚才还躲躲闪闪的眼睛一下子可爱地亮了起来。

“请告诉我，西班牙人难道全是疯子？”

我傲然回答：

“西班牙人分为两类。布拉多明侯爵是一类，所有别人是另一类。”

尼娜·巧莱笑眯眯地看着我。

“您可真能吹牛！”

这时候，马夫过来告诉她，鞍马已备齐，人员已整装，如果她愿意的话就可以上路了。闻听此言，尼娜·巧莱神情严肃，一声不吭地紧盯着我看。稍后，她回头问那仆人：

“给我备的是哪匹马？”

“那匹枣红马，尼娜。您看，就在那儿呢。”

“杂色枣红马？”

“当然不是，尼娜！是另一匹正在喝水的白嘴枣红马。看它多神气！这马跑起来骁腾如飞，马嘴也柔滑如丝。鞍垫枕上放一罐水，它跑起来罐子滴水不溢。”

“我们在哪里停？”

“在圣胡安·德特古斯科修道院。”

“我们夜里到达那里？”

“月亮初升时分。”

“那就通知大伙儿，马上动身。”

马夫一声应诺。我觉察到尼娜·巧莱试图掩饰的一丝微笑。

“先生，恐怕你跟不上我喽，因为我马上就走啦。”

“我也是。”

“难道您的人马也备齐了？”

“只要我准备停当，这就够了。”

“您须知道，我走这趟路是来和我丈夫团圆的，您可不愿和他火并。您去问问别人吧，他们会告诉你，迭戈·贝穆德斯将军是何等人物。”

听她这么说，我轻蔑地微微一笑。就在此时，马夫回来了，他远远地等候着，恭顺无言。尼娜·巧莱叫他：

“来给我上马刺。”

马夫正欲接令，我却从他手里一把夺来马刺并单膝跪倒在尼娜·巧莱前面，美人笑吟吟地为我露出丝绸高跟木屐囚禁中的一只秀足。我两手微微颤抖着为她穿上马刺。我高贵的朋友巴贝·德奥尔维利[1]大概会说，那只脚配得上踩踏法罗斯[2]的城市广场。我什么也没说，我只是恭敬地忘情地亲吻着它。尼娜·巧莱笑着叫道：

“先生，请您打住吧。”

她仙女般的玉指轻轻提起的裙裾重新落下。仿佛一位受到冒犯的女王，她在丫鬟的簇拥下穿过后院。偌大的后院中有帆布凉棚遮阴，阳光在篷布上抹上淡淡一层海上船帆的金黄。蚊子在一池喷泉边嗡嗡乱叫。喷泉在阳光中潇洒地抖着它的银色羽冠，散作七彩细雨落入雪白的水池中。四周热似火烧，棕榈树在蓝天下打开它沙沙作响的华盖。在这样的氛围中，泉水赏心悦目的音乐遥远而强烈地勾起了我对沙漠苦旅和绿洲中甜美午休的回忆。有骑手不时闯入庭院：负责护送我们穿越墨西哥沙地的雇佣兵们开始集合了。两支队伍很快汇集完毕。这些人都是沉默刚毅之辈。他们曾是昔日的强梁，疲倦了冒险生活，也不满劫财生意之缺乏保障，所以更乐意为别人当保镖，谁出价最高就为谁服务，并不畏惧任务有多么危险。他们的忠诚带有传奇色彩。当尼娜·巧莱在庭院中再次露面的时候，我的鞍马已经装备完毕，鞍架里放了手枪，马后挂上色彩抢眼的摩尔式鞍袋，袋里装满一路上的干粮物资。一看见她，我便笑着迎了上去，而她假装恼火，一只秀脚在地上重重地跺了一下。

我们骑上马，前呼后拥地穿过城市。出了城门，我们暂停清点人数。接着，漫长而乏味的旅途开始了。沙丘深处，沙土漫漫的山坡上，随处可见三三两两的茅屋；高大的仙人掌围成篱笆，茅庐从中露

---

① 巴贝·德奥尔维利（1808—1889），法国小说家，喜欢写神秘和魔鬼主题，为颓废派所喜爱，对包括亨利·詹姆斯、巴列·英克兰、普鲁斯特等后代作家均有影响。作品中有一部《魔女故事集》。

② 法罗斯，亚历山大港灯塔所在地。

出尖尖的屋顶，屋顶铺着半已腐烂的灰麻。色如青铜、长相甜美的印第安女人从门槛里出来，漠然无言地看着我们经过。那些青铜色人影的姿态流露着被征服民族代代相传的悠久悲哀。她们一脸恭顺，牙齿洁白，大大的黑眼睛透出遮遮掩掩的神色，带着那么一丝野性，一丝惰性。她们仿佛生来就是为了一辈子住窝棚，一辈子在棕榈和落羽杉下歇脚。

太阳下山以后，我们隐约望见一个印第安人村庄。村庄还离得很远，看似笼罩在一片祥和的蓝光之中。灰头土脸的羊群散漫地走在横穿大片玉米地的一条红土路上。教堂的钟楼头戴巨大的秃鹰窠巢，巍然君临于棕榈叶的屋顶之上。那静静地睡在山谷底部的寒酸的荒村令我想起西班牙征服者逼近时惊恐逃窜的土著们丢弃在身后的家园。家家户户早已柴门紧闭，一缕白烟从烟囱飘出，冉冉升空并消散于黄昏的清光之中，仿佛毕恭毕敬地欢迎我们到来。我们在村口停步，并在一座属于圣地亚哥骑士团的古老的修道院里请求住宿。马夫一阵敲门，铁栅里露出一个包着头巾的脑袋。接着是长长的对白。我们远远跟在后面，信马由缰地放松步子，有说有笑。等我们赶到的时候，铁栅后的修女已经退走。稍过片刻，厚重的雪松木大门慢慢打开了，一位全身裹在白袍里的俗人修女出现在门槛里。

“请进，弟兄姐妹们，如果你们想在这座圣庙里过夜。”

圣地亚哥教团的修女们从不拒绝待客。一切请求住宿的赶路人她们都接纳，这一条写在她们的开山长老堂娜贝亚特丽斯·德萨亚斯亲拟的章程里，后者是一位总督的受宠情妇。这位创始人的族徽依旧赫然立在门拱上方。俗人修女领我们穿过一道因深绿的橘树林而显得幽暗的回廊。橘林中是修女们的墓地。我们的脚步声就在碑文已经依稀不明的坟墓中回响。一座喷泉单调悲鸣。夜色渐渐降临，萤火虫在黑色的橘树枝叶间飞舞。我们穿过回廊，在一扇带铁皮铜钉的大门前停下。修女开门。挂在她腰间的一串钥匙好一阵子叮当摇晃。修女双手交叉紧贴着袍子，身体靠在一边墙上给我们让路，同时带着很重的鼻音轻声说道：

“这里就是客房，朋友们。”

客房里很清凉，窗户都朝向花园，做工考究的铁艺窗栏已经锈迹斑斑。一面墙上挂着一幅寺院创始人的肖像，肖像下方写着长长一段传奇文字；另一面墙上是一座雪白的亚麻布覆盖的祭坛。环墙绘有一组苦难之路壁画，光线太黯淡，画面几乎看不见了。俗人修女小心翼翼地过来问我去哪里，叫什么名字。我以她问话的和蔼虔诚口气回答她：

“修女，我是布拉多明侯爵，我的旅途就在这座圣庙里终结。”

修女带着怯生生的好奇轻声说道：

“如果您想见院长嬷嬷，我可以传口信给她。不过您要耐心等一小会儿，因为院长嬷嬷现在正和前天到达这里的科利马主教会谈呢。”

“我会耐心等着，修女。院长嬷嬷什么时候有空了我再去见她。”

“侯爵阁下认识她？”

“不认识，修女。我到这座修道院是来还愿的。”

就在那个时候，尼娜·巧莱走了过来，修女和颜悦色地看着她轻声问道：

“侯爵夫人您也是来还愿的吗？”

尼娜·巧莱和我交换了一个嘲讽的眼神，这眼神在我看来有着婚禧的含义。我们两人同时回答：

“也是的，修女，也是的。”

“那我现在就去告诉院长嬷嬷。知道贵客临门她一定会很高兴的；她也是西班牙人。”

俗人修女深深一鞠躬走了，走动时她的袍子和拖鞋发出轻微的声响。仆人们也跟在她后面出去了，只有尼娜·巧莱和我单独留下。我亲吻她的手，而她带着一种奇异而残酷的微笑轻轻说道：

“如果迭戈·贝穆德斯将军风闻这个玩笑的蛛丝马迹，您就死定了。”

尼娜·巧莱走到祭坛前跪下，一边用头巾包住脑袋。集合在客房门口的仆人们也学她的样子，一边画十字，一边念念有词。尼娜·巧莱抬高声音，为旅途平安感谢上帝。仆人们也齐声应答。我站着做了一番祷告，我们圣地亚哥教团的骑士有从奥古斯丁教团得到的特权，祷告时不用下跪。

首先进来两个俗人修女，她们端来一大银盘冷饮和蜜饯；随后进来的是院长嬷嬷。嬷嬷白袍飘飘，胸前绣着圣地亚哥教团的红十字。她面带微笑地站在门口，显得既和蔼又严肃。她用拉丁语和我们打招呼：

“感谢上帝！”

我们用西班牙语作答：

“感谢上帝！”

院长嬷嬷有西班牙小贵族的秀美容颜。她白肤金发，风度潇洒，彬彬有礼。她说了下面一番话迎接我们到来：

“我也是西班牙人，出生在维亚纳·德普里奥尔。童年时我认识一位年老的绅士，他的头衔也是布拉多明侯爵。那人可是个圣徒！”

我淡淡答道：

“除了是圣徒，还是我祖父。”

院长嬷嬷慈祥地笑了，继而她又叹一口气：

“恐怕去世多年了吧？”

“早去世了。”

“上帝保佑他。我清楚地记得他。他跑过世界上许多地方，我想他甚至到过墨西哥这里。”

“伊达尔戈神父[①]造反时他在这里打过仗。”

“对！……对！虽然我那时候还小，但是我记得听他讲过此事……他是我家世交。我们姓安德拉德·德塞拉。”

“安德拉德·德塞拉！那可是世家名门！”

“父亲过世，我们家道中落了。贵族家庭的命运何其不幸！我们身逢这个艰难乱世，到处得势的是与宗教和传统为敌的人们，这里和西班牙都一样。”

院长嬷嬷一边叹气，一边抬起眼睛并把双手交叉在胸前。我们的谈话就此结束。随后她靠拢尼娜·巧莱，脸上露出退隐修道生活的王家公主特有的和蔼而庄重的微笑。

“侯爵夫人毫无疑问是墨西哥人氏吧？”

尼娜·巧莱低下眼睛，脸唰的一下变得通红。

“是的，院长嬷嬷。”

尼娜·巧莱语带迟疑而且满脸羞红，我赶紧英雄救美，为她解围。我杜撰了一整部使她脸上有光的爱情传奇；这传奇充满骑士精神，带有浪漫色彩，酷似当时流行的文学故事。院长嬷嬷听着我讲的爱情故事大受感动，我看见两大滴珠泪在她的眼睫上颤动。我偶尔抬眼望望尼娜·巧莱，希望能和她交换一个微笑，但是我的眼睛怎么也难以和她的眼睛对上。她一动不动地听着，罕见地显得迫不及待。看着那古老喜剧的情节从我的嘴里畅流而出，连我自己也感到很惊讶。我讲得绘声绘色，没过多久竟使尼娜·巧莱悲痛得掩面而泣。院长嬷嬷大为感动地举起圣袍披肩去拂动她的前额，与此同时，我紧紧握住她的手。渐渐地，她平静下来。院长嬷嬷把我们领到花园里，好让侯爵夫人在夜的清气中最终恢复安宁。她把我们两人留在那里，自己去出席

① 米格尔·伊达尔戈（1753—1811），墨西哥神父，独立战争初期的领导人。

晨祷的合唱了。

花园四面有墙，如一座围城，大而幽深，树影婆娑。院中风声沙沙，虫鸣呢喃，芬芳浮动。路径两旁的树木交柯相抱，只留下些许大一点的空隙可以看见泛着银色月光的浓密枝叶。我们无言漫步。侯爵夫人唉声叹气，我也愁眉苦脸，不知如何安慰她才好。我们看清林中一片平整的空地上有一丛黑压压的爱神木，矮树丛中绣着白色的曲径，月光流泻其上，那遥远而理想的银光仿佛是一个奇迹。侯爵夫人停下步子。两个俗人修女坐在夹竹桃丛怀抱的一座喷泉旁边。夹竹桃有避雷的效力。不知道这两位俗人修女是在祈祷还是在互诉修道院中的秘密，泉声混合了她们的话音。她们在用水罐打水。一看我们靠拢，她们以基督教的方式问候我们：

“万福最纯洁的玛利亚！”

“无罪而孕！”

尼娜·巧莱正要喝一口泉水，她们大为惊骇地阻止了她：

“尼娜你干什么呢？”

她一脸迷惑地停住。

“这水有毒吗？”

“赶紧画十字吧，什么也别说了。这可是圣水啊，只有修道院成员有教皇敕令才可以喝它。教皇的敕令，罗马来的。这可是圣婴的神水啊！”

两个俗人修女一边异口同声地说话，一边指向那肥嘟嘟的小天使；泉水从那一脸调皮的小家伙天真无邪的小鸡鸡里落入雪花石膏的喷泉池中。

她们告诉我们，那就是圣婴。一听此话，尼娜·巧莱赶紧虔诚地画了一个十字。我向俗人修女保证，布拉多明侯爵夫人也有教皇敕令准她喝水。她们毕恭毕敬地看了她一眼，争相要把自己的水罐给她喝，但是我又明确告诉她们，尼娜女侯爵更喜欢直接嘴对着神圣的喷泉解渴。尼娜·巧莱走近喷泉，把披巾退到肩上，她一边喝水，一边实在忍俊不禁，差点儿没有呛到嗓子。我们离开的时候，她低声对我表示，她担心自己亵渎了神灵。

祈祷仪式结束以后，一位修女来把我们领到膳房，那里已经备下夜宵。这位年迈的修女两手相握，说话带很重的鼻音。我们跟在她身后，但是一踏上修道院的门槛，尼娜·巧莱便犹犹豫豫地站住了。

“修女，今天我斋戒，就不进去用餐了。”

说着这话，她那印第安女王的眼睛看着我乞求我帮腔，我爽快地满足了她。我理解尼娜·巧莱怕被某个行路人认出，因为钟声一敲响，所有到修道院借宿的人都会聚在一起用餐。

受了斋戒启迪的修女殷勤地追问：

“那么夫人需要什么呢？”

“我回房休息，修女。”

“那您随意吧，夫人。肯定走了很长的路吧？”

“对，从韦拉克鲁斯来。”

“可怜的孩子，一定是累坏了。”

她一边说着一边领我们穿过一道长长的走廊。皎洁的月光透过窗户照到里面。在这片圣洁的安宁之中，我的马刺发出英武而亵渎神灵的叮叮当当。修女和侯爵夫人仿佛被这声音吓着了，她们轻手轻脚地、虔诚地走在我面前。修女打开一扇带老式花窗格的门，身体闪到一边，轻声说道：

“夫人请进。我不会耽误很久。我陪侯爵先生到膳房，然后很快回来伺候您。”

侯爵夫人没有看我一眼就进了房间。修女关上门，轻轻示意我跟上她，随即如一个影子移开了。她一路把我领到膳房，与我寒暄道别时她的鼻音比任何时候都重。我走进膳房，环视四周找桌边的空位子，这时候，修道院的教士起身迎上前来，彬彬有礼地告诉我，我的位置在首座。这位教士是多明我会修士，也是一位人文学者兼诗人；他被大主教流放到墨西哥，在此生活多年，也被剥夺了听忏悔和主持弥撒的权利。这一切都起因于别人的诬告。这段故事是他伺候我用餐时告诉我的。讲到后来，他这么说：

“布拉多明侯爵先生已经了解洛佩·卡斯特利亚尔修士的生平和所行的奇迹。如果您需要一位家庭神父，那么请相信我，我会非常乐意离开这些圣洁的修女，哪怕这意味着要漂洋过海，我的侯爵先生。”

“我在西班牙已经有家庭神父了。”

“那要请您原谅啊。或许我可以在这杀人如麻的倒霉的墨西哥为您效劳。请您相信我的话，负担得起家庭神父的人真应该请上一个，哪怕只是为了临终之时手边有人赦免他的罪孽。”

早餐用毕，膳房里吱吱嘎嘎一阵移动椅子的沉闷噪音，大家都站起来念虔诚的开山长老堂娜贝亚特丽斯·德萨亚斯亲拟的感恩祈祷文。俗人修女们开始撤桌布，院长嬷嬷脸上带着慈祥的笑容走了进来。

“侯爵先生要我们再布置一个房间吗？”

院长嬷嬷脸上露出的红晕使我领会到她的意思，我忍不住微微一笑。

“侯爵夫人胆子小，我还是陪她为好，如果这座圣殿的规矩允许的话。”

院长嬷嬷打断我的话：

“这座圣殿的章程不可能和宗教抵触。”

我暗暗一惊。院长嬷嬷低下头，眼睛一直朝下看着，严肃而从容地说道：

“在我主耶稣基督眼里，每个人都值得他一样去爱。有些人喜结良缘是他的意志，另外一些人远离红尘也是他的神恩所赐……我可不是自以为高人一等的法利赛人，侯爵先生。”

院长嬷嬷白袍飘飘，颇有风姿。我觉得她是一位有能力理解生命和爱情的贵妇名媛，心中感到一种诱惑，我想求她留我在她的斋房。不过这只是诱惑而已。那位陪我到膳房，说话带鼻音的老年修女举着灯走过来；院长嬷嬷吩咐她为我带路，随后就离开了。我要坦白，看着她白袍飘飘的高贵身影在黑暗的走廊里渐行渐远，我感到了一种淡淡的悲伤。我转身问那位静静地举灯等着我的老年修女：

“按礼节我们应该亲吻院长嬷嬷的手吗？”

修女把头巾往额头上拉一拉，回答道：

“这里只有主教大人屈尊光临时我们才对他行吻手礼。”

修女在我前面走起来，凉鞋发出轻微的响声。她一路照明把我送到婚房门口。房间很大，里面洋溢着罗勒草的香气，有一个栏窗开向花园，花园中黑蒙蒙的雪松树冠在那蓝中透银的热带的月夜高高挺立。一只蟋蟀单调而持续的鸣叫声打破寂静。我关上房门，插上门闩，大气不出一声地走过去撩起蚊帐，那洁白的蚊帐修女似羞怯地守护着屋里唯一的眠床。

梦中的尼娜·巧莱显得纯真而幸福，仿佛有一道祈祷仍然梦萦于她的芳唇之间。我低身亲吻她的嘴唇，那是我新郎的初吻。尼娜·巧莱从梦中醒来，差点没大声喊出来：

“先生，您在这里干什么？”

我的回答既殷勤似情郎又和蔼如慈父：

“我的女王，我的太太，我守着你睡觉呀。”

尼娜·巧莱不明白我怎么会出现在她的房中；我不得不提醒她，这是我作为丈夫的权利，而且是院长嬷嬷所确认的。我的温馨提醒反而使她大为生气。她咬牙切齿地重复道：

“哼！看迭戈·贝穆德斯将军将来怎么报仇……”

听她这么说，我微微一笑。她气得伸手打了我一耳光，哦，那印第安公主的手！我趁机一把拽住她戴满戒指的深色而娇小的玉手。我目不转睛地盯着她，把她的手越捏越紧，直到她喊痛为止。然后，我克制心中不快亲吻了她的手。她哭哭啼啼地倒在枕头上。我懒得劝慰她，把她撂在一边由她哭去。我感到一种强烈的鄙视，恨不得把她骂个狗血喷头。我一定是被她气得脸青唇颤了，因为我不得不露出微笑来掩饰自己。我长时间靠在窗格上，望着黑暗中细声呢喃的花园。蟋蟀唱个不停，它唱的是一支遥远而原始的歌调。尼娜·巧莱的啜泣偶尔传到我的耳边；她的哭声是那么细，那么弱，使我向来宽宏大量的心灵大为触动。忽然之间，修道院的钟声在宁静的夜空中敲响了。尼娜·巧莱怯生生地问道：

“先生，您不知道这是丧钟吗？”

说着话她虔诚地画了一个十字。我一言不发地靠近她的床边，严肃而悲哀地看着她。她花容失色地低声道：

“有人快断气了！”

于是我握住她的手，含情脉脉地对她说道：

“那也许就是我！”

“先生您什么意思？”

“大概是迭戈·贝穆德斯将军到了修道院门口吧。”

“不！不！”她握紧我的手，开始哭了。我想为她舔干眼泪，她把脑袋顺势退靠到枕头上，哀求道：

“您别！您别！”

她压得低低的娇弱的声音变得越来越细。尼娜·巧莱闪着颤悠悠的睫毛望着我，红唇如花微启。钟声继续敲响，缓慢而悲伤。花园中树叶沙沙作响，轻风吹动洁白的蚊帐，为我们带来园中的芬芳气息。丧钟停止，我乘机亲吻了尼娜·巧莱。她似乎默认了，突然，丧钟再次敲起打破寂静。尼娜·巧莱一声惊叫，紧紧贴住我的胸口。躲在我的怀里，她还是吓得直哆嗦。我经验老到的双手开始心不在焉地解开她的胸衣。她叹息连连地眯起眼睛，于是我们向众神供上七道丰盛的献祭，以此生命之凯旋庆祝我们的美满姻缘。

当日的旅行已经安排停当，我们从窗格里探出脑袋，耳听得园中树上的小鸟已经在对着旭日鸣啭致意。沾满露珠的湿漉漉的罗勒草散发出一股几乎带着异国情调的馥郁香气，令人想起摩尔后宫和露天狂欢晚会的场景。尼娜·巧莱把脑袋靠在我的肩上，弱不禁风地叹了一口气。她的眼睛，她那双美丽、迷人而圣洁的眼睛含情脉脉地望着我。于是我问她：

“尼娜，你难过了？”

“我难过是因为我们就要分手了。哪怕是捕风捉影的传闻都会要了我们的性命。”

我的手指带着怜爱在她丝绸般的秀发间穿过。我傲气凛然地回答她：

“别害怕。我知道怎么叫你的仆人保持沉默。”

“先生，他们是印第安人……在这里，他们跪在地上信誓旦旦地向你保证；到了那里，只要主人狠狠地瞪他们一眼，他们就全招了……我们必须分手道别了！”

我顺从而深情地亲吻她的手。

“别这么说，尼娜！我们将回到韦拉克鲁斯去。大丽花号兴许还停靠在码头上；我们登船到格里哈尔瓦去。我们到我在提苏尔的庄园里藏起来。”

尼娜以一道长长的、难以捉摸的目光含情凝睇地爱抚着我。那双印第安女王的眼睛既慵懒又有神采。我感觉它们同时既在责备又在赞同。她把丝巾裹在胸前，涨红着脸低声说道：

“我的故事非常悲哀！”

为了不留给我怀疑的余地，她的眼中流出了两滴眼泪。我想我已经猜到原委，于是我带着慷慨的绅士风度对她说：

“别告诉我。悲伤的故事让我想起自己的伤心事。”

她哭了。

“我生活中的有些事情是无法宽恕的。”

“像我这样的男子汉能够宽恕一切。”

听我这么说，她两手捂住脸庞。

“我犯了一桩最最丑恶的罪行；一桩只有圣父才能宽恕我的大罪。”

见她那么痛苦，我让她的脑袋靠到我的胸口并爱抚她：

“尼娜，我在梵蒂冈有人脉。我曾经当过贵族卫队的队长。如果你愿意的话，我们就去罗马朝圣，然后我们匍匐在教皇格雷高里十六世的脚下求他作主。”

尼娜·巧莱抬头向我，眼泪汪汪地恳求我：

“别那么说……那不可能！”

我满腹狐疑地一笑，她从我的怀中挣脱，躲到房间一边。从那里，她向我猛射来一道目光，一边哭喊着：

“真要是这样，那我恨死你！当年成为那该死爱情的牺牲品的时候，可怜我还是一个纯洁无辜的孩子啊。”

她再次以手掩面，就在这当儿我一下子猜到了她的罪孽。那是古希腊悲剧中才有的弥天大罪。尼娜·巧莱遭受了密耳拉和莎乐美[①]那

① 密耳拉，字面意思是没药。密耳拉在希腊神话中是塞浦路斯的公主，她受爱神的诅咒而爱上自己父亲，生了美少年阿多尼斯。据《圣经》记载，莎乐美的母亲希罗底嫁给了莎乐美的叔叔希律王。

样的诅咒。我满怀柔情地靠拢她，揭开她的泪脸，并在她的芳唇间留下一个高贵的宽恕之吻。然后我和风细雨地对她说道：

“我什么都明白了。迭戈·贝穆德斯将军是你父亲。”

她愤愤地哭道：

“但愿不是！他流亡归来的时候，我十二岁，不怎么记得他……”

“现在也不要想他。”

尼娜·巧莱对我又是感激又是爱，她动情地把脑袋埋在我肩上。

“你真是大度！”

我热烈的嘴唇在她珍珠贝壳一般清新圆润的耳边颤动。

“尼娜，我们回韦拉克鲁斯吧。”

“不……”

“难道你怕我把你抛弃不成？难道你不知道，我终身是你的奴隶？”

“终身！……我们两个的命长不了……”

“为什么？”

“因为他准会把我们杀了……他发过誓的！……”

“不让他的誓言实现不就行了吗？”

“他会实现的。”

她泣不成声地搂住我的脖子，盛满泪水的眼睛紧紧盯着我，仿佛想要看懂其中的名堂。我闭起眼睛，假装被她盯得眼花。她又是一声叹息：

“你不了解我的全部经历就想把我带走吗？”

“我已全部知道了。”

“你没有。”

“短缺部分等以后我们不再相爱的时候你再讲吧，如果那一天真的到来的话。”

“一切，你现在就应该了解一切，哪怕我肯定你会因此而鄙视我……我对你发誓，你是我唯一爱过的男人，独一无二……不过，为了逃避我的父亲，我曾经有过一位情人。他被杀害了。”

她不再说话，只是哭哭啼啼。我激动地亲吻她的眼睛，接着又亲吻她的嘴唇。啊，那血色红唇！那与其身世一样凄美的忧郁的眼睛！

修道院里敲响弥撒钟声，尼娜·巧莱想先听完弥撒，然后再上路。那是一场漫长的安魂弥撒。洛佩·卡斯特利亚尔修士主持仪式，我充当他的助手，以期减轻我的些许罪孽。修女们齐声唱着忏悔诗，她们裹得严严实实的白色身影拖着长袍围着读经台来来回回地走动，读经台上放着一本打开的大写红字的祷告书。教堂深处烛光包围的一块黑布上放着一位修女的棺材。修女双手合抱，青紫色的手指绕着一串念珠。一块白手巾系住下巴使嘴巴保持闭合。修女的嘴形凹陷，像是已经没有一颗牙齿。她僵硬而发青的睫毛半开半合，鬓发似乎在修女头巾下延伸得很长。她整个身体裹在长袍里，袍子的褶边在她蜡黄的赤脚边卷起……

弥撒期间，我的卫队一直守候在门口，不料等超度经一念完，洛佩·卡斯特利亚尔修士正要转身为信众祝福的时候，若干雇佣兵竟然一拥而入，势如老鹰抓小鸡，扑到祭坛上一把揪住跪在地上的一位年轻人。小伙子感到无数双手落在自己肩头，一边缩起身体一阵猛烈挣扎，一边大吼大叫。无奈他寡不敌众，从台阶上滚落下来。修女们高声尖叫，四处奔窜。洛佩·卡斯特利亚尔修士胸前紧握圣杯迎上前去。

“你们这些坏蛋想干什么？”

被打倒在地气喘吁吁的小伙子大声喊道：

“洛佩修士！……你不能这样出卖朋友啊！”

“古斯曼，你想到哪里去了！”

那人拼命挣扎，如一头受伤的野猪要摆脱追捕的猎狗。我看到他猛一下站起身来，在按住他的人群中扭动着腾出手来，唰一下跑脱了。他穿过教堂，到了门边，发现大门锁着，随即猛地回头，一把扯过用来敲钟的链条，拧在手里护身。我见他勇猛可嘉，便拔出手枪和他站到一边。

“你们不许动！……”

他们一阵犹豫不前，正在这时，位于祭坛上的洛佩修士打开了圣器室的门，那门吱地叫了一长声。年轻人猛挥着铁链，从修女的棺材上一跃而过，随脚踢翻一圈蜡烛，终于夺得那从天而降的逃命之路。

那些人大喊大嚷地追他，但是门砰的一声在他们眼前关闭了，于是他们冲我而来，怒冲冲地挥着胳膊威胁我。我靠在合唱台的铁栏杆上让他们过来，两支手枪一齐开火。沉默的人群突然散开，两个人扑倒在地。尼娜·巧莱站起身来，脸色显得凄美。

“别动手！……别动手！……”

那些雇佣兵根本不听她的。他们愤怒地喊着叫着举着枪向我冲来。一阵弹雨落在合唱席的铁栅栏上。我奇迹般地毛发无损，手握着砍刀。

“退后！……都给我退后！……混蛋！”

尼娜·巧莱走在中间，焦急地大喊：

“不要杀他，我给你们钱！”

站在前面的一位老头看上去像是领头的，他的眼睛恶狠狠地转向她，山羊胡也因为愤怒而直颤。

“尼娜，有人可是悬赏要胡安·德古斯曼的脑袋啊。”

“这我已经知道。”

“如果活捉的话，我们就能够得到一百盎司的黄金啊。”

“我给你们那么多。”

又是一阵闹哄哄的喧嚣。年老的雇佣兵举起胳膊示意安静。

“让他们说话！”

老头的山羊胡还在抖个不停，他看着我们说：

“我们的两位同伙像狗一样被打死在地上，难道他们分文不值吗？”

尼娜·巧莱赶紧应答：

“没有啊……你什么意思？”

“这事可要从长计议。”

“好说……”

“口说无凭啊。”

尼娜·巧莱摘下戒指。这些戒指仿佛使她的公主玉手看似神圣。她高傲地把它们一把扔在地上。

“拿去分吧，放我们走。”

那群人发出一阵犹豫不决的窃窃私语，然后他们缓缓地沿着教堂中殿走开。他们在祭坛边停下来商量。尼娜·巧莱两手搭在我的肩上，深情地望着我。

“哦！……好一个西班牙疯子！直立行走的狮子！……”

我报以淡淡的一丝微笑。看着那两个人倒在教堂中，一个压着另一个，我心里感到不自在极了。他们身边慢慢地积了一大摊血；鲜血沿着地砖的接缝流淌。可以听到鲜血还在从伤口汩汩冒出，听到被压在下面的那个人还在垂死呻吟。一只死灰色的手还在不时扭曲抽动。

洛佩·卡斯特利亚尔修士在圣器室里读着祈祷书等我们。他的道袍已经虔敬而细心地折叠好放在一只雕花木箱上。圣器室是一个令人难过的地方，一扇高高的栏窗被雪松树枝遮蔽了光线。看我们进来，洛佩修士从凳子上站了起来。

“我还以为你们被打死了！真是奇迹啊！……请坐，请坐。这位夫人需要压压惊。我让二位尝尝主教大人屈尊来此主持弥撒时用的祭酒。西班牙酒。很有名，很有名！……美洲的一句格言已经说明问题：美女美酒和亚麻，最好要数西班牙。”

他边这样说着边走到一口锃亮的大食橱前，将橱门一把打开。他从橱子深处掏出一个黏糊糊的罐子，很受用地闻了闻。

“你们马上就要看到，主教大人的酒有多好喝。我这微不足道的修士主持弥撒用的酒质量要差一些。不过，都是我主耶稣基督的血。”

他颤巍巍地倒满一银杯端给尼娜·巧莱，后者默默接过，然后默默地把杯子递给我。洛佩修士正好又倒满一杯。

“夫人您不必的。侯爵老爷的在这里呢……”

尼娜·巧莱无精打采地笑了笑。

“您陪他喝吧，洛佩修士。”

洛佩修士爽朗地笑出声来。他坐到木箱上，把杯子放在一边。

“尊贵的侯爵，请允许我斗胆一问：您怎么会认识胡安·德古斯曼？”

“我不认识他！……”

“那您为什么不顾性命地保护他？”

“那会儿一时性起。”

洛佩修士摇着剃光头顶的脑袋，从右手的杯子中吸了一口。

“一时性起！一时性起！……胡安·德古斯曼是我的朋友，不过，我永远不敢这么拼命。”

尼娜·巧莱语带轻蔑地傲然说道：

“人与人不一样……”

我感谢洛佩修士为我斟酌的美酒，就有礼貌地为他打圆场：

“唱弥撒更需要勇气啊！”

“那不叫勇气。那叫神恩……”

话语之间，我们举起杯子，同时一饮而尽。洛佩修士再次斟满酒杯。

“侯爵老爷甚至没听说过谁是胡安·德古斯曼？”

“昨天我在韦拉克鲁斯集合卫队的时候才第一次听说他的名字……我想他是一个有名的匪帮首领。”

“有名！有人悬赏要他的首级呢！”

“他能安全脱身吗？”

洛佩修士两手捧在一起，半眯着眼严肃地说道：

“谁知道，我的老爷！……”

“他怎么敢闯进教堂呢？”

“他非常虔诚……再说，院长嬷嬷是他的教母。”

就在这个时刻，他掀起木箱盖子，藏在里面的人露出脑袋来。是胡安·德古斯曼。洛佩修士跑到门边，插上门闩。胡安·德古斯曼一步跳到圣器室，眼中闪着泪花要来亲吻我的手。我把手伸给他。洛佩修士回到我们身边，颤着恼怒的声音轻轻说道：

“爱危险的人死于危险！”

胡安·德古斯曼轻蔑地笑道：

“我们都有一死，洛佩修士……”

“你们轻声点。”

他警惕地看看门，又警惕地看看圣器室的大栏窗。我们听从他的谨慎建议，撤到圣器室的一边讲话，与此同时，尼娜·巧莱一直在惊慌不安地祈祷。

正如洛佩修士所言，有人悬赏要获取大名鼎鼎的银帮头目，也就是那西班牙冒险家的好头颅。要是生在十六世纪，胡安·德古斯曼肯定在埃尔南·科尔特斯麾下东征西战并早早取得了贵族资格证书；然后那有着骑士气概的响马头领或许会给后人留下一部精彩的回忆录，因为他似乎生来就是为了在西印度攻城略地，玷污公主，奴役皇帝。等到年老体衰那一天，名声赫赫而伤痕累累的他定会满载多乌拉金币衣锦还乡，这些金币或许是奥通巴战役[①]的战利品，要不就是从曼戈雷[②]的手里夺来。这是有着铿锵崇高名字的光荣战斗！他将竖起一座高塔；他将建立一座由王命钦赐的庄园；在他临终之时，某座修道院的礼拜堂里将会举行一场的隆重葬礼，使他备享哀荣；盾形纹章和洋洋洒洒的墓志铭将会记载骑士的丰功伟绩；多年以后，他长眠于墓拱之下的石像定将仍旧被母亲们用来吓唬她们的孩子。

我坦白，我佩服那位院长嬷嬷，她既能慧眼识英雄而当他的教母，又不失为一位圣徒。如果是我的话，魔鬼肯定也早把我诱惑去了，因为这位银帮头目不但威武阳刚，而且风流倜傥，恰似出现在古画中的文艺复兴时期的将帅。他英俊得就像塞萨尔·波吉亚[③]的一个私生子。人们说，他也像那位王子一样，杀人时冷静而不怒，仿佛蔑视生命。毫无疑问，他们因此也不会以为杀人算什么罪过。他们血淋淋的丰功伟绩在昔日曾使英雄史诗大放异彩。而今日之世只是偶尔有人能达到这种高度，因为我们的心灵越来越不再热烈，不再冲动，不再坚强。看着那些西印度冒险家的精神兄弟别无出路而落草为寇，实在是可悲啊！

那位银帮头目也留下了一段生性风流的传奇。他的华丽装束和他的勇猛一样出名。他在道路上、在客栈里称王称霸，他敢于一个人单刀直入，昂首跃马，潇洒地把镶有金边的草帽帽檐朝后压住而露出额头。他身裹仿佛摩尔斗篷的白色毛毯披肩，在马背上显得尤其飘逸。他相貌英俊，有一种坚毅阳刚之美。他的眼珠虽小，目光却是威严有

---

① 奥通巴战役发生于1520年，埃尔南·科尔特斯的士兵们击败了一支数量庞大的阿兹特克军队。

② 曼戈雷是南美瓜拉尼印第安人一位部落酋长，传说他爱上西班牙人要塞首领的妻子，设计攻打要塞夺取心上人。

③ 塞萨尔·波吉亚（1475—1507），祖籍西班牙阿拉贡的意大利贵族，罗德里戈·波吉亚的私生子。后者即教皇亚历山大六世。波吉亚家族曾经权倾一时。

神，他的鹰钩鼻傲气凛然，他的面颊高贵黝黑，他的八字胡向上翘起，他下巴上的大胡子柔如黑丝。他目光里喷射的火焰颤动着金戈铁马的武士军魂，那是飒爽英姿的灵魂，仿佛剑膛力敌千钧。可悲可叹的是，这样的灵魂如今已寥寥无几！

如果在生命的最后日子里，胡安·德古斯曼能像塞纳的圣佛朗哥[①]那样悔罪并退隐修道院，那么他的一生将是多么美满啊！

我们回到韦拉克鲁斯，随行的只有几名忠诚的马夫，更无别的卫队。大丽花号继续抛锚在乌路阿城堡脚下，正当我们的马在一处多沙的山坡上爬得又累又渴的时候，我们远远地望见了它。我们马不停蹄穿过城市，立即上船。为了借助远处吹来的风，没过多久，客轮挂帆启航了。船过之处碧波荡漾，大海美若梦幻。船帆刚一借风势飘起，尼娜·巧莱便很快俯身趴到了船舷上，晕船害得她头发凌乱，脸色苍白。

船长头戴草帽，身穿白制服，在船尾踱着步子。若干水手在右舷打着瞌睡，索具在那里为他们投下阴凉。船尾支起的帆布凉篷下坐着两个人在打牌九。他们是从圣胡安·德图斯特兰上船的韦拉克鲁斯人。他们是父子二人，身材瘦削，面色青黄。老者留着一大把山羊胡子，小伙子还嘴上无毛。每打一局他们就吵一架，输者威胁要干掉赢者。他们各自数着钱，然后嘟嘟囔囔气呼呼地把钱塞进口袋。两位赌徒中间铺着一块披肩毛毯，一会儿毛毯上撒满扑克牌，一会儿老头把牌慢慢收拢并开始重新洗牌。小伙子总是很不高兴地取下别在腰间的绣金皮包，倒空在毛毯上。牌戏一如既往地继续。

我走过去看着他们。这时老头手里正好拿着整副扑克，他非常

① 黄金世纪剧作家奥古斯丁·莫雷托（1618—1669）的一部宗教剧，叫《塞纳的圣佛朗哥》。佛朗哥是个亵渎神灵、无恶不作的赌棍，他赌自己的一双眼睛，结果输了。他失去肉眼后大彻大悟，精神却重获光明，成了一位圣徒。

客气地邀我加入，并命令小伙子起来，把阴凉地方让给我。我也不推辞。我在两个韦拉克鲁斯人中间坐下，点出十个多乌隆①金币，押在打出来的第一张牌上。我赢了，这使我继续打下去，虽然一开始我就认定那老头是个十足的作弊高手。他慢吞吞地发牌，手黑而干瘦，活像鸢爪。小伙子阴着脸不说话，侧着头看那老头，而且总是出和我一样的牌。老头一直输钱却并不着急，这使我怀疑他企图把我的钱都骗光，所以我心里有了提防。不过，我一路在赢。

红日西沉，甲板上来了几个人。韦拉克鲁斯老头的场子开始有人围观，他的赢面也越来越大。赌徒中有那位沉默寡言的英俊青年，就是上次和我争夺尼娜·巧莱笑靥的那个家伙。我们刚刚四目相遇我就开始输钱了。或许是我迷信，但是我确实有这种预感。小伙子也没有赢。我细细打量，觉得他既神秘又怪异：牛高马大，蓝眼金眉，红光满面，额头皎洁。他留着古代拿撒勒人的发型。不管看什么，他都带着几乎神秘的狂喜半眯起眼睛。突然，我见他伸出两条胳膊挡住那韦拉克鲁斯人。老头洗完牌正待要开始发牌。他似有思索，然后慢吞吞地说：

"我豁出去了。赌全锅！"

孩子紧盯着父亲喊道：

"爸，他全押上了！"

"我听见了，笨蛋。你数钱吧。"

他洗牌然后发牌。所有人的目光齐刷刷盯着那韦拉克鲁斯人的手。他慢悠悠地发牌。那是延长快感并使快感变为痛苦的虐待狂的手。忽然，有人一声惊叫：

"二十一点！二十一点！"

是那位美少年的牌。韦拉克鲁斯人站起来，面带不悦地丢下扑

① 多乌隆，一种西班牙古金币。

克牌。

“孩子，付钱……”

他把毛毯披肩往肩上一甩就走了。人群你一言我一语地散开了。

“他赢了七百个多乌隆！”

“一千多！”

我下意识地回头一看，原来是尼娜·巧莱。她俯身倚靠在船舷上，一边懒洋洋地用手拨弄着被海风吹乱而遮住眼睛的头发，一边向那金发的美少年频频送去秋波。我醋意大发，气得脸色煞白。如果我的眼睛拥有蛇妖巴西里斯克[①]的法力，肯定叫他们立即在原地灰飞烟灭了！可是我没有法力，所以尼娜·巧莱得以继续糟蹋她那古代女王的迷人微笑！

轮船上灯了，我依然在船桥上逗留。尼娜·巧莱走过来挽住我的胳膊，像一只奉承而狡猾的母猫在我身上磨磨蹭蹭。我摆出一副冷傲的样子，努力不在她面前流露出嫉妒。她停下来，带着怯生生的责备打量我。然后她目光扫了一下四周，踮起脚尖飞快地亲了我一下。

“你很难过吗？”

“没有。”

“那么，你生我的气了？”

“没有。”

“就是。”

船桥上只有我们二人，尼娜·巧莱双手抱住我的肩膀委屈地叹道：

“你不爱我了！这下我怎么办！……我死了算了！……我不活了！……”

---

① 蛇怪巴西里斯克鸡头蛇身，一切生物与之目光直接相交会当场毙命。

她泪汪汪地转过身去，美丽的眼睛看着月光涌动的大海。我虽然心里大为感动，但是嘴上什么也没说。正在我软下心来要安慰她的时候，沉默寡言的金发少年在甲板上出现了。尼娜·巧莱略为惊慌，并以手拭泪。我想是我的目光让她害怕了，因为她的手在抖。稍过片刻，她热烈而悔恨地在我耳边轻声说道：

“原谅我！”

我淡淡地答道：

“你是说，我原谅你？”

“对。”

“我没什么好原谅你的呀。”

她微微一笑，眼睛还是湿乎乎的。

“你为什么要否定呢？你生我的气，是因为我看了那人几眼……你不知道他是怎么回事，所以我理解你为什么吃醋。”

她不再说话。我看她沉默的血红色的嘴上出现了一个谜似的变态微笑。金发少年在低声和一位穆拉托[①]服务员说话。他们慢慢走开并趴到船舷上。我压住胸中怒火问道：

“他是谁？”

“一个俄国王子。”

“他爱上你了？”

“没有。”

“我看你对他抛了两个媚眼……”

尼娜·巧莱坏笑道：

“也许三个，说不定是四个呢！……但是你的笑脸肯定比我的媚眼更能打动他……你看他！”

① 穆拉托，意为黑白混血人。

巨人般的金发美少年还在和那个穆拉托说话，趴在船舷上，搂着他的腰。另外一个人在开心地笑着。他看上去像是经过热带的跨大西洋长途航船上晒得黝黑的那种客轮招待。他几乎赤裸着上身，那种陶俑似的热烈色彩显得很漂亮。尼娜·巧莱带着女性的轻蔑移开视线。

“看到了吧，他没法使你吃醋的！”

我疑窦冰释，不由一笑。

“你应该吃醋啊……”

尼娜·巧莱盯着我的眼睛，又自豪又幸福。

“我也不。”

“尼娜你忘了，一个人可以供奉青春女神赫柏，也可以膜拜美少年伽倪墨得斯……”①

这么说着，我突然难过地低下头去。我若有所思，不想再多看了。因为我曾经几乎像喜爱女人那样热衷古典作家。那是我在贵族神学院受到的教育。我曾经阅读那位可爱的罗马作家佩特罗尼乌斯②，而且不止一次地扼腕哀叹，千百年的岁月流转竟使得美妙奔放的古代节庆成了一种不为后人所知的罪孽。时至今日，只有少数精英的幽灵在那圣洁的神秘之中徘徊。只有他们才使美妙的古希腊罗马时光重现：头戴玫瑰花冠的少男少女在阿弗洛狄忒的祭坛之上顶礼膜拜。幸福而招人忌恨的幽灵啊！你们在呼唤我，而我却不能追随你们！那美丽的罪孽，那众神的恩赐和诗人们的诱惑，它对我来说是一枚奥妙的禁果。上苍弄人，与我为敌，只允许维纳斯的玫瑰在我的灵魂中开放；而随着年岁与日俱增，这一点尤其使我苦恼。值此生命变衰之际，

---

① 赫柏是宙斯和赫拉的女儿。伽倪墨得斯是特洛伊美少年，因相貌俊美而被宙斯劫持。赫柏和伽倪墨得斯先后在奥林匹亚山上为诸神捧杯。

② 佩特罗尼乌斯，尼禄时期的罗马贵族，谙熟当时的奢华生活，人称“风雅总裁”。他也是讽刺小说《萨蒂利孔》一书作者。

我有一种预感，进入那变态爱情之花园定然是一件赏心乐事。可悲的是，我根本不会有什么希望了。撒旦的呼吸通过我的灵魂，点燃全部罪孽；大天使的叹息也掠过我的灵魂，点燃所有美德。我经受过全部痛苦，我品尝了所有欢乐。我曾在每一口清泉中解渴，我曾在每一条路上风尘仆仆。曾几何时，我赢得了全天下女子的芳心，我领略过她们的甜言蜜语。对我来说，唯有两件事情永远神秘：变童之爱和那个名叫瓦格纳的条顿人所作的音乐。

整个晚上我们都逗留在甲板上。轮船不停调整航向追风，风似乎在远处，在大海波光粼粼的地方奔突。开始可以从左舷看见若隐若现的海岸线，有时平坦，有时山丘起伏。我们的船就这样走了很久。耿耿星河一点点淡出，蓝天也渐渐几乎变成白色。两个水手爬到后桅杆的桅顶平台上，一边哼唱一边扯着索具。水手长一声哨响，帆船抢风，船帆犹豫地拍动起来。就在那个时刻，我们船转头朝岸了。没过多久，主桅上的旗帜便一路快乐而醒目地飘扬起来。格里哈尔瓦渐渐在望，旭日正冉冉升空。

在那温热怡人的美丽时辰，清新的微风迎面吹来沥青和海藻的气味。空气中可以感受到一阵阵快意的颤动。地平线在美丽的太阳下欢笑。处女林中吹来的阵阵劲风在索具间嬉戏，这风温热拂面，犹如热烈奔放的女子的呼吸。水波不兴的海面上升起一股馥郁的香气，沁人心脾并使人感到慵懒。辽阔无际的墨西哥湾仿佛一座宇宙的后宫，在它绿色的深海里领略到了那个懒洋洋的黎明，而这黎明的慵懒来自弥漫天地的神秘而丰沃的花粉。借航海望远镜之助，我在一叶三角帆的影子里从容地观照城市。从海上看到的格里哈尔瓦令人想起早熟的孩子所画的不怎么逼真的村庄风景：白色，蓝色，红色。七彩彩虹的全部色调。一座含笑的城市。一个身着春日盛装，濯足港口海岸，随意让尖尖秀脚没入水中的克里奥尔女人。屋顶的露台铺着色彩明丽的瓦片；而远远看去，城市轮廓分明，棕榈树高大潇洒的剪影仿佛在讲述遥远的沙漠，在诉说疲劳的沙漠驼队在凉爽的树荫之下午休，这一切使它显得略为奇异。

高大茂密的树林环绕着海湾，王棕的树冠鹤立鸡群地挺出于斑驳的枝叶之上。一条无声沉睡、水白如奶的河流在林中开出一个深深的伤口，不慌不忙地入海，堆出海滩上星罗棋布的小岛。河水太白，看不出天空的倒影。流水拖着一棵连根拔起的树木漂移，几只羽毛怪异的凶鸟在半沉半浮的树枝里跳来飞去。后面是一艘独木舟，一个印第安人坐在船头划着桨顺流而下。在初升的太阳下，微风推得云彩在空中漂移如飞，那祖母绿颜色的海湾波光粼粼，魅力无穷，仿佛一片美人鱼和特里同频频出没的古老而美丽的神话之海。

那些遥远的热带国度至今在我眼前依然是那么美丽！谁有缘见此美景都将终生难忘。那静谧蔚蓝的海洋和天空，那刺目而且灼人的太阳，那裹挟热带百千芬芳的微风。它们仿佛某些你曾经热恋过的女人，在你的肉体、五官、灵魂里留下如许快乐的回忆，使得你如临其境地反复回味的欲望只有到了老年才会熄灭。当我回想起至今无缘再次穿越的墨西哥湾，眼前出现灿烂浩瀚的茫茫大洋，我的思绪仿佛再获青春。在我的脑海中列队而过的是韦拉克鲁斯的高塔、坎佩切的森林、尤卡坦的沙滩、帕伦克的宫殿、图斯特兰和拉古纳的棕榈树……而永远、永远地和那美丽而遥远的国度的记忆联系在一起的则是尼娜·巧莱的倩影，就是我第一次见到她时的样子，在仆从的簇拥下休憩于一座金字塔的影子之中，秀发飘飘，身穿古代玛雅女祭司的威皮尔白袍！

我们刚一上岸，一群邋遢可怜的人就围上来乞讨。我们几乎是被他们追着赶着来到了客栈。这是一座看似修道院的古建筑，带一个很大的石廊，石廊下有若干老妇人在梳头。在这座客栈里我再次邂逅那两个到客轮上来的韦拉克鲁斯赌客。我发现他们远远坐在庭院里边，靠近一扇宽而矮的门，那里一直有马夫、牛仔、马童进进出出。那两个韦拉克鲁斯人还在打牌，也是一边打牌一边吵。他们老远就认出我来，并且立即起身相迎，彬彬有礼地和我打招呼。老头随手把扑克牌交给孩子，走到我跟前深深一鞠躬。

“我们在这里为您效劳，先生。有什么用得着我们的地方，请尽管吩咐。”

接着他使劲拥抱我，力气大得把我举了起来。这是墨西哥表示友好和开心的习俗。那韦拉克鲁斯老人接着说道：

“您如果想试试手气，已经知道上哪里找我们啦。我们就停在这里。侯爵先生什么时候上路呢？”

“既然今晚走不成，那就明天一大早吧。”

老头摸着胡子，狡黠地笑道：

“走之前我们肯定会先见面的。我们要看看‘命运女神，青睐外人’这句老话到底有多少道理。”

我笑着回答他：

“咱们看吧。这么深刻的老话一定要试试灵验与否。”

那韦拉克鲁斯老头做了一个郑重其事的姿势表示赞同。

“我明白了，侯爵先生说话算数。太好了。单凭这一点您就配当墨西哥大主教。”

他又狡黠地笑了。两个印第安马夫经过，他停住不说话。等到他们听不见他了，他压低嗓音神秘兮兮地说：

“有一件事情我必须告诉您。我们先上他个五百多乌隆来开局，等行李到了还有一千多乌隆可以补充。那是一位朋友的钱，先生。回头咱们好好聊。您看那小子多不耐烦。野得像脱缰小马，先生。尽惹我生气……行，再见啦！……”

他一边离开，一边凶巴巴地让儿子老实点。他在阴凉地里坐下，拿出扑克牌开始洗牌。很快就围了一圈赌客。马夫、牛郎、马童，这些人每次进出都停下来打牌。两个骑在马上的人弓着背从门里探出脑袋，控住马缰绳，并从马鞍上扔下袋子。小伙子提起袋子放在手中掂量，老头向他投去审问的目光。回答是一个模棱两可的姿态。于是老头变得不耐烦了：

“赶紧把袋子放下，晚点儿再数。”

正在此时，出牌了。韦拉克鲁斯人赢牌，马背上的两个人离去。老头的儿子把口袋里的钱倒在披肩上，开始数钱。聚赌的人越来越多。

来了牛仔。他们大摇大摆地走路，沉重而闪亮的马刺叮当作响，镶银边的大帽子在额前潇洒地压得很低。来了印第安人。他们身裹床单，仿佛幽灵；他们走路蹑手蹑脚，默不作声，看上去老老实实。来了另外一些韦拉克鲁斯人。他们腰别手枪，肩上的雕花皮套里装着大砍刀，看上去像步兵。也有一个抱着斗鸡的粗鲁汉子时不时地在阳光普照的庭院里穿过。那是个狡猾的坏家伙，目露嘲讽，发如鸡窝，一副玩世不恭的神态，一双手脏兮兮瘦骨嶙峋，既像小偷的手又像乞丐的手。他反复在人群里东张西望，不时押一个可怜兮兮的铜板，然后嘟嘟囔囔骂骂咧咧地走开。

我渴望与尼娜·巧莱单独相处。我们在修道院的新婚之夜在我看来已经非常遥远，它的魅力犹如一个不断出现却从不清晰的梦境。从那一刻起我们一直不得不过守贞的日子。我的眼睛还无福识宝，它们嫉妒我那已经触摸过一切的双手。

在那个古屋客栈里，我体验了幻想的金线所编织的爱的至福。我先要尼娜·巧莱解开秀发，然后我让她身穿威皮尔白袍，用她那古老的语言和我说话，就如一位被俘的公主对一位征服者说话。她含笑顺从。我抱她入怀，在她的芳唇上亲吻那世界上最美丽如歌的话语，尽管我听不懂它们到底是什么意思。接着，我们把彼得罗·阿雷蒂诺[①]当成灵感之源。作为爱的祈祷，我用意大利语背诵了七首十四行诗，它们堪称文艺复兴的光荣：每个献祭仪式一首诗。其中的最后一首我重复了两遍，也就是写到有双头而无马身的人头马形象的那首妙诗。最后我们互拥着进入梦乡。

尼娜·巧莱天明起床，打开窗户。一缕阳光透入卧室，光线是那么顽皮，那么活跃，那么欢快，照射到镜子上便散成了一阵阵黄金的欢笑。笼中的反舌鸟蹦蹦跳跳，扯开嗓子鸣啭不停。尼娜·巧莱也反复哼唱着一首歌的叠句，这支歌宛似清晨一样新鲜。裹在那件丝袍里的女神的玉体有一种天堂般的澄明，风姿撩人，美轮美奂。她不断对我挤眉弄眼，笑声咯咯，歌声汩汩，对攀缠着铁窗栏而上的茉莉花亲吻频频。秀发披散半盖住裸露的香肩，肌肤黝黑，笑脸盈盈，尼娜·巧莱实在是一道难挡的诱惑。她早早起床，欢乐得意犹如初升的朝霞。忽然她冲着我做了一个美滋滋的鬼脸。

“起床啦，懒虫，起床啦！”

同时她把留在阳台上过夜冷却的玫瑰香水不断洒在我的脸上。

“起来啦！……起来啦！”

我跳下吊床。一看我起身，她飞快地逃走了，满屋子响着她的惊叫、欢歌和笑语。她从一支歌跳到另一支歌，仿佛笼中的反舌鸟从一根横档跳到另一根横档，带着优雅的惊慌，孩子气的快乐，因为天空是蓝色的，因为阳光在镜子神奇的内心欢笑。我们听到阳台下忙忙碌

① 彼得罗·阿雷蒂诺（1492—1556），意大利剧作家，诗人，以色情文学出名，写过诗集《情色十四行》。

碌为我们备鞍的马夫的说话声。晨风吹动低垂的百叶窗；窗外花园里的钟铃花摇头晃脑，送来阵阵香气。尼娜·巧莱回到房中。我从梳妆台的大镜子里看见她穿着那双厚底绣花鞋蹑手蹑脚地走来，唇齿间挂着调皮的坏笑。她在我的耳边一声大喊：

“臭美！为谁穿得那么光鲜啊？”

“为你，尼娜！”

“真的？”

她半眯着眼睛看着我，手指伸进我的头发里旋动。然后她一阵疯笑，并把一个金马刺递给我，让我帮她穿上，我情不自禁地亲吻女王的秀脚。我们出来走到庭院里。印第安人手牵着马在那里等候。我们上马出发。金碧辉煌的太阳照得蓝色的山顶一片光明。旷野的晨风时紧时缓，湿润的风仿佛是溪流草地的呼吸。晨光长久颤动，如一位金发性感的新娘。旭日照耀雪松树冠，这是百鸟成亲，互蹭尖喙的爱的祭坛。尼娜·巧莱时而策马奔腾，时而缓步让马儿在路边吃草。

一路上我们不停地遇到一队队欢乐的人马，他们是克里奥尔人和穆拉托人。他们列队而行，马驹迈着潇洒的步子，蹴踏得一路灰尘飞扬。按照墨西哥风俗，他们的马鞍嵌金，鞍毡也镶金，金光闪闪的鞍毡犹如神父的长袍。马嚼子和马刺叮当作响，马鞭呼呼有声，马队飞快地通过原野。金色的马具在阳光下熠熠生辉，金光短暂地反射到挂在鞍架上的大砍刀上。集市开始了，这就是格里哈尔瓦鼎鼎有名的集市。它们在城市和乡镇，在绿草地上，在尘土飞扬的路边，随时随地可设，并无定规。我们勒住嘶鸣着摇动鬃毛的马儿。尼娜·巧莱笑眯眯地看着我，并把手伸开我，这样我们可以齐头并进而不需分开。

走出一片棕榈林，映入我们眼帘的是一座闹哄哄的牛栏，人山马海，熙熙攘攘。牛铃声叮叮当当乱蹦，与之相伴的是打赌押注的吆喝和狠命讨价还价的唇枪舌剑。马蹄踏地，马颈圈、马鞭、马嚼子发出的声响听起来铿锵有力，神气活现，整个平原被摇得仿佛在直喘气。从我们进入那个集市营地的时刻起，一大群丑八怪残疾人就围住我们哀哀乞讨，有眼瞎的，有缺胳膊少腿的，有侏儒，有麻风病人。他们围追着我们，尾随着我们，在马蹄下打滚，在路面上连爬带跑，有的哀号，有的祷告，有的伤口烂疮上全是灰土，有的把骨瘦如柴、样子骇人的胳膊搭在背后。他们推推搡搡，挤作一团，互扯着帽子，争抢着我们一路扔下的硬币。

我们就这样在那群乌合之众的护送之下来到了一个自由黑人的茅屋前。马蹄声和不依不饶的乞讨声引得屋里人在我们下马之前就把门打开了。一看是我们，那黑人便奔出来举着鞭子驱赶那群邋遢的叫花子，然后他为尼娜·巧莱扶住马镫并亲吻她的手。他显得那么低三下四，又显得那么开心，仿佛来人是一位女王似的。黑人喊了几嗓子，全家人纷纷出来迎接。自由黑人和曾经当过尼娜·巧莱侍女的一个特万特佩克女人结了婚。女人看到我们时抬起双手。

“我的圣母啊！是东家！”

她牵着尼娜·巧莱的手，把她领进茅屋。

“快别让太阳晒黑了，我的女王，我的金疙瘩，到我这穷旮旯来，真是天大的面子！”

黑人那病牛般的眼睛看着我们微笑。这是带着真正动物性温顺的眼睛。他们让我们坐下，自己却站着。他们互相看了一眼，异口同声地开始讲同一个故事。

“一个韦拉克鲁斯人有两头白马驹。真是漂亮！白得像鸽子。您知道吗？给尼娜拉马车顶顶好！”

说到这里，尼娜·巧莱不想再听下去了。

“我要看看那两匹马驹。我要你给我买来！”

说话之前她已经起身，而且赶紧把披肩包上。

“走呀！走呀！”

特万特佩克女人坏笑道：

“我明白了，您从不惯着她！”

她收起笑脸，仿佛一切都已经安排停当。

“还是让老爷和我男人一起去吧。这会儿对尼娜来说太热了。”

黑人开门，尼娜·巧莱亲昵地拥着我，娇滴滴地说着些甜言蜜语。陪我出门的前黑奴一离家就开始唉声叹气，并最终把他命苦的老调调弹了个遍。他低头走在我身边，像狗一样跟着我穿过人群，时而自己打断话头，然后重新开腔，一路上哼哼唧唧地倒苦水，不但哭穷，还数落老婆让他吃醋：

“老爷，她一辈子和男人不断！真丢脸啊！……而且不是和白种人！哎，老爷啊，不是和白种人！……那骚货就喜欢黑炭。您说说，有多不要脸！……”

他的话听起来悲哀无奈，实在是痛苦极了。这是真正的奴才腔。他的痛苦不是因为被戴绿帽而受辱，而是因为那个特万特佩克女人的低级选择。他周期性地吃醋，就像靠老婆发达的那类朝臣一样。圣西蒙公爵[①]要是知道，肯定会在《回忆录》里夸奖他。公爵在讲到西班牙时的判断微妙而明哲。他陶醉于两个正宗的西班牙语单词的道德内涵：甘心王八。

我们从一头走到另一头，逛遍了整个集市。在集市边上的树林里，在椰子树的树荫下，一群克里奥尔人喝着酒，唱着歌，又是干杯又是拍手，煞是喧闹。酒在杯中欢笑，西班牙吉他琴，那喜庆会上的

① 圣西蒙公爵（1675—1755），法国作家，其长篇《回忆录》详尽记载了路易十四时期的内政外交。

苏丹女王，在对着阿尔普哈拉斯的皎洁月光哀诉它摩尔人的嫉妒和爱情。古巴民歌悠长的咏叹淹没在铿锵的马蹄声里。亚洲人，主要是中国和日本的商人，他们被裹挟在鼎沸的集市人群里来来往往。这些人总是一头直发，总是一副闷闷不乐的样子，他们的辫子并不晃动一丝欢乐。他们仿佛黄兮兮的蜡像，在深肤色的人海中踏着拖鞋踟蹰，女性化的嗓子吆喝着檀香扇和玳瑁拐杖。走遍整个集市我们也没见到那两匹白马驹的踪影。我们正要出来的时候，有人一胳膊拉住了我。原来是尼娜·巧莱。她脸色煞白，尽管强作微笑，嘴唇却在抖动；我看出了她眼中的焦虑之情。她把双手按在我的肩上。

“嗨，我可不想惹你生气。”

她挽起我的胳膊继续说道：

“我觉得无聊，就溜出来了……你知道吗？茅屋后面有一座斗鸡场。刚才我在那里，而且赌输了！”

她停住话头并优雅地转过脑袋，为我指出那金发少年。金发巨人非常夸张地深鞠一躬。

“有幸成为我债主的就是这位先生。”

那种过分的举动在我心中催生出一股强烈的无名妒火，我傲慢地问道：

“这位夫人输了多少？”

我猜想那赌徒会带着骑士风度拒收赌债，所以我要以冷傲的态度强迫他收债。那美少年彬彬有礼地笑答道：

“下注之前，这位夫人提醒我，她没钱。所以我们达成协议，她的一个吻值一百金币。她赌了三个吻，而且她都输了。”

我感到自己脸色变得铁青。不料尼娜·巧莱上前一步，脸色煞白地扭着双手，以几乎悲剧的口吻喊道：

“我付！我付！”

可以想象我多么吃惊！我一个手势制止她，并挺身面对那美少年，厉声甩出如鞭话语：

“这位女人是我的，她的债也是我的。”

然后我拖着尼娜·巧莱走了。我们默默无语地走了一阵，忽然，她压紧我的胳膊，用非常细小的声音说道：

“你真够男人！”

我不回答。尼娜·巧莱开始无声流泪了，她把脑袋靠在我的肩头，带着无限激情啜泣道：

“我的上帝啊！我还有什么不会为你做呢！……”

印第安妇女坐在茅屋门口卖香蕉和椰子，她们衣衫褴褛，身上装饰着护声符和一串串珊瑚。她们是未老先衰的三十岁的老女人，满脸皱皱巴巴，丑得像丑八怪偶像。她们透着光泽的脊背在阳光下闪亮，她们胸前悬晃的黑乎乎的乳房令人想起狂欢的巫婆和乱舞的群魔。她们蹲在路边，半裸着身体，头发蓬乱，仿佛在那燃烧的太阳下冻得簌簌发抖。她们把诅咒投向人群，真像某种淫荡而嗜血的古代宗教崇拜里的女巫。她们的孩子像魔鬼一样黑不溜秋，瘦骨嶙峋，从茅屋的缝隙里向外探头探脑，钻在帆布篷下东张西望，拉着走调的手风琴。穆拉托女人和韦拉克鲁斯男人跳着奴隶们从非洲带来的那些个奇怪而淫荡的舞蹈。色彩鲜艳的衬裙在神圣的舞蹈中飞旋。战俘们就是随着那神圣的舞蹈，在猴面包树家长般的树荫中被献上祭坛。

我们来到茅屋。我紧皱着眉头，气鼓鼓地倒在吊床上，然后大声叫马夫备马，要立即出发。一个印第安人黑绰绰的影子探进门来。

“老爷，尼娜骑的那匹栗色花马的蹄铁松脱了……我把它钉回去吗，老爷？”

我猛地从吊床起身，把那印第安人吓得直往后缩。我又躺回去，对他吼道：

“夸克特莫辛，你混账！那还用问！快点去！”

脸色苍白的尼娜·巧莱带着恳求的目光看我。

“不要吼。你可不知道自己有多吓人！……”

我闭目不答，又暗又热的茅屋里一阵长长的沉默。那黑人在草深如毯的地面上蹑手蹑脚地进进出出。屋外是马的嘶鸣，还有印第安人套马笼头时对马说话的声音。牛虻在门缝的亮光里嗡嗡地唱着它们单调的夏歌。尼娜·巧莱起身来到我旁边。她用仙女的手指默默摩挲我的额头，只是轻轻叹气。后来她终于开腔了：

“如果那俄国人是一条男子汉，你会杀死我吗？”

“不会。”

“那杀他呢？”

“也不会。”

“你什么也不做？”

“什么也不做。”

“因为你瞧不起我？”

“因为你不是布拉多明侯爵夫人。”

她犹豫了一阵，嘴唇微微颤抖。我闭上眼睛，等着她潸然泪下，等着她抱怨，等着她骂人。但是尼娜·巧莱保持沉默，继续摩挲着我的头发，就像一个温顺的女奴。她的手指终于抚平了我紧皱的眉头，我感到自己可以原谅她了。我知道，尼娜·巧莱的过错是女性永恒的过错。我恋爱中的灵魂不禁要倾向于宽宏大量。尼娜·巧莱无疑是好奇而且淘气的，就像那个变成一座盐雕的洛特之妻[①]；但是千百年之后，神的正义对于男人们的妻子也显得比从前更加宽厚了。我不知不

① 洛特举家逃离被神毁灭的罪恶之城，妻子不听神谕回望，瞬间变成了一根盐柱。详见《创世纪》第19章。

觉陷入诱惑而去佩服那笼罩在《圣经》传说中的远祖，把她当成了门第的荣耀。我断定老天无疑会原谅尼娜·巧莱，我由此领会到，布拉多明侯爵也少不得同样行事。我的心里不再怀有任何怨恨，在那些无形手指轻柔的爱抚下，我睁开眼睛，微笑低语：

“尼娜，不知道你给我灌了什么迷魂汤，我什么都记不得了。”

她的脸颊涂上了玫瑰色。

“那是因为我不是布拉多明侯爵夫人。”

随后她沉默了，也许在等着一个爱的原谅，但是我更愿意保持沉默，我想，亲吻她的手就足以道歉了。她一个躲闪把手抽了回去；在一阵迟迟的沉默中，她东方公主的美丽眼睛里充满了泪水。印第安人手牵着我们的马在门口再现，幸亏那时候她的眼泪还没有滚落到面颊上。我因此得以从茅屋脱身，装着对她的痛苦什么也没看到。尼娜·巧莱从门里出来的时候，她看起来已经平静多了。我为她握住马镫让她上马，略过片刻，我们便在欢乐而神气的马蹄踢踏中穿过了集市场地。

一位骑士从我们前面跑过时，他的马打了一转，我发觉尼娜·巧莱一见此人顿时变得脸色煞白并赶紧用围巾把自己包起来。我佯装不知，也不说什么，我不想显出我的醋意。后来等我们走到那条灰尘飞扬的红土路上的时候，我远远望见一处山坡的高处驻扎着更多的骑手。他们仿佛就在那里等我们，当我们沿着山脚而行时，那些人就冲了下来。我刚一觉察就勒住马步，并示意人马也停住。走在那队人前面的那个家伙气势汹汹地高喊着策马飞来。尼娜·巧莱一认出此人便发出一声惊叫，旋即翻身下马，张开胳膊恳求他原谅：

“我的眼睛真有福气，又让我看到你了！……喏，杀了我吧！我的国王！我亲爱的国王！”

骑手两手一提，马的前蹄腾空而起，他一脸凶相地欲向我冲来。

尼娜·巧莱拉住马辔制止他，悲惨地喊道：

“不要杀他！不要杀他！”

看到这最后的爱的表示，我的心里大为感动。我一马当先，但是身后的队伍似乎有点发怵；那位骑手站在马镫上瞪着恶狠狠的眼睛数着我的人马，最后他愤怒地瞪了我一眼。我发誓，他也发怵了。他二话不说挥起鞭子就朝尼娜·巧莱的脸上抽去。她还在哀哀求叫：

“我的国王！……我亲爱的国王！……”

马鞍上的骑手弯下腰，非常粗野地一把将她从地上拎起并扔到自己身前的鞍座上。夺得美人之后，他仿佛英雄时代的劫掠者飞奔而去，而且一边跑一边对我骂不绝口。我一脸煞白，哑口无言，只能眼睁睁地看着她被抢去。我本来是可以英雄救美的，然而我没有这么做。在以往，我是多次犯过罪孽的大罪人，但是这次我猜到了那人是谁，我的心里起了悔恨。尼娜·巧莱属于那凶狠的墨西哥人，既是他的女儿，又是妻子。面对这两项神圣的权威，我的心变得谦恭而听天由命了。经过这番对世界和爱情的永久幻灭之后，我策马奔向荒凉的提苏尔平原。跟在我身后的队伍低声谈论着这次事件。所有那些印第安人都会心甘情愿跟着尼娜·巧莱的劫掠者走的。他们似乎也像她一样很为迭戈·贝穆德斯将军的鞭子所迷惑。我努力控制自己，同时感到一种强烈而痛苦的傲慢。我的敌人，那些胆敢控诉我一切罪行的人们，他们将不能定我争风吃醋为女人打架之罪。我从来没有像那次忠于自己的座右铭：鄙视他人，也勿自爱。

我们偻着背信马由缰地走在如火的骄阳之下，因为疲惫和焦渴而默不作声。人马穿越荒沙漫漫的草原，不断瞥见远处的提苏尔湖。湖水懒洋洋地波动，给人一种清新之感，水边的柳树林倒映在这片中了魔法的滞水里……我们一路经过沙丘和荒原，没有一丝风，没有任何声响。蜥蜴在炙热的沙子上爬行，享受着已经修成长命百岁的托钵僧老朽而哆嗦的至福；阳光无情落下，灼烤着这片似乎因某桩黑暗的地质罪行而遭受惩罚的不毛之地。我们的马在这场苦旅中变得精疲力竭，只见它们的脖子一低一昂地拉锯，仿佛累得昏头昏脑。它们的肚子肌肉松垮，血迹斑斑；它们的马蹄陷在黑色的流沙里艰难地迈着步子前进。白热的天地持续几个小时映入眼帘，终于，我们的眼睛也越来越累。颠簸如铅压上眼睑，令人困倦得眼睛直闭，稍过片刻睁开眼睛，还是同样死气沉沉、被世界遗忘的远方……

我们在黑沙茫茫的荒漠上骑行了整整一天，我困乏到了极点，必须振作精神才有力气策马并勉强在马背上支撑下去。作为一种但丁式的补偿，我远远地望见提苏尔湖的一汪绿水，心里就一直盼着在湖边停歇。下午已经过半，阳光在水面留下一道金色尾波，仿佛仙女的神舟刚刚破浪而过……虽然到湖边还有很长一段距离，我们却远远闻到了爬出水面在泥滩上昏睡的鳄鱼散发的麝香味道。我的马不安地抖起耳朵晃动鬃毛，这使我在鞍座上挺直身子，踩住马镫，并抓紧散搭在鞍垫枕上的缰绳。鳄鱼距离太近，马吓得抬起前蹄直往后缩，我不得不夹紧马刺催它奔驰。卫队人马也全数跟上。等到我们逼近，鳄鱼们才懒洋洋地进入水中。我们一拥而下到达湖滩。仆人们骑马入水，水到了马肚子以上；他们的喧哗惊起一群在芦苇丛中做窠的长翅鸟。对岸的一头鳄鱼依然在泥沼上打瞌睡，它张着嘴，眼珠朝着太阳，犹如一位古代的神灵，冷漠，怪诞，一动不动。

马夫快步走来为我扶住马镫，但是我拒绝下马。我变了主意，我决定人马不经休息而直接蹚过提苏尔湖，因为夜色已经降临。卫队中的印第安人都是出色的骑手，他们遵从我的意愿，毫不犹豫地涉水前行，一路用牧杖探着水的深浅。平滑晶莹的水面上漂满恼人的绿藻，水藻中有微微颤动的巨大而奇异的花朵。几乎赤裸的骑手们一言不发地前进，每一步都迈得极其小心。这是一支黑肤色的人头马队伍。从人马前方远处穿过的是巨大睡莲的浮岛，敏捷的蜥蜴从一个莲蓬跳到另一个莲蓬，仿佛一群调皮而爱开玩笑的小精灵。那些鲜花盛开的小岛在快乐翻飞的蝴蝶搭起的华盖下漂移。它们仿佛处在一个梦幻之湖里，漂得是那么悠然，那么缓慢；铺天盖地的蝴蝶扇动绣着金边的白翅膀和蓝翅膀，几乎遮住了那些绿岛。提苏尔湖就像一座只在故事中存在的花园。小时候入睡前听的故事里就有这样的花园……这故事也发生在一个湖上，湖上住着一个巫婆，金发的公主和金发的王子在那害人的奇葩从里中了巫婆的魔法！

人头马似的队伍已经游水到了提苏尔湖的中央，这时候，湖对岸仿佛沉醉的一头鳄鱼才慢慢进入水中而消失……我不愿在泥滩上再等下去，于是轻轻拍着马脖子，一步步驱使它进入湖中。当湖水深到马肚子的时候，它游了起来，几乎同时，我发现自己被一圈诡谲的眼睛包围了，这些又圆又黄、惺忪蒙眬的眼睛孤零零地浮现在水面上……那些眼睛一直看着我，直勾勾地盯住我！……我坦白，当时我浑身传遍寒意，吓得一阵哆嗦。日头在西，正面照在我脸上，刺得我几乎什么都看不见。为了避开光线，我不得不低头看提苏尔湖无声的水波，尽管那些神秘的鳄鱼使我一阵阵晕眩。它们只让妖怪似的眼睛露出水面，那些有时全方位转动有时又静静地凝视的没有睫毛的眼睛……一直到马蹄再次踩到陆地，稳稳地冲向岸边，我大气都不敢出一声。一溜散开等在岸上的人马不断来回跑动。队伍集合之后我们继续赶路，穿越漫漫黑沙。

太阳下山了，眼看着一场暴风雨即将来临。陆地上刮来的劲风搅动天地，播扬尘沙，似欲占有那被太阳烤得整天昏睡的茫茫大荒。我们顶着风沙策马飞驰。连绵沙丘在我们眼前展开，一阵阵世界末日式的大风刮过悲凉无力的黄昏。成群结队的秃鹫几乎贴着地面经过，飞得迟缓、疲惫、踌躇。夜色合拢，我们看见远处亮起许多篝火。闪电偶尔撕破天边，沙丘显得孤寂而灰暗。豆大的雨点开始落下。马匹摇晃着耳朵，身体发烧似的抖动。暴风肆虐下的篝火或欻然亮起，或被压至熄灭。闪电越来越紧，在我们眼中留下颤巍巍的忽生忽灭的荒原景象。我们的马儿鬃毛飘飘，惊骇嘶鸣，努力在大雨滂沱的黑夜里寻找方向。闪电乱光四射，赋予这广袤的荒漠悔罪传奇里那些怪诞去处的面貌：围绕着地狱的灰沙茫茫的无垠大漠。

我们在篝火的引导下来到一大片平整的草地，草地上枝叶凌乱的野生矮椰子树被大风直吹得摇头晃脑。大雨骤然停止，风暴似乎已经非常遥远。两三条狗冲出来对着我们叫，远处随即有犬吠声响起回应。我们看到一些样子不清的人影围着篝火走动，火光照亮他们黑乎乎的脸庞和洁白的牙齿。原来我们进了韦拉克鲁斯人的一个宿营地，这些人半是响马，半是牧人，他们赶着一大群牛羊到格里哈尔瓦去赶集。

看到我们一大群人马奔驰而至，黑色的人和饥饿的狗络绎从四面八方赶了过来。沙漠赋予那些人苗条的身材和嗜血的野蛮国王的尊贵姿态……天上的月亮恰似一位身穿丧服的模范寡妇，把她清光中浅浅的微笑投到那人语粗鲁、犬吠狺狺的部落上。在警觉的犬吠和游荡的牧人严厉的吆喝之间，时不时地能够感到羊群一阵骚动；乡野而强烈的牲口棚的味道如同一种原始的生命气息直冲我们的鼻子而来。铃铛叮叮当当地轻摇，清香的干草在篝火中燃烧，芳香馥郁的白烟幸福地升起，仿佛古老的野外祭祀的青烟。

我看到一个赤裸女人的朦胧身影在火舌间舞蹈，即使闭上眼睛我也能看见她；高烧梦呓所具有的奇异而痛苦的力量使我瞥见她的倩影。可怜的我哟！那是魔鬼借以诱惑古代隐修圣徒的一种神秘的肉欲幻象。我以为自己已经永远挣破了情孽之网，不料天国却惩罚我的傲慢，抛弃了我。那个以火焰遮身的裸体女人正是尼娜·巧莱。她有着她的微笑和眼神。我的灵魂开始被悲伤笼罩，并发出浪漫哀叹。软弱的肉体因嫉妒和愤怒而发抖。我在全身心呼唤尼娜·巧莱。我后悔没有杀死那乱伦的劫美者；搜遍墨西哥寻此仇人的念头变成了一种痛苦；它是一条缠在心上的毒蛇，把我咬伤，使我中毒。为了摆脱那种折磨，我叫那个当向导的印第安人。冻得浑身哆嗦的他赶紧过来。

“老爷有何吩咐？”

“我们上路。”

“天气不对啊，老爷。现在到处都是洪流。”

我犹豫了片刻。

“到提苏尔庄园有多远？”

“两个小时的路程，老爷。”

我猛然起身。

“备鞍。”

我烤着火，等待向导传达命令，让人马准备就绪。我的身影随着篝火的火光舞动，并在黑色的地面上怪异地拉长。我的内心有一种惊骇而凶险的神秘感。就在我犹豫是否改变主意的时候，一群印第安人朝着我的马围了过来。他们就着篝火的光亮调整好马肚带，并检查了马辔。谦卑无言的向导牵住我的马。我跨上马背，我们出发了。

我们在地势起伏的一段道路上走了很久，两旁是巨大的仙人掌，大风吹得它们发出激流一样的咆哮。月亮偶尔撕破悲惨的乌云，洒出僵硬的清光，照亮我们的征途。一只夜鸟在我的马前无声飞翔。它一路在不远处停住，等到我靠近它，才又抖起黑色的翅膀飞停到更远的地方，并发出带着哭腔的“哇”的一声。这是它的鸣啭。就像每一个印第安人，我的向导非常迷信。他以为在那声鸟叫中听到的是“犹太人”，只要听到那鸟抖开黑色的翅膀骂他犹太人，他总是非常严肃地驳斥：

“我是基督徒！非常好的基督徒！”

我问他：

“这是什么鸟？”

“是夜莺，老爷。”

我们就这样抵达了我的领地。这座由一位殖民时期总督下令建造的房子有西班牙乡绅住宅那种大气和乡土气。门前有一群骑手。从装束打扮来看，他们是银帮。他们围成一圈，盛满咖啡的瓢在手中轮流传递。镶金边的帽子在月光下闪亮。一位骑手被布置在道路中央。这是一位满脸干巴巴的老头，目光威严，只有一条胳膊。看我们走近，他冲我们大吼一声：

“站住别动！”

我从马鞍上直起身子，没好气地答道：

“我是布拉多明侯爵。”

老头飞奔而去，来到门前拿瓢喝咖啡的人们中间。我在月光下看得分明，他们一起交头接耳地商量着什么，然后握起缰绳，拍马离开了。等我赶过去时，门开着，马蹄奔腾的声音仍然可以听见。等候在门槛里的管家上前一步来迎接我，他拉住辔头，转身朝着屋里大声喊道：

“拿一根蜡烛出来！……照一下楼梯！……”

一位老太婆的黑影出现在窗户高处，她握着一支点燃的大蜡烛。

“感谢上帝，经过那么多危险，把您平安带到了这里！”

为了照得更亮，她弯腰从窗口里探出身子来，伸出颤巍巍地举着蜡烛的黑胳膊。我们迈进门厅，几乎同时，老太婆出现在楼梯高处。

“感谢上帝，一眼就能看出您的高贵血统和慷慨气质，一点没错！”

老太婆一路把我们领到一个粉墙客厅，那里的窗户都开着。她把大蜡烛放在一张旋腿桌子上便走了。

“感谢上帝！年轻人真是英俊啊！”

我坐下，管家却远远地看着我。他是堂卡洛斯的一位老兵，贝尔加拉的背叛之后离开了西班牙。他深陷的黑色眼睛闪着一点泪光。我亲切地向他招手。

“你坐下，布里翁……那是一支什么队伍呢？”

“银帮，先生。”

“是你的朋友？”

“岂止是朋友！是好朋友！在这里您必须像您的祖母巴尔瓦松伯爵夫人在她安达卢西亚的庄园上那样生活。何塞·玛丽亚把她奉若女王，因为伯爵夫人是他最好的保护人……”

“这些个墨西哥马贼可有安达卢西亚响马的风采？”

布里翁压低声音答道：

“他们能抢会偷……杀人不眨眼……能说会道……但是总归不好和安达卢西亚的响马比。他们缺那么一种潇洒劲儿，就好像饭菜缺盐一样。而安达卢西亚响马并不是行头更加漂亮！这和行头没关系！”

这时候老太婆进来说，小吃已经备下。我站起来，她也从桌上拿起蜡烛为我照路。

我躺到床上，已经筋疲力尽，但是关于尼娜·巧莱的回忆使我辗转反侧，直到临近天明都不能入睡。我竭力挥去她的记忆，然而终归是无济于事。她在我的脑海中翻腾，冲出我的思想之雾，轻飘飘，怪兮兮，将我苦苦折磨。终于，我不胜疲惫，陷入噩梦连连的热烈酣眠。突然之间，我在黑暗中睁开眼睛。我大吃一惊，发现自己完全醒着。我努力再睡，却怎么也做不到。一条狗在我窗下叫了起来，于是我模模糊糊地记得，刚才睡梦中就听到过犬吠。无眠搅得人百无聊赖，我索性坐了起来。月光照亮房间深处，因为我嫌天热，把窗户都打开了。我想我听到了花园中有人来回走动，而且他们还压低嗓子说着话。狗不再叫，人声也渐渐淡出。一切复归寂静，然而我在寂静中听到了远去的马蹄。我起身关窗户。花园的大门开着，我心里顿起疑窦，尽管月光照耀下的红土路在四周沙沙作响的玉米地中空无一人。我在瞭望台上逗留片刻。皎洁的月光下，田野一派死气沉沉，唯有风声呢喃。我感到困意重新袭来，于是关上窗户。我躺到床上，心里久久忐忑不安。眼皮刚刚合上，一阵沉闷的枪声再次将我惊醒。远处响起口哨声，随即就有口哨声应答。我再次听到一马腾骁，蹴踏有声。正待起身，一切却归于寂静。然后又过了许久，花园中响起锄头掘地的沉闷声音，他们似乎在挖洞。这时一定已经临近破晓时分，我终于睡去。当管家进来叫醒我的时候，我怀疑这一切究竟是不是梦境。然而，我还是问他：

“今夜你们在打什么仗呢？”

管家难过地低下头。

“今夜他们杀了墨西哥最勇敢的卫士！”

“谁杀的？”

“一颗子弹，先生。”

“一颗子弹，谁的？”

“某个婊子养的混蛋呗！”

“银帮吃亏了？”

“很糟糕，先生。”

“你也在内？”

管家抬起愤怒的眼睛。

“从来没有，先生。”

他把手举到胸口那种傲慢之极的样子令我发笑。堂卡洛斯的这位老兵色如青铜，帽子压着额头遮住阴沉的眼睛，腰间别着一把大刀；他不但是个乡绅，看着也像个响马。略有所思的一番沉吟之后，他捋着胡子对我说：

“侯爵阁下，您要知道，我和银帮交朋友，是因为我希望他们为我所用……他们非常勇猛，一定能帮我大忙……自从来到这片土地，我就有一个念头。阁下您知道，我要让堂卡洛斯五世成为皇帝。”

老兵擦干一滴眼泪。我紧紧盯着他。

“我们到哪里去找一个帝国给他呢，布里翁？”

管家严峻的目光在灰白的眉毛下亮了起来。

“我们会给他的，先生……然后是西班牙的王位。”

我不无嘲讽地接着问他：

“可是这个帝国我们怎么搞到手呢？”

“把这些西印度的领土奉还给他。古代的埃尔南·科尔特斯筚路蓝缕地打江山，那困难可是比这大多了。我有关于那段历史的史书。阁下恐怕也是读过的吧？”

管家的眼中噙满泪水。一阵无法自制的猛烈战栗搅动他的柏柏尔胡子。他走到窗口，默默地看着道路。随后他叹道：

“今夜我们失去了最能帮我们的人。他被埋在那棵雪松下了。”

“谁呀？”

“就是侯爵阁下您在这里邂逅的银帮头子。”

“他的人马也都被消灭了？”

“惊慌之下逃散了。先前他们绑架了一位漂亮而且豪富的克里奥尔女人，然后又不管死活把她扔在路上。我出于同情把她领到了这里。侯爷您是否想见她一见？”

“果真漂亮？”

“漂亮得像个女圣徒。”

我起床并跟在布里翁身后走出门去。那克里奥尔女人就在花园里，躺在挂于树上的吊床中。若干几乎赤身裸体的印第安孩子争相摇她。克里奥尔女人手帕盖着眼睛，频频叹气。听到我们的脚步声，她慵懒地回头，随之叫出声来：

“我的王！……我亲爱的王……”

我向她张开胳膊，并不开口。我一直以为，爱恨情仇的道理在于那句命令我们忘记伤害的美丽格言：爱就是宽恕一切。

她幸福而任性地啃着我的手，命我少安毋躁。她不想让我碰她，独自缓慢地、非常缓慢地对着镜子解开胸衣纽扣并拆散发辫，含着微笑孤芳自赏。她似乎忘记了我。脱到赤身裸体的时候，她再次莞尔一笑，顾影自怜。她宛似一位东方的公主，在身上涂抹香水。随后她裹上镶边丝袍，在吊床里躺下等待。她眼皮半眯，睫毛闪动，嘴上一直笑意盈盈。当今的某位诗人大概会把那种微笑叫作“白雪和玫瑰的插翅诗章”。说来奇怪，我并不急着靠拢。我品尝着那神圣美丽的妖娆，大饱眼福。带着颓废诗人深奥、精致、虐待狂的快感之道，我想减缓感官愉悦的速度，在那个夜晚的神圣静谧之中细逐品味，慢慢受用。露天的阳台上，但见蓝天深邃，如银月华依稀可辨。夜的轻风吹来园中的芳香和呢喃，这是玫瑰花瓣凋落之际发出的浪漫消息。这独成一统的小小天地真是多情而且撩动人心！烛光踌躇，影舞于墙。远处黑漆漆的走廊尽头，那令人想起殖民总督时代的咕咕钟报过十二点。随后不久，雄鸡一声啼叫。这是午夜庄严的百年好合时辰。尼娜·巧莱在我耳边轻声问道：

“告诉我，还有什么比我们的破镜重圆更加甜蜜？”

我没有回答，只欲嘴对嘴以吻封唇，因为沉默是快乐的圣柜。但是尼娜·巧莱却习惯于销魂之际开口助兴。稍过片刻，她一声叹息。

“你要原谅我。假如我们一直相守而不曾分离，那么现在也就不会有如此快乐。你一定要原谅我。”

尽管我可怜的心还在滴血，我原谅了她！我的嘴唇再次寻觅她那残酷的芳唇。不过呢，我必须坦白，有人可能认为我是英雄好汉，可我不是。她的话中蕴含那些亲吻连着龅啮的猖獗放荡之口所具有的激情邪恶的魅力。她在我的怀中喘不过气来，只是意乱情迷地嘤嘤作声。

“我们从来没有这么相爱过！从来没有！”

激情的巨大火焰舔着颤巍巍的金色火舌，完全笼罩了我们，不但使我们感觉不到疲惫，而且赋予我们逐乐寻欢的诸神所具有的高贵神力。一接触肉体，你来我往的亲吻便开放为爱情的五月花季。亚历山大港的玫瑰！我将花瓣在她的芳唇间一片片剥落！犹太的晚香玉！我剥落一片片花瓣撒到她的胸口！尼娜·巧莱欢喜陶醉，浑身战栗，而她的双手也像是有了处女之手的一种神圣笨拙。可怜的尼娜·巧莱，犯了那么多情罪爱孽之后，她依然不知道，至高无上的欢乐只有在残酷遗弃和胆怯无奈的和解之后才能得到。向她传授爱情之道的光荣归我所有。我相信，在那双眼睛深处，我一直看到了她背信弃义的黑暗之谜；我也不能忽视，踏上骚动维纳斯[①]的祭坛是多么吃力。从今往后，我同情那些不幸的男人，他们一经女人的欺骗便一蹶不振，再也不去亲吻她。对他们这些人来说，高扬肉体的光荣将永远是一种神秘。

① 骚动维纳斯（A Vénus Turbulenta），应该出自法国作家梅里美的短篇小说《伊尔的美神》，故事里的维纳斯是一具真人大小的古代青铜雕像，象征原始情欲。

秋季奏鸣曲

“亲爱的，我快要死了，我只想见到你！”哎！可怜的孔查写的那封信我早就弄丢了。那封信洋溢着渴望，满是悲伤，带有紫罗兰和古老爱情的芬芳。不待读完，我便亲吻了它一下。将近有两年她没给我写信，而现在她却以痛苦而热烈的恳求召唤我到她的身旁。三页抬头印有族徽的信笺上，每页都留有她的泪痕，而且这泪痕弥久而不泯。可怜的孔查在布兰德索宫中幽居，她快死了，她在阵阵叹息将我召唤。那双苍白、芳香、美妙的玉手，我曾经热爱过的那双手，又像从前一样给我写信了。我感到自己眼中注满泪水。我一直以来盼望着我们能旧情复活。这是一种踌躇而怀旧的希望，它信仰的芬芳充溢了我的生命。它是未来的吐火怪，沉睡于蔚蓝色的湖水深处的温柔的吐火怪，而湖面上反映着命运的星辰。我们两个人的命运真是悲哀！我们爱情的玫瑰老树再次开花，可是花朵却只能虔诚地凋谢于坟头。

可怜的孔查快死了！

得到她的信时，我在比亚纳·德普里奥尔。每年秋天我都在那里打猎。到布兰德索宫的行程只有短短的几个里格。上路之前，我想听听孔查的两个妹妹玛丽亚·伊萨贝尔和玛丽亚·费尔南达怎么说，于是就先去看望了她们。她们在骑士团创建的一家修道院里出家修行。姐妹俩出来到会客室见我，并透过格栅把她们修女和童贞的新娘所特有的高贵玉手伸给我。两个人边说话边叹气，告诉我孔查快死了；而且她们也像以往一样对我以你相称，不称您。曾几何时，我们在那古老宫殿的大厅里不知一起玩耍过多少次啊！

我离开会客室，心里真是难过至极。钟声为修女们敲响了。我走进教堂，在一根屋柱的影子里跪下。教堂仍然阴暗而且空荡，耳边传来两位参观祭坛的女士的脚步声。她们身穿黑衣，神情严肃，看来像是姐妹两个，在哭着同样的痛苦，求着同样的神恩。她们偶尔轻声交谈，然后又一声叹息归于沉默。她们就这样肩并肩地走过七个祭坛，神情刻板，悲伤难敛。暗淡而闪烁的灯火把一束铁青色的光芒投射到两位女士身上，旋即又将她们笼罩在暗中。我听到她们在热切地祈祷，只见领头祈祷的那位女士苍白的手中握着一串念珠，念珠里串的是珊瑚、十字和金章。我想起孔查祈祷时也持这么一串念珠，虽然由着我把玩，她却总是对我放心不下。可怜的孔查非常虔诚，而且让她感到痛苦的是，她认为我们的爱情罪孽深重。有多少个夜晚，每当我进入和她幽会的闺房，我总是看到她跪在地上！她不说话，只是抬起眼睛示意我不要出声。我坐在一把扶手椅上看着她祈祷，念珠在她苍白的指间虔诚而缓慢地经过。有时候，不等她结束我就靠近并给她一个突袭。她的脸变得更白，而且她会用手蒙住眼睛。我疯狂地爱着那痛苦的嘴，爱着那紧闭的，颤抖的，死人一样冰冷的芳唇！孔查会紧张地挣脱，站起来把念珠在珠宝匣里放好。然后，她伸出胳膊缠住我的脖子，脑袋无力地靠在我的肩上，于是她哭泣，她为爱情而哭，为永世受罚的恐惧而哭。

等我回到家里，夜幕已经合上。我坐在靠近炉火的一把扶手椅上，孤独悲伤地过了一夜。正当我昏昏睡去的时候，有人大声撞着门环敲门了，在寂静的深夜里，那敲门声就像墓地一样阴森恐怖。我猛地起身，并打开窗户。原来是捎来孔查书信的那位管家，他来叫我一起上路。

管家是个年老的乡下人，他身披带帽蓑衣，脚蹬一双木屐。他骑着一头骡子在门口站定，手中牵着另一头骡子。我在黑暗中问他：

“布里翁，什么事？”

“侯爵先生，天亮了。”

我赶紧下楼，任凭大风撞击窗户而顾不得关上。我们匆匆忙忙就上路了。管家来叫门的时候，天上仍然有若干明星闪烁。我们出发的时候，村里鸡叫了。即便如此，不到将近天黑时分我们无论如何是赶不到的。路程有九里格之远，而且是翻山越岭的崎岖马道。他骑骡走在前面为我领路，牲口小跑着带我们穿过金塔纳·德圣克劳迪奥，那些拴在粮仓[1]下看护打谷场的狗冲着我们一路吠叫。等我们走到野外时，天开始亮了。一眼望去，远处有几个雾岚笼罩的山包，显得荒芜悲凉。翻过那些山包，看到另一些山包，然后又是另外一些。永远停不下来的绵绵细雨似灰色的裹尸布铺天盖地罩着茫茫群山。这单调的风景一路上几无变化。远处，在普里奥尔桥方向，走着长长一列赶早的牲口，赶脚人侧身坐在他的驽马背上走在最后，一路唱着卡斯蒂利亚地方的歌谣。太阳开始在山顶涂抹金晖，白羊群和黑羊群纷纷沿着山坡向上攀爬。有一座乡村别墅远远地矗立在绿草茵中，一大群鸽子在气势非凡的塔楼上空飞舞。我们经不住雨水困扰，就去贡达尔的旧磨坊歇脚避雨。我们大声敲门，仿佛那就是我们自己的采邑。屋里窜出来两条瘦狗，被管家赶走了。接着出来一位女人，手中拿着纺锤。年老的乡下人管家以基督徒的方式和她打招呼：

“万福最纯洁的玛利亚！”

---

① 西班牙西北部特有的用桩子抬升的吊脚谷仓（hórreo），一般是单独的木结构或石结构，长方形或正方形，用来储存粮食或别的农作物。

女人回答：

“无罪而孕！”

这是一个心地善良的可怜人。她看我们都冻僵了，看到骡子直往棚子下钻。满天乌云，眼看着大雨就要恶狠狠地泼下来，于是她好客而谦卑地为我们打开家门。

“请进，请到火边坐。出门遇上这么糟糕的天气！哎！这天气，庄稼都给淹了。今年不会有好收成了！”

我们刚刚进门，管家又出去取来鞍袋。我靠近灶火，火烧得很微弱。那可怜的女人拨亮余烬，又抱来一把湿乎乎的青柴。柴开始噼噼啪啪响着冒烟。内墙带一扇门，条石的门槛上是撒落的白面粉。门破得关不严实，砰砰地来回撞动。门后传来一位老头唱歌的声音，还有磨坊石盘转动的声音。管家肩上搭着鞍袋回来了。

“这里有饭食。夫人起个大早亲手准备的。您要是觉得合适，我们就可以利用这个休息的空当。雨要是下大了，直到天黑也停不下来的。”

磨坊女人殷勤而谦卑地走近来。

“我在火上放几个三脚架，或许你俩乐意热一下饭菜。”

她放上铁架，管家开始把食物从鞍袋里掏出来。他取出一块很大的仿锦缎餐巾，在灶沿石上铺开。与此同时，我走出门外，长时间地观望着在大风中波动的灰色雨帘。管家走过来既恭敬又亲切地对我说：

“您什么时候想吃都可以……饭菜非常丰盛！”

我又进入厨房，就着灶火坐下。我不想吃东西，只让管家给我倒了一杯酒。年老的乡下人默然遵命。他从鞍袋底里找到酒瓶，为我倒上一杯产自宫中葡萄架的欢乐红酒，他用的杯子是我们的女性祖先们命人用秘鲁的大银币打造的那种小杯，一枚银币一个酒杯。我一饮而尽。厨房里烟太大，呛得我再次走出门外。我从门口叫管家和磨坊女人，让他们自己吃。女人请求我也允许叫上在里面唱歌的老头一起吃。她大声地喊他：

“父亲！父亲！……”

他出现了，身上沾满白花花的面粉，帽子歪在一边，嘴里还在唱着。老头目光闪亮，银发飘飘，快乐调皮得像一本古谚语集。他们把熏得黑乎乎的粗凳子搬到火边，随着一阵异口同声的祝福坐下来吃饭。两条瘦狗围着人转悠。这是因为我病重的可怜爱人孔查才变得可能的一场盛宴；是我曾经热烈爱过的那双苍白的手在伺候这穷人的饭桌，那双仿佛涂过圣油的圣洁的公主之手！那磨坊老头品酒时站起来说了一串祝酒词：

“为带给我们美酒的好骑士的健康干杯！……但愿这位贵人长命百岁，我年年为他的健康干杯！”

接着那女人和管家也同样郑重其事地举酒而饮。他们吃喝的时候我听到他们在低声说话。磨坊老头在问我们到哪里去，管家回答他是去布兰德索宫。磨坊主认识那条路，因为他上缴给宫里的夫人一笔古老的租税：每年两头羊，七个费拉多①的小麦，还有七个费拉多的黑麦。前一年因为旱情严重，她把所有的租税都免了。夫人同情穷苦村民。我在门口一边望着雨落，一边听他们说话，心里既激动又感到满足。我时而回头看看烟雾腾腾的灶火边说话的人们，每次一回头他们就压低声音。我猜想他们在说我。管家站起身来。

“如果您觉得行的话，我们喂一下骡子，然后就可以赶路了。”

磨坊主跟着他出去，要给他搭把手。女人开始扫灶灰。两条狗在厨房深处啃着一块骨头。那可怜的女人一边收拾灰烬，一边不停地轻声祈祷为我祝福：

“天主保佑您顺顺溜溜，身体健康，但愿您高高兴兴到达宫

---

① 费拉多，西班牙容量单位，一个费拉多合十三升到十六升。

中！……上帝保佑您见到夫人健健康康，色如玫瑰，满面红光！……”

磨坊女人一边围着灶火来回忙碌，一边单调地重复着：

“但愿您看到她鲜艳如玫瑰枝上的花朵！”

管家利用雨停的间歇走进厨房取了鞍袋，磨坊主与此同时解开缰绳，牵着笼头把骡子拉到路上，好让我们骑上去。女儿从门里伸出脑袋看我们离去。

“天主保佑尊贵的骑士！……保佑他洪福齐天！……”

等我们都骑上骡背的时候，她出来走到路上。雨又下起来了，她用围裙盖住脑袋避雨，神秘兮兮地靠近我身边。那围裙包头的模样仿佛一个千年幽灵。她冻得浑身打战，眼睛在被她用作帽子的围裙下闪着热烈的光芒。她手中抓着一把药草，以女巫的姿态把草交到我的手中，并低声说道：

“您见到伯爵夫人的时候，请把这些草放到她的枕头底下，但是不要让她看到。有了这把草，她会痊愈的。所有的灵魂都像夜莺，都想飞翔。夜莺在花园中会放声欢唱，但是在帝王的深宫里它们会渐渐死掉……”

她举起双臂，仿佛在召唤一种遥远的先知思想，然后她又让胳膊垂下。磨坊老头笑着走过来，把女儿拉到路旁，让我的骡子过去。

“先生您不用理她。小可怜头脑简单！”

我感到迷信如同一阵阴暗的飞翔穿越我的灵魂。我默默握住那把被雨水打湿的药草。香草洋溢着圣洁之气，它们能治愈相思病，治愈害病的羊群，能增进家庭生活的美德，能使粮食增产……不用多久它们就会在圣克劳迪奥·德布兰德索绿色而芬芳的墓地上，在孔查的坟头开花！

我依稀记得布兰德索宫，小时候我和母亲一起去过那里。我记得它古老的花园，还有那既吓人又吸引人的迷宫。多年以后，那个在无花的古老花园里和我玩耍过不知多少次的小女孩又把我叫了回去。落日在黛绿近墨的老树枝头留下一抹金色的余晖。这些雪松和翠柏有着和宫殿同样的年龄。花园有一道拱门，门楣上是四个石雕的族徽，代表四个不同的家族。这座宫殿创始人的祖父母和外祖父母都是赫赫显贵。宫殿在望，本已疲惫的骡子一阵欢乐小跑，直到在门前停下，并用脚蹄叩门。一个等候在门内身穿哔叽呢的乡下人赶紧过来为我扶住脚镫。我跳到地上，顺手把缰绳交给他。满怀记忆的我沿着一条黄叶铺地的幽暗的栗树路往里走。我远远望见宫殿，所有的窗户都紧闭着，阳光照耀着窗玻璃。突然，我看见一个白影在玻璃后闪过，我看见她停下来把双手放到前额上。接着，中间的窗户慢悠悠地打开了，白影挥着幽灵似的胳膊向我致意。这只持续了片刻。枝叶交叉的栗树挡住视线，我看不见她了。走出林荫路，我再次抬头朝宫殿望去。所有的窗户都已关紧，连中间那扇窗户也是！我走进昏暗寂静的门厅，心怦怦跳。我的脚步在宽石地板上回响。前来交租的佃户们坐等在年久发亮的橡木长凳上。房间里面可见装麦子的古旧的大木箱子，箱盖已经打开了。佃户们看我进来纷纷起身，恭恭敬敬地和我打招呼：

“上帝保佑，下午好！”

说完他们又慢慢地坐下，回到几乎将他们笼罩的墙影之中。我快步爬上楼梯，楼梯华贵宽敞，带有做工粗犷的花岗岩扶手。没等我爬到最高处，门无声打开了，一个老年女仆探出头来，她就是孔查旧日的乳母。她举着一盏油灯走下来迎接我。

“上帝保佑，您来了。这下您要见到小姐了。那可怜人为了您叹息了多久啊！……她不想写信给您，因为她以为您肯定把她忘掉了。是我说服她，您不会的。侯爵先生，您肯定没有，对吧？”

我几乎说不出话来。

“没有。她在哪里呢？”

“整个下午她都躺在床上。她想要穿戴整齐迎接您到来。还是孩子脾气。这先生您是知道的。实在等不住了，浑身抖得连牙齿也打战，她只好躺下。”

“病得那么重？”

老仆眼中盈满泪水。

“病得很厉害，先生！您会认不出她来的。”

她用手擦一把眼泪，指着走廊尽头一扇有亮光的门低声说道：

“在那里！……”

我们默默过去。孔查听到了我的脚步声，从房间里痛苦地喊着：

“你来了！……终于来了，亲爱的！”

我进门。孔查从枕边起身。她一声喊叫，但是没有冲我张开怀抱，而是以手捂脸，开始抽泣。女仆把油灯放到床头柜上，叹一口气走开了。我靠近孔查，激动得浑身发抖。我亲吻她脸上的手，并温柔地把它们移开。她含情脉脉的眼睛，病人的漂亮眼睛，长时间无声地打量着我。然后，她幸福而无力地眯起眼睛。我就这样好好端详了她一会儿。她真是苍白啊！我的心一阵揪紧。她温柔地睁开眼睛，滚烫的双手贴到我的太阳穴上，再次以那道沉默的目光注视着我。这目光似乎淹没在爱情以及已经将她包围的死亡的忧郁之中。

“我担心你不会来！”

“现在怎么说？”

“现在我感到幸福。”

她抖动的嘴是一朵凋谢的玫瑰。她再次欣慰地闭上眼睛，仿佛是为了在脑海中留住一道可爱的幻象。我又感到一阵揪心，知道她将不久于人世。

孔查起身去够铃铛拉线。我握住她的手轻轻问道：

“你想要什么？”

“我想叫女仆来给我穿衣服。”

“现在？”

“对。”

她让脑袋躺下去，又露出一抹悲哀的微笑。

“我想好好迎接你来到我的宫中。”

我试图说服她不要起身。孔查坚持说道：

“我让他们在餐厅里点上壁炉。炉火烧得旺旺的！我要和你共进晚餐。”

她振作起来，煞白的脸庞上湿润的眼睛也有了一种爱情和幸福的甜蜜。

“我想站着等你来，但是做不到。我渐渐失去耐心，终于病倒。”

我捧住她的手，并亲吻了一下。我们两人相视而笑。

“你为什么不叫人呢？”

我低声告诉她：

“让我当一回你的仆人！”

孔查把手从我的手中抽走。

“你发什么疯啊！”

“没有，没有。你的衣服在哪里呢？”

孔查像母亲面对调皮的小孩子那样笑了。

“不知道在哪里。”

“来，告诉我……”

“真不知道！”

与此同时，她的眼睛和嘴唇一个优雅的动作为我指出床脚边的一个橡木大衣橱。钥匙挂在锁上，我打开。衣橱里散发出一种微妙而古老的芳香。橱子里面有孔查那天穿的衣服。

“是这些吗？”

“对……只要那件白袍。”

“你不会冷吗？”

“不会。”

我取下那件袍子，袍子上依然保留着一丝温香。孔查红着脸低声道：

“你太任性了！”

她把脚伸出床外，那洁白的、婴儿似的、几乎一碰就碎的玉足上，蓝色的静脉描绘出美妙的亲吻路线。把脚伸进貂皮拖鞋时她的身体轻颤了一下。她带着怪异的温柔说道：

“打开那只长木抽屉。给我取一双长筒丝袜。”

我拿起一双绣着若干紫红色箭头的长筒黑丝袜。

“是这双吗？”

“行。随便你拿哪一双。”

我在她床前铺开的虎皮上跪下给她穿袜子。孔查抗议道：

“起来！我不想看到你这样。”

我笑而不答。她的脚在我手中意欲挣脱而去。我情不自禁地亲吻她惹人怜惜的玉足。孔查浑身战栗，仿佛很高兴地叫道：

“你总是那样子！永远改不了！”

穿好长筒黑丝袜之后，我又为她穿上吊袜带，那也是丝绸的，是两条带金扣的白带子。我怀着爱情和宗教式的小心翼翼为她穿戴，就像虔诚的太太们服侍打扮圣像一样。我的手颤巍巍地在她优美、圆润、苍白的下巴之下扣好那件看似僧衣的白袍，孔查这才扶着我的肩膀站起身来。她缓慢地走向梳妆台，踩着某些病中女人才有的幽灵步子。她在穿衣镜里打量着自己，顺手理了一下头发。

“我真苍白啊！你看，只剩皮包骨头了！”

我抗议道：

“孔查，我看到的根本不是这样啊！”

她苦笑。

“说实话，你觉得我怎么样？”

“从前你是太阳公主。现在你是月亮公主。”

“就会骗人！”

她转身背对着镜子看我，同时敲了几下梳妆台旁边的铜锣。多年的乳母赶了过来。

“是小姐在叫吗？”

“是。让他们把餐厅里的壁炉点上。”

“已经备好了一个很大的火盆。”

“让他们撤走呗。你去把壁炉烧起来。”

女仆看了我一眼。

“小姐也要到餐厅去吗？你们应该考虑到，走廊里很冷哩。”

孔查坐到沙发一端，她欣喜地用那宽大的僧袍裹住身，打了一个寒战。

“过走廊我会披上披巾的。”

我不想和她抬杠，什么也没说。她转向我，含情脉脉而顺从地轻声说道：

“如果你反对，我就不去。”

我难过地回答：

“孔查，我不反对。我只是怕对你身体不利。”

她一声叹息：

“我不想你一个人落单。”

于是她的老乳母为我们出了一个主意。她有老年仆人特有的那种善意而直白的忠诚。

“你俩自然想要在一起，正因如此我才想到，两人可以在卧室这里用餐。孔查小姐，您以为如何？侯爵先生呢？”

孔查把一只手搭在我肩上，开心地回答道：

“对对。坎德拉里亚，你太有才了。侯爵先生和我都承认你的主意好。你去告诉特雷西纳，我们就在这里吃。”

房里只剩我们了。眼泪汪汪的孔查伸给我一只手。我的嘴唇像从前一样经过她的手指，使她的指尖上开出一朵朵淡色的玫瑰。壁炉里的火烧得正旺。孔查坐在地毯上，一个胳膊肘支在膝盖上，用铜火钳拨动着木柴，使火烧得更旺。火焰闪烁上升，在她圣饼一样洁白的脸上投射着粉色的反光，如同阳光照耀法罗斯的大理石古雕像。

她放下火钳，并伸手让我把她从地上拉起来。我们四目相对，深情凝望；我们的眼中闪着大哭一场然后笑忘的孩子们的快乐之光。卧室里已经铺下桌布，我们手牵手，到特雷西纳刚刚拖进来的扶手椅上坐下。孔查说道：

“你可记得你和你可怜的母亲即我的索莱达姨妈一起到这里是多少年之前？”

“记得。你记得吗？”

“二十三年前。我八岁。那时我就爱上了你。看你和我的姐姐们玩真是好痛苦啊！说来难以相信，一个小姑娘能这么吃醋。后来我长成女人，你可没少把我气哭，但是那时候我也骂你解气，聊以自慰。”

“然而，你一直对我的爱是多么肯定啊！……你的信说明了一切！”

孔查一眨眼，泪花就滚落下来。

“我不确定你爱我。你只是同情我。”

她悲哀地笑着，两滴珠泪闪动着又要垂落。我意欲起身去安慰她，她一个手势制止我。特雷西纳进来了。我们开始默默吃饭。孔查为了掩饰泪眼把杯子举高慢悠悠地喝着。等她把杯子放上桌布之际，我从她手中接过酒杯，把嘴唇贴在她啜饮过的杯沿上。孔查回头叫她的侍女：

“您把坎德拉里亚叫来伺候我们。”

特雷西纳出去了，我们相视而笑。

“为什么去叫坎德拉里亚？”

“因为我怕你，而可怜的坎德拉里亚已经什么都吓不倒她了。”

“坎德拉里亚就像一位好耶稣会教士，对我们的爱睁一只眼闭一只眼。”

“行了！……你能不能别这样？……”

孔查生气而摇头的样子很好看，她把一个指头放在苍白的嘴唇上。

“我不许你扮阿雷蒂诺或切萨雷·波吉亚。”

孔查这可怜人非常虔诚，对她来说，我年轻时对亚历山大六世之子[1]审美上的钦佩仿佛就是魔鬼崇拜，让她很是害怕。她笑着夸张地作出害怕状，逼我不要说话。

“闭嘴！……闭嘴！”

她一边侧着脑袋看我，一边慢慢转过身去。

“坎德拉里亚，给我倒酒……”

坎德拉里亚两手交叉放在浆洗过的白围裙前，当时正背对着扶手椅。她赶紧过来伺候她。孔查仿佛带着欢乐芬芳的话语却化成了一声呻吟。只见她表情痛苦地闭上眼睛，嘴如一朵病态失色的玫瑰，变得

① 指切萨雷·波吉亚。

更加苍白。我吃惊地站起来。

“你怎么啦？没事吧？”

她说不出话来，死灰色的脑袋无力地靠在椅背上。坎德拉里亚跑过去从梳妆台上取来一瓶嗅盐[①]。孔查吁了一口气，睁开眼睛，显得一脸迷茫不安，仿佛梦见许多吐火怪而刚刚醒来。她一边盯着我看，一边无力地说道：

“我没事。只是让你受惊了。”

接着，她伸手摸摸额头，又痛苦地吸一口气。我强迫她喝下去几小口汤。她稍稍恢复元气，煞白的脸上露出淡淡的微笑。她让我坐下，并继续自己用汤。进汤完毕，她玉指拈起酒杯，颤巍巍而优雅地把酒献给我。为了顺从她的心意，我碰了一下湿润嘴唇。孔查接着一饮而尽，整个晚上就没再喝任何东西。

我们坐在沙发上谈了好久。可怜的孔查讲她在我们不曾见面的那两年里的生活。她过得默默无闻，听天由命，白天带着苦笑任凭时光流逝，夜里暗自悲泣。我不必为她讲我的生活。她的眼睛似乎一直在远处跟踪着我，并由此而熟知我的一切。可怜的孔查！看她病得骨瘦如柴，竟和从前判若两人，我有了一种强烈的悔恨感。遥远的那天夜里她哭着跪求我，求我忘了她，离开她，哎！当时我真不应该听她的。是她那一身黑丧、满面悲容的圣徒母亲来把我们拆散了！我们沉默无语，谁都不愿提起不堪回首的往事。她听天由命。我满面愁云惨雾，一副悲戚之姿。现在想想自己的样子挺好笑。这种美丽的悲容我几乎已经淡忘了，因为女人不会爱老头，这种悲戚也就只适合年轻的唐·璜。哎，如今的我一头白发，两颊凹陷，美髯飘飘庄严如参议员，

① 嗅盐从前用来治昏厥、头痛等病。

可是我多么希望能有一位少女爱我啊！一位天真优雅的精神少女，在她面前我只能是年迈的主教，公主的忏悔神父，爱情的神学家，而别的姿态都将是犯罪！可是撒旦忏悔从善的姿态使可怜的孔查激动得颤抖甚至发疯。她真是一个好人，因此也很不幸。可怜人嘴上挂着一丝苦笑，这苦笑仿佛一朵病花之魂。她轻声道：

“我们的生活原本可以多么不同啊！”

“真是这样的！……我现在也还不懂，为什么当初就听从了你的要求。毫无疑问，是因为我看你哭了。”

“别骗人了。我还以为你会回来的……而且我母亲一直这样担心！”

“我没回来是因为我一直在等着你叫我。哎！傲慢真是魔鬼！”

“不，不是什么傲慢……是另外一个女人……你老早就背叛了我而与她相好。当我发觉的时候，我觉得自己要死掉了。我当时多么绝望啊，甚至同意和丈夫重归于好了！”

她抱着胳膊紧盯住我，煞白的嘴角抽动着，幽声啜泣。

“当我猜透你为什么不来的时候，真是太痛苦了！但是我没有恨过你，哪怕一天！”

我不敢在那个时刻骗她，于是伤感地沉默。孔查的手经过我的头发，双手十指交扣地按在我的额头，发出一声叹息。

“这两年你的生活也真够动荡的！……头发几乎全白了！……”

我也痛苦地一声叹息。

“哎，孔查！那是悲伤所致啊。”

“不对，不是悲伤。是别的……你的悲伤不能和我的比，而我就没有白发……”

我挺身看她。我拔下她发髻上的束发金针，丝绸般的黑发如波滚落到我的肩头。

“现在你的额头就好像明星在中分的黑如乌檀木的秀发之间闪光。

你皎洁苍白如月亮。还记得你把秀发握成一把打我吗？……孔查，现在你再用头发盖住我吧。”

她含情而乐意地把喷香的秀发盖到我头上。我的脸仿佛淹没在一泓圣洁的泉水中，随着呼吸，我的灵魂中充满了欢乐和如花的记忆。孔查的心跳得很快，我颤抖着手解开她袍子的纽扣，我的嘴仿佛涂上爱的圣油，亲吻着她的娇躯。

“我的爱！”

“我的爱！”

孔查一瞬间闭上了眼睛。然后她一边站起来，一边开始整理头发。

“你走！……上帝啊，你走吧！”

我笑眯眯地看着她。

“你要我到哪里去？”

“走吧！……我受不了太激动，我需要休息。我给你写信叫你来，是因为我们之间除了精神之爱已经不可能有别的了……你要理解，我病得那么厉害，别的事情不可能了。罪孽深重地死去，这太可怕了！”

她双手交叉抱住肩膀，显得比任何时候都要苍白。她有着那种惯常的听天由命的高贵姿态。我走到门口。

“再见，孔查！”

她叹了一口气。

“再见！”

“你要叫坎德拉里亚来把我领出走廊吗？”

“噢！……你确实还不认路。”

她走到梳妆台前敲了敲铜锣。我们沉默等待，但是没人来。孔查犹豫地看了我一眼。

“坎德拉里亚很可能已经睡下了……”

“这样的话……”

她看我发笑，不由严肃而悲哀地摇摇头。

“既然这样，我给你领路。”

“不行，你会着凉的。”

“可以的……”

她从梳妆台上拿起一架烛台，快步走出来，僧侣式的白袍拖着长长的尾巴。她从门口回头以目光示意我跟上。一袭白袍的她貌似一个幽灵在黑漆漆的走廊里隐没。我跟在后面，赶上了她。

“你疯了！”

她无言而笑，并扶住我的胳膊做倚靠。两条走廊的交叉口有一个很大的圆形前厅，厅堂里没有放置什么家具，只有一些旧的大箱子以及墙上的圣徒画像。墙上有一盏小油灯发出一圈弱光，照着拿撒勒人耶稣被钉穿的死灰色的脚。我们看到阳台窗边缩成一团的一个女人影子，于是停下脚步。她两手交叉放在怀中，耷拉着脑袋睡着了。是坎德拉里亚，听到我们的脚步声她惊醒了。

“噢！……我在这里等着为侯爵先生指房间呢。”

孔查说道：

“我还以为你睡下了呢。”

我们一路沉默着走到一个房间半开的门前，房里有亮光。孔查松开我的胳膊，在门口停下，她不停地哆嗦，脸色非常苍白。最后她进了门。那是我的房间。古董式的靠壁桌上有两个银烛台烧着蜡烛。房间最里面是围着古董式花布帷帐的床。孔查母性的目光把一切仔细看过。她停下来闻了闻花瓶里的鲜花，接着和我道别：

“再见了，明天见。”

我像抱小姑娘一样把她抱了起来。

“我不让你走。”

“让我走，上帝啊！”

“不让，不让。”

我的眼睛在她的眼睛上笑，我的嘴在她的嘴上笑。土耳其拖鞋从她的脚上掉落；我没让她的脚落地，而是直接把她抱到床边，再温柔地放下。她已经幸福地顺从。她眼睛发亮，洁白的面颊上画上了两瓣玫瑰。她温柔地推开我的双手，略显懵懂地开始把僧侣式的白袍解开，袍子顺着她苍白而颤抖的胴体滑落。我掀开床单，她赶紧躲了进去。于是她开始哭泣，我坐在床头不停地安慰她。她假装入睡，于是我也上床躺下。

我感到身边那可怜的躯体在整夜发烧，仿佛柔软的白瓷瓶里烧着墓地幽光。她的脑袋靠在枕头上，一头如波黑发反衬着没有光泽的死灰色的脸庞，唇无血色，面颊凹陷，额角憔悴，眼皮如蜡，眼窝干瘪黑紫。这副病容赋予她一种因忏悔和斋戒而变得憔悴的美丽圣徒的精神面貌。脖子似肩头抽出的一枝病态百合，胸脯是熏香祭坛上的两朵白玫瑰，苗条得弱不禁风的胳膊犹如环绕头颅的古瓮提手。我侧身靠在枕头上看着她筋疲力尽、满头大汗的睡姿。已经鸡叫两遍，白色的晨曦穿透紧闭的阳台。天花板上的影子依然在跟着烛光跳动，烧了一整夜的蜡烛眼看着要在银烛台上燃尽而灭。床边的扶手椅上放着我被雨淋湿的打猎时穿的外套，衣服上放着那把其神力只为可怜的磨坊疯女人所知晓的药草。我轻轻起来，走过去把它们拢在手里。带着一种杂糅迷信和讽刺的奇怪感情，我把那束神草放到孔查的枕头底下，但是没有惊醒她。我躺下，把嘴贴在她芬芳的秀发上，并不知不觉地坠入梦中。带着淡淡的泪水和微笑的朦胧幻象在我那天的梦境中漂浮了很久。我想我有一次在梦中睁开了眼睛，并看到孔查起身坐在我旁边；我想她一边露出幽灵似的飘忽微笑一边在我的额头上亲吻了一下，然后把一根指头举到唇边。我不由自主地合上眼睛，再次沉入如雾梦境。当我醒来的时候，一道光尘之阶从阳台射入房间内部。孔查已经不在，然而没过多久房门悄悄打开，孔查踮着脚尖走了进来。我假装入睡。她不动声色地走近，叹着气看了我一眼，并把采来的一束玫瑰花插到水中。她走到阳台上放下帘子挡住光线，出去也像进来时那样不出一点声响。我笑着叫她：

“孔查！孔查！”

她回头。

“啊！原来你醒着！”

“我正梦见你呢！”

“我已经在你这里了呀！”

“你怎么样？”

“我好了！”

“爱情是神医。”

“哎！这药不能过量。”

我们互挽着胳膊，脸对着脸睡在一个枕头上，笑得非常开心。脸色煞白、病得弱不禁风的孔查恰似一位悲痛圣母。她是那么的美，又是那么的憔悴虚弱，我的眼睛、我的嘴唇、我的手所到之处，使我既快活又难过。我坦白，我不记得从前像那个晚上一样疯狂地爱过她。

我没有带仆人来，孔查模仿那些流浪汉小说故事里的公主，笑着说，为了隆重其事，她要给我派一个侍从。这侍从是宫中收留的一个孩子，我依然记得他的模样。他从门外探头进来，摘掉帽子，恭敬而谦卑地问道：

“可以进来吗？”

“进来。”

他低着头进门，手里捧着那顶白布帽子。

“我的主人小姐命我来伺候您。”

“她在哪里？”

“在花园里。”

他站在房间中央，不敢往前跨一步。我想他是孔查家位于兰塔尼奥的田庄上的佃户家的长子，是她的叔叔堂胡安·曼努埃尔·蒙特内格罗的一百个教子中的一个。堂胡安就是那个住在兰塔尼奥庄园里的乡绅，天性慷慨，目光远大。想起那孩子我现在还想笑。孔查最爱的不是歌谣里讲的那种金发或忧郁的侍从，晒得蜜黄色的脸上调皮地闪着黑眼珠的童子也能让公主们坠入情网。我让他打开阳台，他一声遵命，快步而去。园中的微风吹来清新芬芳，风入房中，快乐地掀动窗帘。童子拿起放在椅子上的帽子。我问他：

“你在这宫中当差？”

“是的，老爷。”

“多久啦？”

“快奔两年了。”

“那你做什么呢？”

“叫我做什么我就做什么。”

“你有爹娘吗？”

“有的，老爷。”

“你爹娘做什么？”

“什么也不做。刨地吧。”

他的回答带着穷人特有的平淡节制。他身穿粗呢衣服，目露胆怯，腔调古旧，头发剪得长短不齐，差点剃成僧侣式的大平头。他的样子使他活脱脱像煞古代的封建农奴。

“是小姐叫你来的？”

“是的，老爷。我在小院里训练那只新的八哥唱里维拉纳[①]舞曲，那些大的已经教会了。就在这时候小姐来到了花园，她让我来您这里。”

“你是驯八哥的师傅？”

“是的，老爷。”

“现在你还当我的侍童？”

“是的，老爷。”

“职位很高啊！”

“是的，老爷。”

“那你几岁了？”

“我想……我想……”

童子眼睛盯着帽子，慢慢地把它从一只手传到另一只手，认真地想着这个问题。

“我想我有十二岁了，但是我不能肯定。”

“来这座宫殿之前，你在哪里呢？”

“我在堂胡安·曼努埃尔府上当差。”

“在那里干什么呢？”

“我在那里训练雪貂。”

“又一项宫中要职！”

“是的，老爷。”

“小姐有多少只八哥呢？”

童子做出一副不以为然的样子。

“连一只都没有！”

“那么那些八哥又是谁的呢？”

“是我的。等我调教好了，就把它们卖掉。”

---

① 里维拉纳舞曲，西班牙西北部加利西亚地区的一种舞曲。

“卖给谁呢？”

“卖给小姐呀。那都是她预购的。您不知道她想把它们放飞吧？小姐希望把它们放养在花园里唱里维拉纳舞曲，但是它们会飞走。有一个星期天，就是圣胡安那个月[①]吧，我正陪着小姐经过兰塔尼奥的草地，我们看到一只八哥高高地停在一株樱桃树上唱着里维拉纳舞曲。我记得当时小姐说：你瞧瞧！这位骑士都飞到什么地方去了！”

那个天真的故事使我发笑，童子见状也笑了。他既不是金发，也不生性忧郁，但是他却配得上当一位公主的侍童，当一个王朝的编年史家。我又问他：

“调教雪貂和调教八哥，哪种活更有面子呢？”

“都一样的！”

“你怎么就不再伺候堂胡安·曼努埃尔了呢？”

“因为他有许多仆人……堂胡安·曼努埃尔真是个了不起的老爷！……我告诉您，在他府上，所有的仆人都怕他。堂胡安·曼努埃尔是我的教父，把我带到宫里来伺候小姐的就是他。”

“那么你看哪里更好一点呢？”

侍童天真的黑眼睛注视着我，两手握着帽子，严肃地答道：

“为人谦卑，到处顺利。”

这番回答简直像是出自卡尔德隆之口。那个小童子居然也会说格言警句！他的命运已经没什么好怀疑的了。他生来就注定要生活在宫中，调教八哥，驯化雪貂，当王子的师傅，塑造伟大国王的心灵。

孔查从花园里开心地叫我。我出来到阳台上，清晨的太阳把阳台照得温热金黄。田野上的庄稼地里可见架着牛轭的耕牛，还有丰收葡

① 圣胡安节在六月。

萄的场景，这一切给人一种拉丁生活的感觉。孔查就站在阳台下面。

“弗洛里塞尔在你那里吗？”

“弗洛里塞尔是那个侍童？”

“对。”

“像是仙女给取的名字。”

“我是他教母。让他到我这儿来。”

“你要他干什么？”

“叫他把这些玫瑰花给你送上去。”

孔查把提起的裙子给我看，裙兜里面满是依然沾着晨露的玫瑰花，脱落的花瓣从她的裙里直往外掉，仿佛是只有在亲吻中才会开花的爱情的理想果实。

“都给你。我把整个花园剥光了。”

当时我朦胧记得那座古老的花园，园中生长了上百年的古爱神木被修剪成创始人家族的四道族徽，围绕着一个已经废弃的喷水池。花园和宫殿散发着忧郁和高贵之气，昭示着曾经有人在那里度过爱情和风流的美好生活。在那座浓荫下的迷宫里，在露台上，在沙龙中，曾有欢声笑语和美妙牧歌如花盛开，古老的肖像画里那些纤纤玉手拈着花边手绢，一片片剥着蕴藏纯洁的心灵秘密的雏菊花瓣。多么美丽而遥远的记忆！我也回想起那遥远的一天，金光灿烂的秋日清晨笼罩着因一夜秋雨而绿得发亮的湿漉漉的花园。澄明的蓝天之下，百年老柏像是做着寺院生活的升天幻梦。阳光犹如一只金雀颤悠悠地爱抚着百花，轻风在天鹅绒的草茵上勾勒着理想而怪诞的图案，仿佛仙女们无形的舞步。孔查站在楼梯下，兴致勃勃地把玫瑰扎成一个大花束。有些玫瑰花瓣已经掉落在她的裙裾之间。她笑着指给我看。

“你看看，多可惜啊！”

于是她把苍白的面颊贴到那天鹅绒似的鲜花上。

“呀，好香啊！”

我笑着说：

“是你的美丽芬芳！”

她抬起头欣喜地呼吸，微笑着闭上眼睛，脸上沾着露水，仿佛是另一朵玫瑰，一朵白玫瑰。在那优雅绿荫的背景里，阳光中的孔查仿佛是出现在天使般的僧侣梦中身罩一袭金袍的圣母。我下楼和她走到一起。当我迈下楼梯的时候，她把裙子里的花瓣朝我如雨抛撒，以此迎接我的到来。我们在花园中徜徉。路上满地黄叶，风在我们前面裹挟着枯叶，长时间发出沙沙的响声。蜗牛仿佛瘫痪的老头在石凳上一动不动地晒着太阳。凡尔赛式的镶嵌爱神木的小花篮里的鲜花开始凋谢，散发出忧郁记忆所特有的那种闪烁的芬芳。迷宫深处，古柏围绕的喷泉日夜潺湲，那低声细语的流水似乎在整座花园中遍传一个衰老、隐退、幽居的安详之梦。孔查对我说：

“我们在这里歇歇吧。”

我们在金合欢树荫下一条铺满落叶的石凳上坐下，迎面是那神秘的绿色迷宫之门。拱顶石上矗立着两个浑身苔藓斑斑的吐火怪。一条浓荫小径在爱神木林中蜿蜒，那孤独小径恰似孤独、沉默、不为人知的生命之路。孔查指给我看：

“他在那儿呢！”

“谁呀？”

“弗洛里塞尔。”

“为什么你叫他弗洛里塞尔？”

她开心地笑了。

“弗洛里塞尔是故事中某个悲伤难耐的公主爱上的侍童。”

“谁的故事？”

“故事嘛从来都不是谁的。”

她神秘而灵动的眼睛看着远方，她的笑声在我听来太奇怪，使我感到一阵寒意。理解一切邪恶堕落的寒意。我觉得孔查也打了一个寒战。其实当时已是初秋，秋云开始遮蔽太阳。我们回到宫中。

布兰德索宫虽然始建于十八世纪，却是一座几乎完全银匠式风格[①]的建筑。这座带有观景亭、喷泉和花园的意大利式建筑由堂佩德罗·德本达尼亚下令建造。他是科林多主教，圣地亚哥骑士团骑士，十字军委员会[②]委员长，王后唐娜玛丽亚·阿梅莉亚·德帕尔马[③]的忏悔神父。我相信孔查的一位祖父和我的祖父本达尼亚元帅为宫殿的继承权打了一场官司。但是我不能确定，因为我的祖父甚至也和王室打过不少官司，这也就是为什么我继承了一堆案牍文书。本达尼亚家族的历史也是巴利亚多利德王家法院的历史。

可怜的孔查特别喜欢怀旧，她非要拉着我走遍宫中的每个角落，重温昔日时光。我总是跟母亲一起来，而她和姐姐们当时还是一些白白净净的小女孩，她们过来亲吻我，并手拉着我去玩，有时在塔上，有时在露台上，有时在面朝道路和花园的阳台上……有那么一天早上，我们爬上破楼梯，一群鸽子飞起来停到了族徽石上。阳光在玻璃窗上留下一道金色的余晖，古老的紫罗兰在墙缝里开花，一条蜥蜴从扶手栏杆上爬过。孔查慵懒无力地笑问道：

“你还记得吗？”

---

① 银匠式是十六世纪产生于西班牙的一种建筑风格，其特点是令人联想到银匠细丝工艺的门面装饰。这种建筑风格结合了哥特风和文艺复兴风，流行于西班牙长达两个世纪，卡洛斯五世时达到极盛，十九世纪曾经复兴。

② 十字军委员会作为一个行政机构缘起于西班牙光复过程中教廷特许下放给半岛诸王国的权力，主要是涉及教会收入的财政权。委员会的存在从十六世纪初一直持续到十九世纪中叶，具有政治协商、司法、行政等功能。

③ 玛丽亚·阿梅莉亚·德帕尔马（1724—1760），西班牙和那不勒斯王后，卡洛斯三世之妻。

我在那淡淡的微笑里体验到往昔的一切时光，仿佛落花的可爱芬芳带来了欢乐而凌乱的记忆……就是在那里，一位虔诚而悲哀的夫人常常为我们讲圣徒故事。有多少次，她坐在窗前，在怀中打开《基督年册》指着插图让我看。我依然记得她那双缓缓翻动书页的神秘而高贵的手。夫人有一个古老而美丽的名字：阿格达。她就是费尔南迪娜、伊萨贝尔和孔查的母亲，那三个和我一起玩耍的脸庞白皙的女孩。经过了这么多年，我又看到了那些举行大型活动的沙龙和平常家居的起居室！起居室铺着核桃木地板，寂静中透着寒气，并终年保持摆在窗台上的成熟的青苹果的香气。沙龙里有古式的花缎窗帘、起毛的镜子和家族成员肖像：穿着大裙摆的贵妇、面带微笑的博雅的主教、脸色苍白的修道院嬷嬷、目光威严的将军。我们的脚步声在那些房间里回荡，就像在空荡荡的教堂里一样。而当我们慢慢打开有着精美铁艺的房门，便有那过去生活的芬芳从寂静而黑暗的房间深处散发出来。只有在铺着软木地板的一个房间里，我们踩上去才不会发出声响，仿佛是闷声不响的幽灵的脚步。沙龙在镜子深处延长，直到退入一个宛似魔湖的梦幻之境，而肖像中的人物，那些作为家族创始人的主教，那些悲伤的贵族小姐，那些形容枯槁的长子们，他们似乎生活在被人遗忘的百年宁静之中。孔查在两条走廊的交叉口停下脚步，那里有一个很大的圆形前厅，里面空空荡荡，只摆了一些旧的大木箱子。墙上有一盏小油灯发出一圈弱光，日夜亮在一尊披头散发、面如死灰的耶稣像前。孔查低声问我：

“你还记得那个前厅吗？”

“记得。圆形的那个？”

“对！……就是我们玩耍的地方！”

一位老妇人在窗前纺着线。孔查指给我看。

“那就是米卡埃拉……我母亲的侍女。可怜的人已经失明了！你什么也别对她说……”

我们继续往前走。孔查时而在门槛边停下脚步，指着寂静的房间，淡然笑着问我，她的笑脸仿佛也在慢慢隐入过去之中。

“记得吗？”

她在回忆最遥远的往事。她想起了我们童年时在靠壁桌前蹦蹦跳跳，只是为了看看桌上的摆设会不会振动：插满玫瑰的花瓶、装饰着老式镀金花叶的灯罩、银烛台、布满神秘星光的银版照相。多么遥远的时光！我们幸福地疯笑傻笑，嬉笑声打乱宫中的高贵幽静，回响在明亮的大客厅里，回响在一侧高高的小窗上有鸽子咕咕的幽暗的走廊里！……

天黑时分，孔查感到寒冷彻骨，只得躺下。看她白如死神，身体抖个不停，我很是吃惊。我要差人到比亚纳·德普里奥尔去叫医生，但是她反对。过了一个钟头，她已经含情而无力地对着我露出微笑。她静静地歇在枕头上，轻声道：

“现在我觉得生病是一种幸福，你相信吗？”

“为什么？”

“因为你照顾我。”

我笑而不答，她极其温柔地坚持道：

“你不知道我多么爱你。”

在昏暗的卧室里，孔查微弱的语声深具一种伤感之美。我被感染了。

“我更爱你，我的公主！”

“不，不。从前你曾经非常喜欢我。一个女人再怎么天真，这一点她总是了解的。我以前有多么天真，这你知道。”

我低头去亲她的眼睛，她的眼中噙着泪水。我安慰她。

“孔查，你以为我不记得了吗？”

她笑着叫道：

“你可真能装！”

“你就说我记性差呗！这都是多久以前的事了？”

“那么多久了呢？说来听听？”

“不要再叫我回忆，让我难过了。”

“那你老实说，说我当时很天真。”

“一个已婚女子能做到的最大天真吧。”

“要更多，多得多。哎！每件事都是你教我的。”

她吐出最后一句话，仿佛叹出一口气，然后把一只手放在眼睛上。

我一边看着她，一边感到五官的快乐记忆被慢慢勾起了。在我眼中，孔查有着昔日的所有魅力，而且这些魅力被病中女人的神圣苍白所净化了。一切都是我教会她的，此话不假。那位与老人结婚的少女有着处女的天真笨拙。世上有冰冷如墓穴的婚床，也有躺在身边好比花岗岩雕像的丈夫。可怜的孔查！在她带着祈祷香气的芳唇上，我的嘴曾经高唱爱情的凯旋和光荣赞歌。我不得不逐字逐句地教会她彼得罗·阿雷蒂诺整部诗集的三十二首十四行诗。那当了新娘的女孩子还是一个洁白的花苞，当时差不多连第一句都不怎么会念。这世界上有对我们一无用处的丈夫和爱人，他们甚至都不能扮好前任的角色。而上帝知道，性倒错那朵血玫瑰是从来不曾在我的爱情中开放的花朵。一直以来我更愿意成为布拉多明侯爵，而非那个妙人萨德侯爵。也许这是我有时候在某些女人面前装作傲慢无礼的唯一原因。但是可怜的孔查从来不在她们之列。我们都沉默良久，然后她说道：

“你在想什么？”

“想过去，孔查。”

“我吃醋了。”

“别孩子气了！是我们相爱的过去。”

她闭上眼睛露出微笑，仿佛在勾起一段回忆。然后她喃喃而言，带着某种可爱的屈从，而这种屈从又有着爱和忧郁的芬芳。

“我只向圣母求了一件事，我想圣母会答应我的……死的时候有你在我身边。”

我们再次陷入沉默悲伤。又过了一阵子，孔查从床上坐起来。她泪水盈眶，非常小声地对我说：

“哈维尔，你把梳妆台上那个首饰匣给我拿来。给我打开。我把你的信也放在那里……咱们一起把信烧了吧……我不想它们比我活得久。”

那是一只银匣，有十八世纪颓废华丽的精雕细琢。匣中散发一股淡淡的紫罗兰幽香，我闭上眼睛吸了一口气。

“除了我的信，你没有别的信了吗？”

“没别的了。”

“噢，你的新相好不会写信？”

“我的新相好？什么新相好？你肯定想到歪处了！”

“对。”

“你想的是谁呢？”

“不告诉你。”

“那我猜猜？”

“你猜不到。”

“你到底想到了什么凶神恶煞？”

我笑着叫道：

“弗洛里塞尔。”

孔查眼中闪过一丝恼恨。

“亏你还能这样想！”

她把手伸入我的头发中挠着。

“我拿你怎么办？把你杀了？”

看我笑，她也笑了。苍白的嘴唇上，这笑容清新、性感、欢乐。

“你怎么可能这么想呢？”

“你就说这似乎不可能吧。”

“但你真是这么想的？”

“对。”

“我不信！你怎么会想得出这种事情呢？”

“我想起了我自己的情场初捷。当时我才十一岁，一位夫人就爱上了我。她也长得很漂亮！”

孔查低声咕哝：

“我的奥古斯塔姨妈。”

“对。”

“你对我说过了……可是你不比弗洛里塞尔英俊吗？”

我略做迟疑，随即想到我的嘴唇难免要被谎言所玷污了。终于，我攒足了坦白真相的勇气。

“哎，孔查！我没他英俊。”

她一边面带嘲讽地看我一眼，一边把珠宝匣盖上。

“我们另找一天烧你的信吧。今天就不了。你的醋意让我心情好了。”

她靠到枕头上又像先前一样笑了，笑得爽朗快活。烧信的日子不曾来到。我总是抵制烧信行为。我爱它们就像诗人爱自己的诗句。孔查死的时候，她的女儿们继承了银匣里的家传珠宝和这些情书。

或许是恋爱中的病态灵魂编织着美丽的幻觉之梦，我从未见过孔查这么开心，这么幸福。我们再生的爱情仿佛一个彩云满天的可爱而忧郁的秋日黄昏。我得以从宫殿的阳台上观照这黄昏和彩云，而孔查则带着浪漫慵懒轻轻依偎在我的肩头。绿色而湿润的原野上，道路在渐渐淡出的落日余晖下蜿蜒。这是一条辉煌之路，孤独之路。孔查一声叹息，目光迷失在远方。

“我们两个最终都会走上这条路。”

她抬起苍白的手，指向远处的墓园翠柏。可怜的孔查不甘心死却要谈论死。我自嘲道：

“孔查，别让我难过了。你已经知道，我是在你宫里中了你魔法的王子。如果不想魔法被破，那你就必须将我的生活造就为一个快乐的故事。”

孔查微笑着忘掉她的黄昏悲怀。

“那也是你来时的路呢……”

可怜的孔查在强颜欢笑。她知道，所有的眼泪都是苦涩的；她知道，哪怕再温柔芬芳的叹息，也只能随风远去。可怜的孔查！她犹如圣母百合一般洁白，凋谢时使礼拜堂充满暗香。她再次举起手来，透明得仿佛仙女之手。

“看到远处骑在马背上的人了吗？”

“什么也没看见。”

“他现在正经过丰特拉呢。”

“对，我看见了。”

“那是堂胡安·曼努埃尔叔叔。”

“兰塔尼奥庄园的伟大绅士！”

孔查做了一个悲伤的姿态。

“可怜的先生！我肯定他是来看你的。”

堂胡安·曼努埃尔在路中央停住，从马镫上立起来并摘掉宽檐帽向我们致意。然后他以浑厚的嗓音喊她，喊声落处传来一个遥远的回音：

“侄女！侄女！叫人来开门哪！”

孔查扬起双臂，表示已经命人开门，然后她面向我，笑着大声说道：

“你告诉他已经有人去开门了。”

我把双手圈成喇叭状大吼一声：

“有人来啦！”

但是堂胡安·曼努埃尔装作听不到我。大老远被别人听到那可是他的专属特权。孔查用手捂住耳朵。

“别喊了。他绝不会坦承听见了你。”

我继续大吼着：

“来了！来了！”

没用。堂胡安·曼努埃尔低头抚摸着马脖子。他早已下定决心不理我。过了一会儿，他又从马镫上站起来。

“侄女！侄女！”

孔查靠在窗台上笑得像个幸福的孩子。

“太棒了！”

老头还在路上喊：

“侄女！侄女！”

堂胡安·曼努埃尔·蒙特内格罗实在是个伟大人物。他无疑嫌人家为他开门不够殷勤及时，竟然一踢马刺，掉转马头飞驰而去。从远处他再次喊道：

“我要回比亚纳·德普里奥尔，不能停留了，非把那混球秘书好好教训一顿不可！”

跑下去开大门的弗洛里塞尔停下脚步看着那位老爷潇洒地扬长而去。接着，他回身爬上长满青藤的旧台阶。经过我们身边时，他低下眼睛一本正经地说道：

“堂胡安·曼努埃尔是个大老爷，非常伟大的人物！”

我想那是抱怨，因为我们在笑话那老绅士。我叫他：

“嗨，弗洛里塞尔。”

他浑身一惊停下来。

“您有什么吩咐？”

“堂胡安·曼努埃尔有你说的那么伟大吗？”

“是的，除了我眼前的老爷。”

他那童稚的眼睛看着孔查，乞求原谅。孔查像宽宏大量的女王那样做了一个姿态。但是她没能保持仪态，像疯子一样笑了。侍童默默离去。我们欢快地亲吻，不等我们的嘴分开，远处就传来一群八哥的鸣啭，弗洛里塞尔在吹着芦笛为它们伴奏。

这是一个月夜，喷泉在迷宫深处唱歌，如藏森林中的小鸟。我们手牵着手默默无语。在那片与世隔绝的幽静之中，走廊上响起了缓慢而疲惫的脚步声。坎德拉里亚点着一盏灯进来了，孔查一声喊叫，如从梦中惊醒。

“哎呀！……你把那盏灯拿走。”

“你们要待在黑暗中吗？你们瞧，晒月亮不好的。”

孔查笑着问她：

“为什么不好，坎德拉里亚？”

老太婆压低声音：

“您完全知道的，小姐……因为巫婆呀！”

坎德拉里亚反复画着十字举灯而去。我们再次听到如歌的喷泉对着月亮诉说它迷宫系囚的命运。一座令人想到宫殿创始人时代的咕咕钟敲响七点。孔查喃喃道：

“才七点，天黑得真早！”

“是冬天要来了。”

“那你，你什么时候必须走呢？”

“我？你让我走才走。”

孔查一声叹息：

“哎！我让你走的时候？我永远不会让你走！”

她默默握紧我的手。我们坐在阳台深处，并从那里望着月光下的花园，翠柏在蓝色的夜空下头戴星光之冠，凸显出阴郁的轮廓，一道黑色的喷泉洒出银色水光。孔查对我说：

“昨天我收到一封信，定要让你看看。”

“一封信，谁的？”

“你的表妹伊萨贝尔。她要领着孩子来了。”

“伊萨贝尔·本达尼亚？”

“对。”

“伊莎贝尔有孩子了？”

孔查怯生生地轻声说道：

“没有，她们是我的孩子。”

我的感觉犹如记忆的花园中吹进一阵四月的轻风。那两个小姑娘，孔查的女儿，过去非常喜欢我，我也很宠爱她们。我抬起眼睛看她们的母亲。我不记得孔查有过这么苦涩的微笑。

“怎么了？……你没事吧？”

“没什么。”

“两个小姑娘和她们父亲住在一起吗？”

“没有。我把她们放在修道院学校里。”

“应该长成女人了吧。”

“对。已经很高了。”

“她们以前就非常可爱。现在不知道什么样了。”

“像她们母亲。”

“不，像她们母亲，那永远不会。”

孔查又露出微笑，笑得非常痛苦，她心事重重地看着自己的手说道：

“我求你帮个忙。”

“什么？”

“伊莎贝尔领着我的女儿们来了，我们必须演一场小把戏。我将告诉她们，你在兰塔尼奥和我叔叔一起打猎。有一天下午你来了，因为暴风雨或者因为我们害怕有贼人，这样你就作为我们的骑士在宫中留下了。”

“那我在兰塔尼奥的流放必须持续多少天呢？”

孔查激动地喊道：

“一天也不用。她们到达的当天下午。你没有被冒犯，对吗？”

“亲爱的，没有。”

“你真让我高兴。从昨天开始我一直犹豫不定，就是不敢告诉你。”

“你以为我们瞒得过伊莎贝尔吗？”

“不是因为伊莎贝尔。我这么做是为了我的孩子们，她们已经长成小女人了。”

“那堂胡安·曼努埃尔呢？”

“我会和他说的。他这个人肆无忌惮，简直就像波吉亚家族的又一个后代。他也是你的叔叔，对吗？”

“我不知道。也许是因为你才有这么一层亲戚关系。”

孔查笑答：

“我想不是的。我记得你母亲叫他表弟来着。”

“噢！我母亲了解全部家谱。但是今后我们必须向弗洛里塞尔咨询了。”

孔查答道：

“他将成为我们的纹章官。”

她这么说着，白玫瑰一般颤动的嘴角露出了一个微笑。随后她又陷入沉思，双手交叉地注视着花园。挂在阳台门上的芦苇鸟笼里，弗洛里塞尔照料的八哥们正唱着一支古老的里维拉纳舞曲。在寂静的夜里，那欢快的乡村旋律勾起了橡林浓荫下幸福的凯尔特舞蹈的回忆。孔查也唱了起来。她的声音温存如一道轻抚。她起身在阳台上走动。阳台深处，浑身洁白的她在月光下跳起牧羊女欢快的牧歌，突然，她喘着气停了下来。

“啊呀，累死我了。看到吗？我学会了里维拉纳舞！”

我笑答：

“你也是弗洛里塞尔的徒弟吧？”

“也是的。”

我赶紧过去扶住她。她十指交叉搭在我的肩上，脸蛋依偎在我的胸前，美丽的病人眼睛看了看我。我给她一个亲吻，她如花凋谢的芳唇咬住我的嘴唇。

可怜的孔查！……形容枯槁，脸色死白，却有追逐欢乐的女神的可贵精力。那天夜里，激情的火焰久久包围我们，它金色的火舌时而行将熄灭，时而狂热升腾。我在孔查的怀中听着园中的鸟鸣进入了梦乡。当我醒来时，她已经坐起在床上。看她满脸痛苦的样子，我心头一冷。可怜的孔查！见我睁开眼睛，她甚至还露出微笑。我爱抚着她的手问道：

“你怎么了？”

“不知道。我想我病得很厉害。”

“那么是哪里不舒服呢？”

“不知道……要是人们发现我死在这里，那多丢脸啊！”

听她这么说，我有了一种把她留在我身边的欲望。

“你在浑身发抖，亲爱的！”

我把她紧紧抱在怀中。她半眯起眼睛。每次她想要我吻她就是这副目光迷离的温柔样子。她哆嗦得实在厉害，我试图以嘴唇为她整个身体加热。我的嘴热切地沿着她的胳膊游到她的肩上，我又把一圈玫瑰花环套到她的脖子上。然后我抬头看看她。她十指交叉地握紧苍白的双手，看着自己的手发愁。那纤弱无血几乎会脆裂的可怜的双手！我对她说：

“你有悲痛圣母的手。”

她微微一笑。

“我那是死人的手。”

“我看你越苍白越美。”

她的眼睛幸福地亮了一下。

“对，对。我还能让你喜欢，让你有所感觉。”

她绕住我的脖子，一只手托起胸脯，那正被高烧折磨的白雪玫瑰。于是我用力抱紧她，在情欲的过程之中，我感到了看着她死去的恐惧。听到她气息奄奄，我还以为她真的要死了。我浑身发抖地亲吻她，仿佛要给她传输生命。带着从未品味过的痛苦快感，我虔诚而邪恶的手指一片片撕下那病之花的花瓣，我的灵魂在它的花香里陶醉了。她的眼睛在我的眼睛下脉脉含情地睁开。唉，我在她的眼中看到的是一种巨大的痛苦。第二天，孔查卧床不起了。

黄昏在滂沱大雨中降临。我藏身书房，读着《圣母繁花录》，这是宫殿创始人科林多主教堂佩德罗·德本达尼亚编撰的一本布道词。

我偶尔释卷自娱，听听园中的风吼，听百年的爱神木林荫道上风卷残叶，沙沙作响。光秃秃的树枝摩擦着铅玻璃[①]窗户。书房里一派修道院的平安之气，犹如一个博学的、教士的梦境。空气中可以闻到一股装订成册的古羊皮手稿的味道，这些是主教钻研的古典和神学书籍。突然，我听到走廊尽头有人在大声叫喊：

“侯爵！……布拉多明侯爵！”

我把书摊开放在桌上，好记住页码，然后起身。这时候门开了，堂胡安·曼努埃尔出现在门槛上，抖着外衣上直淌的雨水。

“天气糟透了，侄子！”

“糟透了，叔叔！”

我们的亲缘关系就此确认。

“你关在这里读书？……侄子啊，没有什么能更损坏你的眼睛了！”

他靠近壁炉，把手放在火上。

“原来下雪了！”

然后他转身背对炉火，向着我挺起腰板，带着贵族老爷傲慢威严的口气宣称道：

“侄儿啊，你继承了你爷爷的读书癖，他也是整天读书。就这样变疯了！……你那本又是什么大书呢？”

他深凹的绿眼睛向《圣母繁花录》投去满是轻蔑的一瞥。他离开壁炉，在书房里走了几步，马刺摩地，喀嚓喀嚓作响。突然他停了下来。

“布拉多明侯爵，布兰德索宫中的基督血已经耗尽！”

我知道他要什么，就站起来。堂胡安·曼努埃尔却伸出一只胳膊，高傲地制止我：

---

① 铅玻璃，通常也叫水晶，是一种有装饰效用的玻璃，广泛用于制造光学仪器和艺术器皿。

“别动！宫里应该有仆人吧？”

于是他从书房深处开始大声叫喊：

“阿内拉斯！……布里翁！……随便谁，赶快上来……”

弗洛里塞尔在门口现身时，他已经开始不耐烦了。

“您有什么吩咐，教父先生？”

他走过来吻那位骑士的手，后者抚摸着他的脑袋。

“把丰特拉的红酒给我拿上来。”

堂胡安·曼努埃尔又在书房里踱起步来。他时不时在壁炉前停住，伸手烤火。他的手苍白、高贵、无肉，似一位苦行僧国王之手。尽管已经上了年纪，须发皆白，他却身板直挺，保持着少壮时的风姿。年轻时他曾在王家卫队服役。他在兰塔尼奥的乡村府邸里已经隐居多年，过着所有乡村地主的生活，在集市上和别人讨价还价，到大大小小的城镇赌博，每个节庆会都坐在修道院长们的餐桌上。自从孔查退居布兰德索宫以来，他也经常到那里串门。他每每在花园门口系马，然后大声嚷嚷着往里走。他让人给他上酒，一直喝到在扶手椅上睡着为止。醒来的时候，无论白天黑夜，他都叫人备马，在马背上摇头晃脑地打着盹返回自己的庄园。堂胡安·曼努埃尔酷嗜丰特拉的红酒。酒储存在一个令人想起法国人时期[①]的木桶里。他嫌仆人从酒窖向楼上送酒太慢而变得不耐烦，在书房中间停住脚步。

“那酒……怎么搞的？难道还在收葡萄不成？”

抱着酒罐出现的弗洛里塞尔吓得浑身发抖。他把酒放到桌上。堂胡安·曼努埃尔脱下外套，在一把扶手椅上落座。

“布拉多明侯爵，我向你保证，这丰特拉的酒是本地最好的。孔达多的酒你是尝过的吧？这个要更好一些。如果酿造时精选葡萄，那

---

① 最大的可能是指十九世纪初拿破仑侵略西班牙那个历史时期。

他们的酒准会是全世界最好的。”

他一边这样说着，一边斟满一杯。雕花玻璃的杯子带一个提耳，杯底是一个卡拉特拉瓦骑士团十字。这是令人想起修道院用餐室的那种厚重的老式杯子。堂胡安·曼努埃尔不紧不慢地一口气喝下一杯，又给自己倒上。

“我的侄女要是能学我多喝几杯下去，她就不会是现在的样子了！”

恰在那时，孔查在书房门口探进头来，她穿着那件拖地的僧侣式白袍，微笑着说道：

“堂胡安·曼努埃尔叔叔要你陪他。他告诉你了吗？明天是一个盛大的节庆日，庆祝兰塔尼奥的圣罗森多。叔叔说他们要给你一个隆重的欢迎仪式。”

堂胡安·曼努埃尔庄严地点头称是：

“你知道，三个世纪以来，在兰塔尼奥的圣罗森多、克里斯塔米尔德的圣巴亚和德伊洛的圣米格尔等三个教区，享受华盖式的大礼恭迎是布拉多明侯爵们的特权。这三个教区的圣俸是你们家族奉献的。我没说错吧，侄儿？”

“叔叔，您没说错。”

孔查笑着打断我的话头：

“您别问他。可惜的是现任布拉多明侯爵对这种事情一无所知！”

堂胡安·曼努埃尔一脸严肃地摇摇头。

“这他知道的！他一定知道！”

孔查在我刚刚坐过的椅子里坐下，并有板有眼地打开《圣母繁花录》。

“我敢肯定，他甚至连布拉多明家族的来源都不甚了了！”

堂胡安·曼努埃尔回头看我，带着高贵的和解表情说道：

“别理她！你表妹就想惹你生气。”

孔查坚持道：“至少他应该知道高贵的蒙特内格罗家族的族徽是什么图形吧！”

堂胡安·曼努埃尔皱纹累累的脸上灰白的眉头一阵紧蹙。

“那连最小的孩子都知道！”

孔查带着温和而含蓄的讽刺轻声笑道：

“那可是西班牙最显赫的门第啊！”

“侄女啊，是西班牙人和条顿人的血统。我们加利西亚的蒙特内格罗氏出自一位日耳曼皇后。我们的族徽是西班牙仅有的两种金属相叠的族徽：金马刺踩银田。布拉多明氏也是一个绵邈旧家。但是在你家全部的爵号中，布拉多明侯爵，圣米格尔侯爵，巴尔瓦松伯爵，帕丁领主，等等，其中最古老也最显赫的是帕丁领主。它一直上溯到十二骑士之一的堂罗尔丹[①]。堂罗尔丹你们知道的，他不是像史书上说的那样死在隆塞斯巴耶斯。”

我什么也不知道，但是孔查点头同意。毫无疑问，她了解那个家庭秘密。堂胡安·曼努埃尔又灌下一杯，继续说道：

“因为我也是堂罗尔丹的后代，所以这些事情我很清楚！堂罗尔丹逃得一命，乘一只小船来到萨尔沃拉岛[②]。他受到海妖的诱惑在那片海滩上翻船落水，以后海妖为他生了一个儿子，因为是堂罗尔丹的儿子，所以就叫了帕丁，和帕拉丁[③]是一个意思。这就是为什么在兰塔尼奥的教堂里有海妖抱住你家的族徽。”

他起身走到窗户边，透过铅玻璃望望外面，看天气是否好转。乌云依然蔽日。堂胡安·曼努埃尔看了一会儿天色，转身对我们说：

“现在我去附近的磨坊，回头再来找你……既然你那么爱读书，

---

① 堂罗尔丹指中世纪法国史诗《罗兰之歌》里的英雄罗兰。

② 萨尔沃拉岛是位于加利西亚的大西洋海岸的一个小岛，离陆地三公里远。

③ 帕拉丁意思为“勇士、卫士”。

到家我要给你一本古书，字体大而清楚，里面详详细细记载了所有这些故事。”

堂胡安·曼努埃尔喝干酒杯，马刺咔嚓咔嚓响着离开了书房。等到他的脚步声在长长的走廊里淡出消失，孔查才托着椅子起身并向我走来，她浑身煞白仿佛幽灵。

迷宫深处的喷泉如一只暗中鸣啭的小鸟，落日在我们置身的阳台窗玻璃上抹着金晖。四周气息温香，阳台上有若干拱形玻璃画窗，其工艺有着想象出孔雀舞和加沃特舞的风流世纪的精美。每个拱窗的玻璃组成一幅三联画，透过窗户可以看到四时不同的花园景致：暴风雨中的花园，大雪覆盖的花园，大雨滂沱中的花园……那天下午，秋日的阳光如一位古代英雄无力的长矛刺入室内。

孔查一动不动地站在门拱里，望着道路叹息。鸽子在周围翻飞。因为我听她讲述梦境故事时失声大笑，可怜的孔查应该生我的气了吧。她说睡在我怀中时梦见了天国。在我童年的时候，居住在这宫里的虔诚而悲哀的夫人给我讲过许多关于女圣徒的故事，孔查的梦境和故事里那些女圣徒的梦境如出一辙。我依然隐隐记得那个梦：孔查在迷宫中找不到方向，坐在一座喷泉脚下哀哭。正在此时，大天使在她眼前现身，他既没有握剑也没有持盾，却如一朵百合，洁白而忧郁。孔查领会到那位美少年不是来和撒旦搏斗的，于是她冲他含泪而笑，而大天使则展开光明的翅膀为她引路……孔查找不到出路的迷宫是罪孽，喷泉的水是她要在炼狱里流下的眼泪。尽管我们相爱，孔查却不会被打入地狱。大天使领她穿过碧绿而静止的爱神木树林之后，在蹲伏两头吐火怪的拱门里展翅欲飞。孔查跪求天使，问她是否必须出家为尼，大天使并不回答。孔查紧张地搓着手，问她是否必须在风中撕碎爱的花瓣，大天使并不回答。孔查在石头上匍匐向前，问她是否会死掉，大天使也并不回答。但是孔查感到自己的掌中落下了两滴清泪，泪珠如两粒钻石在她手中滚动。于是孔查理解了那个梦的神秘含义……可怜人边讲给我听边叹气：

“这是上天的警示，哈维尔。”

“孔查，梦从来都不过是梦。”

“我要死了！……你不信鬼吗？”

我笑了，因为当时我确实还不信。孔查慢慢从我身边走开，来到阳台门边。一群鸽子在她头上回旋，如一道幸福的吉兆。湿润的绿野在黄昏的安宁中微笑，村墟的屋舍随处散布，远处的磨坊在门口的葡萄架后若隐若现，极目蓝山，峰顶已有初雪覆盖。可爱的阳光在阵雨的间歇中闪耀，村里的人们在路上悠然来往。一个穿着红披巾的牧羊女朝圣贡迪安教堂方向赶着她的羊群，一群妇女唱着歌提水归来，一位疲惫的老农催赶着一双停在篱笆边上啃草而不愿动步的耕牛，一缕白烟似乎从无花果林中飘出……堂胡安·曼努埃尔出现在坡顶，外衣飘飘，威风凛凛，神气活现。管家布里翁在台阶下面牵住一匹老马，这马显得谨慎、明智、严肃，俨然一位教皇。这是一匹鬃毛长得令人肃然起敬的白马，从老早开始就在这宫里了。它高贵地一声嘶鸣，孔查听到它的叫声便擦干一滴眼泪，那泪水使她病中的秀目越发显得美丽。

“哈维尔，明天你来吗？”

“会来。”

“你发誓？”

“对，我发誓。”

“你没生我的气吧？”

我语带轻松地笑道：

“孔查，我不生你的气。”

我们以当时浪漫的方式亲吻。我是出发远征耶路撒冷的十字军战士，孔查是在月光照耀的城堡里为情郎洒泪的贵妇人。我坦白，在我一直像埃斯普龙塞达和索里利亚那样让墨洛温式的长发飘飘垂肩的日子里，我就从来不知道以另外的方式和情人道别①。如今岁月已经强迫我剃了僧侣式的秃头，只允许我忧郁地低声道别。啊，那青春岁月的幸福时光！谁又能像那迷宫深处的喷泉，永远发出水晶的笑声，没有灵魂也没有年龄！……

孔查从阳台玻璃窗后面挥着苍白的手向我们道别。太阳尚未落山，一轮漂亮的新月已经开始在那片悲凉的秋日的天空中放光。到兰塔尼奥庄园的路程有两里格之远，马道乱石铺就，坑坑洼洼，我们的坐骑不时晃着耳朵在大的水洼前止步不前。路的另一边有个乡下孩子在让一对疲劳的耕牛安安静静地喝水。他默默看着我们。下山返家的牧羊人赶着面前的羊群，在拐弯处停下脚步，把羊群驱赶到一边为我们让路。堂胡安·曼努埃尔走在前面。我看他每时每刻都在马背上摇来晃去。那马儿不习惯马鞍，显得很紧张的样子。这是一匹身材不高而脾气暴躁的灰斑马，目光勇敢，嘴巴坚硬。主人似乎为了惩罚它而剪掉了它的鬃毛和尾毛。堂胡安·曼努埃尔粗暴地驱使它，一边踢马刺，一边勒缰绳。马儿后蹄直立，前蹄腾空，但是没能甩掉他，因为那老绅士在这种时候往往显得马术颇为了得。

走到半路上，天彻底黑下来了。堂胡安·曼努埃尔在鞍座上一路摇来晃去，但是这并不妨碍他在崎岖难行的路段大声提醒我控住马步。我们来到一个有神龛的三岔路口，一群跪地祈祷的妇女纷纷起身。堂胡安·曼努埃尔的马受了惊吓，拔腿逃窜，骑士摔下马来。虔诚的妇女们一声惊叫，那马从她们中间冲过，飞奔起来，堂胡安·曼

① 埃斯普龙塞达和索里利亚都是西班牙著名的浪漫主义诗人。墨洛温王朝是法兰克王国的第一个王朝，存在于公元5—8世纪。

努埃尔一只脚被固定在马镫里，身体被马拖着跑。我急忙从后面向前赶……堂胡安·曼努埃尔的身体在路边的荆棘上飞撞而过，发出沉闷的声响。这是一段通往河边的崎岖的下坡路，黑暗中只见奔腾的马蹄在石头上撞出火星。我从堂胡安·曼努埃尔的身体上一跨而过，总算冲到前面并横马堵住道路。马打着嘶鸣停了下来，一身热汗，两股战抖。我跳马下地。堂胡安·曼努埃尔一身鲜血和污泥。当我俯下身去的时候，他慢悠悠地睁开悲伤而迷惑的眼睛，然后又一声不吭地合上眼睛。我知道他昏迷了。我把他从地上抱起来，让他横趴在我的马背上。我们原路返回。到了宫殿附近，我们不得不停下来。堂胡安·曼努埃尔的身体不住地滑动，我只得把他在鞍座上摆好。他无力下垂的手摸上去冰凉，着实把我吓得不轻……马儿嘶鸣不断，我牵住缰绳，继续一步步靠近宫殿。我在夜色中看到三个年轻人正骑着骡子从花园大门出来走到路上。我远远地问他们：

“你们是佃户吗？”

“是的，老爷。”

“你们送进宫的是什么人啊？”

“一位年纪尚轻的夫人，还有两位年幼的小姐……她们今天下午刚刚从弗拉维亚－隆加坐船到达普里奥尔。”

三位赶骡人把骡子牵到路边让我通过。他们看到堂胡安·曼努埃尔的身体横趴在我的马上，便低声交谈起来。不过，他们没敢问我什么。他们一定在心里以为那是我杀的人。我敢发誓，那三个乡下人在骡背上吓得簌簌发抖。我在路中间停住，命令他们中的一个站到地上为我把马拉住，同时我自己去宫中通知。那小伙子一言不发跳到地上。当我把缰绳交到他手里的时候，他认出了堂胡安·曼努埃尔。

“布兰德索圣母保佑我！那是兰塔尼奥的老爷……”

他抖着手握住缰绳，满是敬畏地低声问道：

“发生什么坏事了，侯爵老爷？”

“他从马上摔下来了。”

“看着像是死了。”

“看着像。”

恰恰在那个时刻，堂胡安·曼努埃尔吃力地从马鞍上抬起头来。

“侄儿啊，我只是半死不活而已。”

他坚强地忍痛不喊，只是叹了一口气。他带着探询的目光打量了一下那几个年轻人，又转头看我。

“那些是什么人？”

“和伊莎贝尔以及两个小姑娘一起来的佃户。”

“我们这是在哪儿啊？”

“宫殿门前。”

这样说着，我又牵过马缰绳，并朝那古老的林荫道走去。三个赶骡人齐声道别：

“上帝保佑晚安！”

“顺顺利利！”

“天主保佑！”

骡子踩着大而平稳的步子载着他们渐渐远去。堂胡安·曼努埃尔转头叹气；他两手托住鞍尾，等他们走出大老远了，才以依然傲慢的声音对他们大喊：

“要是遇到我的马，你们把它领到维亚纳·德普里奥尔去。”

一个声音回答这位乡绅的话，在夜的寂静中，那声音被风吹得无影无踪。

“教父老爷，您放心吧！”

在栗树林熟悉的树荫下，我的马闻到了马厩的气味而再次嘶鸣。远处，紧贴着宫殿围墙，走过两个讲着土话的仆人。前面一人举着一盏轻晃的灯笼。因露水而起雾的玻璃里面是冒着烟的油灯火苗，颤巍巍的火光照亮湿漉漉的地面和那两个乡下人的木屐。他们低声交谈，在台阶前面略一停顿。一认出我们，他们便高举着灯笼向前，远远地为我们照路。那是两个给牲口喂夜食的牧童，他们要到马厩里分放湿润而清香的草料。他们走过来，带着笨拙而胆怯的敬畏把堂胡安·曼努埃尔从马上搬下来。灯笼放到台阶扶手上照路。我先走一步去提醒孔查。那可怜的人真是善良，她似乎总是在等着一个适当的时机要让自己受一番惊吓！

我发现孔查坐在梳妆台前，孩子们拥着她，而她正开心地梳着最小那个姑娘的长发。另外一个孩子坐在母亲身边的路易十五沙发里。两个姑娘长得很像，金发和金色的眼珠，就像晚年提香所画的两个小公主。大的叫玛丽亚·费尔南达，小的叫玛丽亚·伊莎贝尔。两个人抢着讲旅途见闻，母亲笑着听她们说，显得欣喜幸福。她苍白的手指藏在幼女的金发里。见我进门，她略微一怔，但是很快就恢复了平静。两个孩子看着我，脸渐渐变红。她们的母亲略带颤抖地喊道：

“好一个惊喜！你是从兰塔尼奥来吗？毫无疑问，你知道我女儿来了？”

“到了宫中才知道的。能荣幸地见到你们是托堂胡安·曼努埃尔的福啊。在离开布兰德索的下山路上，他从马上摔了下来。”

两个小姑娘问母亲：

“是兰塔尼奥的叔公吗？”

“是的，孩子们。”

孔查把象牙梳子插在女儿的辫子上，同时从一堆金发中腾出一只苍白的手并默默递给我。孩子们天真的目光注视着我们。孩子妈妈喃喃有声：

“上帝保佑！……这个年纪怎么经得起摔！……那你们从哪里来呢？”

“从维亚纳·德普里奥尔。”

“你们怎么没在路上遇到伊莎贝尔和我的两个孩子呢？”

“我们从山上走，抄了近路。”

为了不笑出声来，孔查把眼睛从我身上移开了。她继续梳着女儿解散的头发。那一头威尼斯贵妇的长发竟然披在一个小姑娘的肩头！没过多久，伊莎贝尔进来了。

“好一个表哥！我早知道你在这里！”

“你怎么知道的？”

“我见到了堂胡安·曼努埃尔叔叔。他没送命可真是奇迹！”

孔查扶在女儿身上站起来，孩子们支撑起她时歪了一下身体，她们笑了，仿佛这是个游戏似的。

“我们去看看他。可怜的先生！”

我告诉她：

“明天再说吧，孔查。”

伊莎贝尔走过来并让她坐下。

“最好让他休息。我们刚刚给他敷了浸醋药膏。坎德拉里亚和弗洛里塞尔两人对付着把他放到床上了。”

我们都坐下来。孔查命大女儿叫坎德拉里亚。孩子起身便跑。等她快到门边时，母亲喊她了：

“你去哪里，玛丽亚·费尔南达？”

“你不是叫我去？……”

“对，我的孩子，但是你敲一敲梳妆台边的铜锣就行了。”

玛丽亚·费尔南达一怔，但也很快从命。母亲温柔地亲吻她，然后微笑着亲吻幼女。小家伙睁着黄晶石一样的大眼睛看她。坎德拉里亚抽着一小片白麻布的丝线走了进来，线用来搓成球擦洗伤口。

“你们叫我了？”

玛丽亚·费尔南达上前一步。

“是我叫的，坎德拉。妈妈让我叫的。”

女孩跑到老仆身边，从她手里抢过那小片麻布。她要接过去继续抽丝线。玛丽亚·伊莎贝尔坐在地毯上，脑袋侧靠在母亲的膝头。她撒娇地抬起头来。

“坎德拉，给我，让我抽丝。”

“她先要的，宝贝。”

坎德拉里亚带着家中老仆的慈祥笑容伸出皱巴巴的空手给她看。玛丽亚·费尔南达坐回到沙发上。于是我那偏爱幼女的表妹伊莎贝尔把那块依然散发着田野气味的麻布拿过来一撕为二。

“给，我的宝贝。”

稍后，她的姐姐玛丽亚·费尔南达一边把线丝丝缕缕地放到膝头，一边严肃得像一位老祖母似的嚷嚷：

“惯成什么样子了！”

坎德拉里亚双手交叉放在白而皱的围裙上，站在房中等着吩咐。孔查向她问起堂胡安·曼努埃尔。

“你把他独自撇下了？”

“是的，小姐，他睡了。”

“你们让他躺在哪里呢？”

“在花园小屋里。”

“你们也得给侯爵老爷准备房间……咱们不能让他一个人回兰塔尼奥。”

可怜的孔查对我露出病人才有的那种凄美笑容。旧日乳母皱纹密布的额头泛起了一丝红光。老妇人温柔地看看两位小姑娘，然后带着一位细心而虔诚的女仆的老派严厉低声道：

“主教的房间已经为侯爵老爷准备停当了。”

她无声而退。两个小姑娘很卖力地拆线，偷偷地互看，看谁干得更快。孔查和伊莎贝尔窃窃私语。时钟敲响十点，在油灯的光圈里，麻线在幼稚的怀里慢慢聚成一个白堆。

我紧靠着炉火坐下，不断地用那老式火钳翻弄木柴自娱。火钳是精雕细镂的青铜古董。小姑娘们睡着了，大孩子脑袋靠着母亲肩膀，小的抱在我表妹伊莎贝尔的怀里。但听得屋外雨打玻璃，夜风阵阵吹过神秘而黑暗的花园。壁炉深处的柴火闪亮如红宝石，偶尔有一朵火焰轻快地蹿升。

为了不弄醒孩子们，孔查和伊莎贝尔交谈时一直把声音压得很低。两人久未见面，都把目光投向过去，回忆起诸多往事。她们款款而谈，提到许多过世已久而被遗忘的亲戚家人。她们说起那些一心虔诚而年老多病的姑妈姨妈，面色苍白而没有情郎的堂表姐妹，疯狂爱上一位学生的可怜的塞拉女伯爵，死于痨病的阿梅利亚·卡玛拉萨，还有认了二十七个私生子的托尔侯爵，等等。她们还提到了我们尊贵的叔叔蒙多涅多主教。那位慈悲为怀的圣人在他的主教宫里收留过一位卡洛斯派的将军，后者还是国王的侍从官呢！我不怎么留神伊莎贝尔和孔查的窃窃私语。她们偶尔问我一个问题，而且总是间隔很久才和我搭话。

“你或许知道，主教叔叔多大年纪呢？”

“大概有七十岁吧。”

“我说什么来着！”

“我说他还要老！”

两个女人又热烈而轻易地交谈起来，直到再次回过头来问我一个问题：

“你记得我的两位姐姐许愿出家是什么时候吗？”

孔查和伊莎贝尔把我当成了家史学家。我们就这样过了一个晚上。到了半夜，谈话也如炉中之火渐渐淡出。一阵长长的沉默之后，孔查疲惫地叹着气起身，并试图把睡在她肩头的玛丽亚·费尔南达弄醒。

“哎呀！……我的宝贝女儿，你看我抱不动你啊！……”

玛丽亚·费尔南达从孩子天真可爱的睡梦中睁开沉重的眼睛。她的母亲弯下腰去取和戒指、念珠一起放在珠宝匣里的怀表。

“十二点了，这些孩子还没上床。别再瞌睡了，我的宝贝。”

她试图把头抵着沙发扶手瞌睡的玛丽亚·费尔南达拉起来。

“你们都给我立即上床。”

微笑在她枯玫瑰一样的嘴上慢慢消失，她长久地注视着睡在伊莎贝尔怀中的幼女。长发披散的孩子仿佛一位埋首于金色波涛中的天使。

“可怜的孩子，真不忍心把她叫醒。”

她转身叫我：

“哈维尔，你能叫坎德拉里亚吗？”

与此同时，伊莎贝尔试图把孩子举起来。

“抱不动。太重了。”

她笑着作罢，四目相对地盯着我。我走过去小心翼翼地抱住孩子，不弄醒她。金波在我肩头流溢。就在此时我们听到走廊里传来坎德拉里亚缓慢的脚步。她正走来找孩子们上床睡觉去呢。

见我抱着玛丽亚·伊莎贝尔，她靠近一步，既亲切又尊敬地说：

“我来抱她吧，侯爵先生。不麻烦您了。”

她的脸上露出微笑，那是常常在掉光牙齿的老奶奶嘴里可以看到的慈祥的微笑。为了不弄醒孩子，我不作声，只是做了一个动作制止她。我的伊莎贝尔表妹站起来并拉住玛丽亚·费尔南达的手。孩子哭着，不乐意母亲让她去睡觉。母亲亲吻着她说道：

“你要让伊莎贝尔生气吗？”

孔查犹豫地望着我们，急欲哄孩子。

“告诉我，你要让她生气吗？”

孩子回头望着伊莎贝尔，惺忪睡眼带着殷切的期待。

“你生气吗？”

“我太生气，今晚不住这里了！”

小姑娘极为好奇：

“那么你去哪里睡呢？”

“还能去哪里？去神父家里！”

孩子其实知道，本达尼亚家族的贵妇只能睡在布兰德索宫里，她只得低着眼睛一脸不乐地和母亲告别。孔查独自留在梳妆台前。我们从孩子就寝的卧室回来，发现孔查在哭。伊莎贝尔低声对我说道：

“为了你她一天更比一天疯！”

孔查还以为她在对我说别的事情，竟眼带嫉妒地透过泪水望望我们。伊莎贝尔假装不知。她微笑着走在我前面迈进房间，并在沙发上坐到孔查身边。

“怎么了，我的大表姐？”

孔查没有答话，而是拿手帕擦了一下眼泪，然后将手帕用牙咬住。我对她会心一笑，只见她的面颊上绽开了两朵玫瑰。

我正要关上卧室房门，却远远看到走廊上有一个扶墙缓慢而行的白影。是孔查。她悄无声息地走到我前面。

“哈维尔，你一个人吗？”

“只和我的思绪相伴，孔查。”

“没有更糟糕的伴侣了！”

“你猜对了！……我正在想你。”

孔查在门槛里站住。她目露惊恐，微笑得很虚弱。她看看黑色的走廊，浑身一阵颤抖。

“我看见一只黑蜘蛛。它在地上爬！很大！不知道它是不是跟着我进来了。”

她在空中抖了抖拖在地上的白袍。然后我们进房间，无声地关上门。孔查在房间中央停住，从胸口掏出一封信来给我看。

“是你母亲的信！……”

“给你的还是给我的？”

“给我的。”

她把信给我，然后用一只手蒙住眼睛。我看见她为了不哭出声而使劲咬着嘴唇。终于，她变得泣不成声。

“我的上帝啊！……我的上帝啊！”

“她对你说什么？”

孔查十指交叉放在额前。那几乎遮住额头的一缕黑发悲剧而严厉，如一道风中火炬四散的黑烟。

“你读！你读！你读读吧……她说我是最坏的女人！……说我的生活丑闻不断！……我要下地狱！……我抢走了她的儿子！”

我平静地在烛火上把信烧掉。孔查嘀咕一声：

“我原来是叫你读的。”

“不，亲爱的……我母亲的笔迹太丑！”

看着信成了飞灰，可怜的孔查擦干眼泪。

“想不到索莱达姨妈竟然这么给我写信，而我是那么的爱她，尊敬她！……她竟然会恨我，诅咒我，而我却以为最大的乐趣莫过于像女儿一样照顾她，伺候她！……我的上帝啊，我这受的是什么惩罚！……居然说你的不幸全都怪我！……”

虽然没看母亲的信，但我能想象它的内容。我了解她的风格。女巫诅咒似的愤怒绝望的大喊大叫。《圣经》的遗风流绪。如出一辙的信我收到过多少封啊！可怜的女人是个圣徒。她没有跻身圣徒群像只是因为她生为长女有义务维持门庭，延续和堂胡安·曼努埃尔家一样显赫的族徽。要是有兄长继承家族的贵族称号和产业，她一定会进修道院，并成为西班牙式的女圣徒：有视觉幻象的修道院嬷嬷，好战而且狂热。

多年以来，我的母亲玛丽亚·索莱达·卡洛塔·埃莱娜·阿伽尔－本达尼亚在她的布拉多明宫里过着深居简出的虔诚生活。她是一位头发灰白、身材高大的贵妇人，非常慈悲，但是容易轻信而且作风专横。我每年秋天都会去看她。她身体多病，但是一见到自己的长子却仿佛焕发了生命。她在大阳台一角为仆人们纺线，以此打发时光。她坐的是一把装饰银钉的绯红色天鹅绒扶手椅。午后的阳光射入房内，划出一道道金色的光明之路，恰似玛丽亚·索莱达幼年经历的神圣幻觉的余痕尾波。她日日夜夜默然听着远处的河水哗哗落入我们家磨坊的水渠里。母亲在她那芳香而高贵的愈疮木纺锤上纺线，一次能干上几个小时。她如花凋谢的嘴唇上总是挂着一段颤巍巍的祈祷经文。她把我的荒唐行径一股脑儿怪到孔查头上，把她当成洪水猛兽。有一年夏天，孔查住在布拉多明宫里陪伴她，我们就是在那里开始相爱的。母亲以为这是对她白发尊严的冒犯，一直为此事而记恨在心。母亲是孔查的教母，当时也非常爱她。后来她就不再见她。有一天我外出打猎，孔查永远离开了布拉多明侯爵府邸。她包着头哭哭啼啼地独自离去，就像异教徒被宗教裁判所逐出西班牙的古城。母亲从走廊尽头不停地骂她。一位脸色煞白的女仆低着头站在她身边：那就是泄露我们私情的告密者。或许是同一张嘴告诉了她，布拉多明侯爵如今在布兰德索宫！……孔查不停地自叹命苦。

“多么可怕的惩罚啊！……多么可怕的惩罚！”

滚圆、晶莹、宁静的泪珠从她的面颊滚落，恰似一串断线珍珠纷纷下坠。抽泣使她说话断断续续。我啜吸着她的晶泪，眼中，面颊上，嘴角……孔查把头靠在我的肩上。她浑身冰冷，还在哭诉。

“她也会给你写信的！你打算怎么办？”

我在她耳边低语。

“一切听你的。”

她沉默着闭了一会儿眼睛。然后，她睁开眼睛，那眼中满是逆来顺受的爱的忧伤。

“如果你母亲给你写信，听她的话……”

她起身欲走。我拦住她。

“孔查，你言不由衷。”

“是实话……你看到的，我每天在怎样冒犯我的丈夫……我对你发誓，我死的时候，情愿得到你母亲的原谅而不是他的……”

“你将会得到一切原谅，孔查……还有教皇的祝福。”

“啊，但愿上帝听到你！可是上帝不会听到我们中的任何一个！”

“那么我们去向声音洪亮的堂胡安·曼努埃尔倾诉。”

孔查站在门里，用手提起拖在身后的僧侣式长袍。她不快地摇头。

“哈维尔呀哈维尔！”

我靠近她。

“你走了？”

“对，明天再来。”

“明天你会像今天一样。”

“不会……我保证来……”

她走到走廊尽头，然后低声呼我。

“来陪我……我很怕蜘蛛！别大声说话……伊莎贝尔睡在那儿呢。”

她用手指给我看一扇紧闭的房门，黑暗的地面上漏出来一丝微弱的亮光。黑暗中，她的手就像幽灵。

“她点着灯睡觉。”

“对。”

于是我停下脚步把她的脑袋轻放到我的肩上。

“看见没有？伊莎贝尔不能独宿……我们也学她的样吧！”

我抱孩子一样把她搂在怀里。她无声微笑。我一直把她抱到卧室门口，房门在黑暗中开着，到了门槛我才把她放下。

我筋疲力尽地上了床，整个早晨我在梦中一直听到那两个在露台上玩耍的孩子跑啊笑啊叫啊地闹个不停。用作我卧室的大房间有三道门通向露台。我睡得很少，而且在那种令人光火的恍兮惚兮的意识状态中，孩子们什么时候在门边停留，什么时候又在阳台上叫唤，我都能一一注意到。梦魇的红头苍蝇不停打转，犹如纺线巫婆的纺锤。忽然，我感到孩子们离开了，她们从三道门前跑过，有人从花园里叫她们。露台空了。在那令人痛苦而无力振作的昏眠中，我一直隐隐瞥见自己的思绪在黑暗的迷宫里渐行渐迷，并且感到噩梦以及那任性、畸形、折磨人的思想以一种怪诞的节奏从嗡嗡作响的蜂窝里产生。忽然，安静的露台上响起了欢快的犬吠和铃铛。一个仿佛远远传来的庄严的声音在喊着：

“这边，卡拉维尔！……这边，将军！……”

是布兰德索修道院院长，弥撒之后他来侯府向我尊贵的表姐妹们请安。

“这边，卡拉维尔！这边，将军！”

孔查和伊莎贝尔从露台上和僧人道别。

“再见了，堂贝尼西奥！”

修道院院长边走下台阶边答话：

“再见，夫人们！赶紧进去吧，别着凉了。这边，卡拉维尔！这边，将军！”

我可以清楚听到狗在活蹦乱跳。接着，在一片深深的寂静之中，响起了孔查无力的语声：

“堂贝尼西奥，明天到我们礼拜堂做弥撒！您可别忘了！……”

那庄严的声音回答：

“我不会忘的！……不会忘的！……”

他的话夹着狗的铃铛声从花园里传来，如格里高利圣咏。接着，两位夫人再次和他道别。庄严的声音重复道：

“这边，卡拉维尔！这边，将军！……告诉布拉多明侯爵，几天前我们和神父一道打猎发现了一群石鸡。问问他我们什么时候去把它们打来。不过要是神父到侯爵府来，可别让他知道。是他让我保密的……”

孔查和伊莎贝尔从三道门前走过。她们轻声细语地说着话。露台上再次变得寂静，在这沉寂中我彻底醒来了。我无法再度入眠，于是摇响银铃。铃铛包着一块红绒布放在一张古董桌上，在阴暗的房间里泛着教堂式的尊贵的银光。弗洛里塞尔赶来伺候我的时候，我正穿着衣服。过了一阵子，我又听见那两个孩子的语声，她们和坎德拉里亚一起从鸽房回来，带来了一对小雏鸽。她们聊得很开心，而老奴仆像讲故事一样在告诉她们，把翅膀剪了，鸽子就可以散养在宫中。

“妈妈像你们这么小的时候也这样玩得很开心！”

弗洛里塞尔打开通向露台的三道门，我探头叫那两个小姑娘。她们都捧着白鸽跑来和我行亲吻礼。看着她们，我不禁想起那些像蓝百合一样赋予金色传奇以馨香的幼年公主的天赐禀赋。孩子们问我：

“你不知道兰塔尼奥的叔公天一亮就骑着你的马走了吗？”

“谁告诉你们的？”

“我们去看他，发现门窗都开着，床很凌乱。坎德拉里亚说她看他走的，弗洛里塞尔也看见的。”

我不禁笑了。

“你们母亲知道吗？”

“知道。”

“她怎么说？”

孩子们犹豫地互相看了一眼，并会心一笑。然后她们异口同声地叫道：

“妈妈说他疯了。”

坎德拉里亚一喊她们，她们就跑过去剪雏鸽翅膀并把鸽子在屋里放飞。可怜的孔查小时候也非常喜欢这样玩。

下午灿烂而慵懒，阳台上的玻璃窗全都抹上了金晖，鸽子在我们头顶飞旋，伊莎贝尔和孩子们说要随我一道去兰塔尼奥，她们想知道堂胡安·曼努埃尔叔叔是如何到家的。伊莎贝尔问我：

“哈维尔，路有多远？”

“不超过一个里格。”

“那么我们可以走着去。”

“孩子们不会累吗？”

“她们可能走呢！”

孩子们眼睛一亮，异口同声地急切叫道：

“不会！不会！……去年我们爬上萨格洛峰也不累呀。”

伊莎贝尔朝花园里瞥了一眼。

“我看下午天气会不错呢……”

“谁知道！那些乌云像是雨云。”

“可是它们在飘走。”

伊莎贝尔相信天公作美，云会让路。我们站在窗前观望着天空和原野；孩子们拍掌大叫，看受惊的鸽子飞起来。我一转身，看见了孔查。她站在门口，脸色煞白，嘴角微颤。她看我的眼睛带着异样的神情，分明是急切、恼怒、恳求。她把两只手举到额头，喃喃说道：

“弗洛里塞尔告诉我，你们在花园里。”

“刚才是在那里。”

“你们像是在躲着我。”

伊莎贝尔笑答：

“对，背着你搞阴谋呢。”

她拉起孩子们的手，领着她们出去了，屋里只剩下我和可怜的孔查。她懒洋洋地走过来在一把扶手椅上坐下。然后她像以前一样长吁短叹，说她要死了。我乐滋滋地靠近她，她很生气的样子。

“笑吧！……你干得好，离我远点，跟伊莎贝尔去吧……”

我抓起她的一只手并闭上眼睛亲吻她捏成一把的、芬芳、粉红、苍白的手指。

“孔查，别折磨我了！”

她闪动泪汪汪的睫毛，语带后悔地低声埋怨：

“为什么要撇下我一个人？……我知道不是你的错……是她，疯了一样追着你……”

我为她擦干眼泪。

“孔查我的小可怜，没有人比你更疯……但是你太美了，我愿意你永远疯下去……”

“我没疯。”

“你是疯子……为我而疯。”

她的恼怒很是可爱。

“没有！没有！没有！……”

“你是疯了。”

“臭美。”

“那你为什么要我到你身边呢？”

孔查双手搂住我的脖子，先亲了我，又笑着叫：

“我爱你，你得意，那是因为我的爱有价值！”

“无价之宝！”

孔查把手伸进我的头发里，慢慢地摩挲着。

“让她们去吧，哈维尔。你看到了，我要你不要女儿……”

我像一个温顺的弃儿把额头贴在她的胸前，带着悲喜交加的渴望眯起眼睛呼吸那落花的芬芳气息。

“你让我做什么我就做什么。你不知道吗？”

孔查盯着我的眼睛压低声音：

“那么你不去兰塔尼奥？”

“不去。”

“没有不高兴？”

“没有……只是对不住孩子们，她们已经在盼着了。”

“她们可以和伊莎贝尔一起去……让管家陪她们去。”

正在那个时候突然下起了一场阵雨，雨点砸着窗户，打着花园中的枝枝叶叶。黑云遮蔽太阳。悲哀的秋光笼罩黄昏，似乎也充溢着人心。玛丽亚·费尔南达一脸沮丧地进来。

“哈维尔，你看我们运气有多坏！下雨了！”

玛丽亚·伊莎贝尔随后进来。

“如果天晴了你让我们去吗，妈妈？”

孔查答道：

“天晴了可以去。”

两个孩子趴到窗户上，脸贴着玻璃窗看下雨。凝滞如铅的乌云在塞尔提戈山脉上空聚集，四下里雨水茫茫。身披蓑衣的牧羊人大声吆喝着羊群急匆匆沿路下山。彩虹跨过花园，黛色的柏树和葱翠而湿润的爱神木仿佛在一道橙色的光明中抖动。坎德拉里亚一手提着裙子，一手举着一把蓝色的大雨伞，踢里踏拉地拖着木屐弓背而行。她到园中为礼拜堂的祭坛采摘玫瑰。

礼拜堂潮湿，阴暗，而且容易产生回音。祭坛壁画上悬挂着一枚十六个片段组成的盾徽，这些片段都上了釉，分别是纹章专用的红、蓝、黑、绿、金、银等颜色。这枚盾徽由天主教双王——卡斯蒂利亚女王伊莎贝尔和阿拉贡国王费尔南多——钦赐布兰德索庄园创始人阿隆索·本达尼亚将军。那位将军在《加利西亚望族表》一书里留下了一段野蛮传奇。人们说他生擒活捉了死敌摩斯修道院院长，给他穿上狼皮并把他放到山上，让他被一群恶犬撕咬而死。孔查的乳母坎德拉里亚就像所有老仆一样，熟知主人家的家史族谱。她曾经常常把阿隆索·本达尼亚将军的传奇讲给我们听。她讲的和如今已经无人问津的老古董《望族表》记载的一模一样。坎德拉里亚甚至还知道，两个黑人侏儒把将军的身体送入了地狱。布兰德索家族的传统就是男人残酷，女人虔诚！

我还记得那时候侯府里有一个家庭神父，我的姨妈阿格达保持贵族古风，由所有的女儿陪自己坐在神父布道的祭坛旁的平台上望弥撒。平台上有红天鹅绒高背长凳，靠背高处有两个族徽，但是只有我的阿格达姨妈有特权可以坐下，因为她的年龄，也因为她疾病缠身。祭坛右边埋着阿隆索·本达尼亚将军和家族中别的骑士，墓前有一尊武士祈祷的雕像。左边埋着堂娜贝亚特丽丝·德蒙特内格罗以及娶自不同家族的贵门命妇，墓前有一尊修女祈祷的雕像，修女身穿白色僧服，和圣地亚哥教团的男女僧众一样。大祭坛上的油灯日夜亮在画屏前，画屏精雕细琢，颇有王家气派：金色的福音葡萄架看起来硕果累累。护圣是东方三王中为圣婴耶稣献上没药的那位信徒。他的绣金丝袍闪烁着一个东方奇迹的虔诚光辉。银链围住的灯光仿佛一只笼中鸟胆怯地扇动翅膀，似乎要向那圣徒飞去。

那天下午孔查意欲亲手将插满玫瑰的花瓶一个个放到东方三王的脚下，作为她虔诚心灵的奉献。献花完毕，她在两个孩子的陪同下跪到祭坛前面。我从平台上只听到她喃喃有声，知道她在有气无力地念圣母经。但是轮到孩子们作答时，我却能听清楚她们祈祷中所有的典礼话语。孔查起身亲吻念珠，画着十字穿过大祭坛，并叫女儿们在武士墓前祈祷。堂米格尔·本达尼亚也埋在那里。那位布兰德索老爷是孔查的爷爷。我母亲领我第一次造访侯府的时候，他正奄奄一息地即将离开人世。堂米格尔·本达尼亚是一位作风专横然而热情好客的骑士，忠于整个家族的乡村贵族传统。他身体挺得如一杆长矛，在这个世界上行走一番，却从来不屑于和平民阶层同桌。这是多么漂亮而高贵的高高在上的疯狂啊！八十五岁去世那年，他依然心高气傲，风度翩翩，举止温和，稳如一把古剑的剑镗。临终时他垂死挣扎了五天，就是不愿意忏悔。我母亲坚称自己从未见过类似的情形。那位骑士是异教徒。他死后不久的一天夜里，我听到有人低声说，堂米格尔·本达尼亚杀死过一个仆人。孔查为他的灵魂祈祷，她做得很对！

黄昏将尽，祈祷声在寂静黑暗的礼拜堂里回荡，深沉，悲哀，庄严，仿佛耶稣殉难的回音。我在平台上昏昏欲睡。孩子们走到祭坛的台阶上坐下，她们的衣服白如铺祭台的白麻布。我辨认出大祭坛的灯光下有一个人影在祈祷。是孔查。她手里捧着一本打开的书，正低着头念念有词。风偶尔吹动一扇高窗的帘布。于是我看到已然幽暗的空中挂着一轮月盘，既苍白又超自然，仿佛一位把祭坛设在林中和湖底的女神……孔查叹了一口气，合上书本，并再次叫孩子们。我看着她们白色的身影穿过大祭坛，并瞥见她们在母亲身边跪下。灯光抖着微弱的光辉照在孔查的手上。她再次捧上那本打开的书。一片寂静之中，她读书的声音虔诚而缓慢。孩子们听着。我隐约看到她们的头发披散在洁白的衣服上。孔查继续念着书。

时当午夜。我正伏案写信，孔查裹着僧侣式长袍无声无息地走进了用作我卧室的大房间。

“你给谁写信呢？”

“给堂娜·玛格丽塔[①]的秘书。”

“你告诉他什么？”

“我向他汇报我以王后的名义进贡给使徒[②]的奉献。”

一阵沉默。孔查手托着我的肩膀站立着，她低头时头发扫着我的额头。

“你是写给秘书，还是写给王后？”

我冷冷地，缓缓地回头看她。

“我写给秘书。难道你也吃王后的醋？”

她使劲否认。

“没有！没有！”

我拉她坐到我的膝头，轻抚着她。

“堂娜玛格丽塔和另一位不一样……”

“人们说另一位王后的话都是诽谤。我母亲是她的亲随，她就这么以为。”

---

① 即玛格丽塔·德波旁－帕尔马（1848—1893），争夺王位的堂卡洛斯的妻子。

② 使徒指西班牙的保护神圣地亚哥（英文作圣詹姆斯），他是耶稣基督的十二使徒之一。

见我笑了，可怜的孔查垂下眼睛，脸上泛出可爱的红晕。

“你们男人就信别人说女人的坏话……再说，一个王后难免有很多敌人！”

见我挂在嘴边的微笑还没消失，她用苍白的手指搓着我的黑胡子叫道：

“臭嘴！”

她起身欲走。我抓住她的一只手。

“留下吧，孔查。”

“哈维尔，你知道不行的！”

我重复：

“留下吧。”

“不不！……明天我想要忏悔呢……我真怕冒犯神灵！”

于是我起身，冰冷，轻蔑而彬彬有礼。

“这么说我有情敌了？”

孔查以恳求的目光看着我。

“哈维尔，你别折磨我了！”

“我不折磨你……明天我就离开侯宫。”

她带着愤怒的哭腔。

“你不能离开！”

她几乎扯破她的僧侣式白睡袍。她在那种时刻来看我时常常就穿睡袍。现在她赤条条地站在那里发抖，我向她伸出双手。

“我可怜的爱人！”

她脸色变得煞白，眼泪汪汪地看着我。

“你真残酷！……这下子明天我不能忏悔了。”

我亲吻并劝慰她：

“我走的那天我们一起忏悔。”

我看到她的眼中露出一丝笑意。

“如果你指望用那个承诺来征服你的自由，那你不会得逞。”

“为什么？”

“因为你终生是我的囚徒。”

她一边笑着一边张开胳膊钩住我的脖子。她的发髻散开了，于是她用白皙的双手捧起那漆黑而芬芳的如波秀发轻轻地抽打在我的脸上。我眨着眼睛一声叹息：

“这是上帝之鞭啊！”

“闭嘴，你这异教徒！”

“记得以前你怎样让我舒服得要晕过去吗？”

“我记得你全部的荒唐行径。”

“抽我吧，孔查！像抽打那神圣的拿撒勒人一样抽我吧！……一直把我抽死吧！……”

“闭嘴！……闭嘴！……”

目光迷离、双手颤抖的她开始卷拢她那乌黑而喷香的发辫。

“你说那种冒犯神灵的话让我好害怕……对，我害怕，因为说话的不是你，是撒旦……甚至你的声音都变样了……是撒旦！……”

她浑身战战兢兢地闭起眼睛，我张开胳膊温柔地把她搂在怀里。我听到她在念念有词地祈祷，于是我也笑着嘀咕，同时用我的嘴封住她的嘴。

“阿门！……阿门！……阿门！……”

我们沉默。然后她的嘴在我的嘴下呻吟。

“我要死了！”

她被我抱住的身体抖个不停，像是一阵致命的痉挛。她死灰色的脑袋滚到枕边，陷入昏迷。她慢悠悠地半睁开眼睑，于是我看到了她痛苦而无光的眼睛。

“孔查！……孔查！……”

她煞白而冰冷的嘴里扭出一个残酷的鬼脸，仿佛要避开我的亲吻似的。

“孔查！……孔查！……”

我坐到枕头上，冷血地、小心翼翼地松开她仍然绕着我脖子的双手。她的手像白蜡。我犹豫了一阵子，不敢乱动。

“孔查！……孔查！……”

一群狗在远处狂吠。我不声不响地溜到地板上，举灯看着那张香消玉殒的脸庞，另一只手哆哆嗦嗦地摸了摸她的额头。死亡的冰冷寂静使我毛骨悚然。不，她已经叫不应了。我想溜走，于是我蹑手蹑脚地打开窗户。我在黑暗中睁大惊恐的眼睛，卧房深处，我床上的帘子在晃动，银烛台里的烛光也在晃动。狗继续在很远很远的地方嗥叫；迷宫里风声沙沙，仿佛一个痛苦的灵魂；乌云穿月，星光一闪一灭，恰如我们的生命。

我让窗户开着，蹑手蹑脚地走近门边，仿佛害怕自己的脚步会惊醒白森森的幽灵似的。刚刚还激动地颤抖着关上这同一扇门的两只手现在已经僵硬了。我疑神疑鬼地把目光投向黑漆漆的走廊，并最终闯入了黑暗之中。整座侯府都在沉睡。我在暗中摸索着墙壁迈出步子。我的脚步是这样的轻，几乎一点也听不到，但是我自己吓唬自己，脑中响起了骇人的回荡之声。在远处，在前厅深处，日日夜夜点在拿撒勒人耶稣像前的油灯半死不活地闪着幽光，那神圣的脸庞披头散发，色如死灰，让我感到非常害怕，比孔查的死人脸还让我害怕。我浑身哆哆嗦嗦地走到她卧室的门槛边，然后停下脚步看着走廊尽头黑漆漆的地板上的一线光亮，那是我表妹伊莎贝尔睡觉的卧室。我担心她惊慌失措地出现在我的眼前，我担心自己的脚步声吓她一大跳，我担心她的尖叫惊动整座侯府。于是我拿定主意要进她的房间并告诉她一切。我悄无声息地走到那里，压低嗓子从门边呼她：

“伊莎贝尔！……伊莎贝尔！……”

我停下来等待着。没有什么打破寂静。我上前几步再次呼她：

“伊莎贝尔！……伊莎贝尔！……”

还是没有答应。我的声音在空旷的房间里慢慢消散，仿佛害怕发出响动似的。伊莎贝尔还在睡眠之中。就着玻璃杯上闪动的一点点反光，我的眼睛辨认出朦朦胧胧的房间深处有一张木床。我的表妹伊莎贝尔在寂静之中平缓起伏地呼吸。她的身体在印花布被单下面显出一个圆柔的轮廓，她的头发散开在白色的枕头上犹如一叶深色的面纱。我再次喊她：

“伊莎贝尔！……伊莎贝尔！……”

我已经走到她的床头，并随意把手按到表妹温热而赤裸的肩膀上。我感到浑身一阵战栗，不禁动情地大声叫她：

“伊莎贝尔！……伊莎贝尔！……”

伊莎贝尔惊坐起来。

“别喊，孔查会听到的！……”

我顿时热泪盈眶，低头轻声道：

“可怜的孔查已经听不到我们了！”

伊莎贝尔表妹的一缕头发擦着我的嘴唇，柔软而诱人。我想我亲了她。我是一个悲苦之时总要坠入情网的圣徒。天堂里的孔查一定也会原谅我吧。她在尘世的时候就已经知道我的弱点。伊莎贝尔激动地嘀咕：

“早知道的话我就插上门闩。”

“哪里？”

“门上呀，笨蛋！门上！”

我不想反驳我的伊莎贝尔表妹的怀疑。告诉她实话将会是多么痛苦，多么没有绅士风度啊！伊莎贝尔非常虔诚，如果知道自己错解了我的来意，她将会无比痛苦。哎！……所有的教父，所有的神父，所有的僧人，他们都比我更容易地战胜了罪孽！那些诱惑他们的美貌女子都不是他们的表妹啊。命运和我开了一个残酷的玩笑。当它向我展露笑靥之时，它总是像那次一样，脸上挂着在古堡烟囱上晒着月亮撒欢的罗圈腿侏儒那阴森森的狞笑。伊莎贝尔在热烈的亲吻中喃喃低语：

“我担心孔查会出现！”

一听到那可怜死者的名字，一阵恐惧的战栗流遍我全身，但是伊莎贝尔一定会以为那是爱的战栗。她永远不知道我为什么会到她那里去！

我死人一样的眼睛再次看到孔查蜡黄而扭曲的脸庞，我激动不安的双手再次触摸到她那僵硬的手；我感到惊恐万分，不由得念起了祷告。越窗而逃的诱惑再次闪过脑海。从窗口跳进那神秘而黑暗的花园逃走。无声的夜风掀动窗帘，也吹拂我的头发。星光在死灰色的天空中开始淡出，风一一吹灭银烛台上的烛光，只剩下一支风烛还在飘忽。古老的柏树在窗边挺立，在风中缓缓地摇摆着萎靡不振的树梢；明月如痛苦的灵魂从枝头奔逃而过。寂静之中传来远处公鸡的啼唱，天快亮了。我浑身发抖，惊骇万分地看看躺在我床上的孔查毫无生气的躯体。稍后，我忽然镇定下来并点亮所有蜡烛。我把烛台放到门口照亮走廊。我回到房内，满怀恐惧地抱起那在我怀中不知睡过多少次的苍白死鬼。我抱着尸体出门。在门边，一只无力下垂的手被火烧到并扫翻了烛台。掉到地上的蜡烛继续发出奄奄一息的亮光。我竖起耳朵一动不动地听了一会儿。只有迷宫中泉水的汩汩声。我继续往前走。远方，在前厅深处，拿撒勒人的灯火亮着，我怕从那披头散发脸色死灰的耶稣像面前通过。我怕那死人的目光！我掉头而走。

到孔查的卧室，如果不想走前厅，那就必须绕着整座侯府绕一个大圈子。我没有犹豫。我一一走过那些偌大的厅堂和黑暗的走廊。月光照进某些空荡荡的房间。我像一个阴影从一长列门框蛀孔累累的玻璃窗前慢慢经过，那黑乎乎的铅玻璃仿佛都难过地带着哭腔。从镜子前面经过时，我闭上眼睛不看自己。我的额头冒出一阵冷汗。有时候，房间里实在太黑，我走歪了路，只得在暗中乱闯。我一手抱住孔查的身体，另一只手前伸探路不至于跌倒，直挺挺地走得很痛苦。经过一扇门时，她那波动的头发悲剧地缠住了。我在黑暗中摸索着试图把它解开。结果没解开。它反而越缠越紧。我吓得只会伸手笨拙地乱抓头发并哆嗦不已，而门开啊关啊，关啊开啊，一直嘎吱嘎吱响。我惊恐不安地看到天越来越亮了。慌乱之中我使劲一扯……孔查的身体似乎要脱离而去。我使劲用胳膊把她夹紧。在那僵硬而阴暗的眉头下，蜡状的眼睑开始半开半闭。我闭上眼睛，两只胳膊紧紧抱住孔查慌忙逃去。结果我不得不野蛮地扯断了那芬芳可爱的秀发……

我到达她的房间。门开着。黑暗的房中神秘、芬芳、温热，仿佛保守着我们一次次约会的风流秘密。现在它必须要保守的是多么悲剧的一个秘密啊！我小心翼翼地把孔查的身体摊放在床上，然后不发一点声响走开了。我站在门口犹豫不决地暗叹，拿不定主意是否要回去在她冰冷的唇间献上我的最后一吻。我抵制住了诱惑。那仿佛是一种神秘主义者的顾虑。我担心当时笼罩我全身心的忧郁悲伤有某种亵渎神灵的味道。她卧室的温香犹如一种折磨，在我心头点亮了感官享受的放纵回忆。我渴望品尝到一个贞洁梦幻的甜头，然而我不能。最最圣洁的东西有时候也会给神秘主义者带来最最奇怪的魔鬼念头。时至今日，回忆孔查之死对我来说依然是一种堕落而微妙的悲伤。它如一只两眼放光的患了痨病的猫揪着我的心。心在流血，在扭曲，但是那有本事将一切痛苦变为快感的魔鬼深藏在我内部发笑。我的回忆，那迷途灵魂的荣耀，就仿佛一首苍白而热烈、悲哀而残酷的乐曲，随着它的奇怪节奏翩翩起舞的是我昔日爱情带着哭腔的幽灵。洁白而可怜的幽灵，蛆虫已经吞噬她的眼睛，泪水却从空洞的眼眶里滚落。她在记忆的青春舞台上挥洒舞姿，但是她的脚并不着地，而是在一股芬芳之波中浮动。那正是孔查洒在发间却在她身后永久不灭的芬芳！可怜的孔查！她的步子走过今世，唯余一道芳踪幽痕。但是最洁白、最纯贞的爱人从来也只不过是一枚涂上美丽釉彩的宝瓶，里面盛满催情而百年好合的芬芳。

玛丽亚·伊莎贝尔和玛丽亚·费尔南达先是伸出她们童稚的小手敲门表示自己到来。接着她们又扬起清脆的嗓音，她们的声音有着流泉和草地对话、和小鸟攀谈的魅力。

“哈维尔，我们可以进来吗？”

“进来吧，孩子们。”

上午已经很晚，她们以伊莎贝尔的名义来问候我，问我夜里睡得怎样。那彬彬有礼的问题勾起我心头的悔恨。孩子们在面向花园的阳台上围着我。一株恣肆生长的冷杉树的绿枝不停摩擦着含悲欲哭的玻璃窗格。山风吹过，冷杉树一阵寒噤，绿枝摩挲窗格，仿佛是那古老而幽暗的花园在召唤，在为孩子们不到园中游戏而叹气。迷宫深处，一群鸽子几乎贴着地面而飞，一只目光炯炯的鹰挥舞着黑色的翅膀从冰冷的蓝天俯冲而下。

“打死它！哈维尔……打死它！……”

我去拿猎枪。枪在房间一角尘封而眠。我回到阳台上，孩子们拍手叫道：

“打死它！打死它！”

鹰朝惊慌的鸽子群冲下来。我把枪举到脸上，一见有空当我就扣动扳机。附近农田上传来狗叫声。鸽子在火药的烟雾中回旋。鹰的身体打着转一路从空中坠落，孩子们急忙下楼，拎着翅膀把鹰捡了回来。鸟的胸毛间鲜血直流……她们带着鹰得意扬扬地走了。我的心中生出一种新的痛苦，我叫住她们：

“你们去哪里？”

她们从门口转过身来，开心地笑着：

“你会看到妈妈醒来时我们怎么吓唬她！……”

“不！不！”

“吓她好玩呢！”

我不敢阻止她们，唯有独自悲戚。多么痛苦的等待啊！在那光明披身的欢乐早晨，当侯府深处传来稚嫩的呻吟、撕心裂肺的呼叫和哭号，这将是多么要命的一个时刻啊！那沉默而冰冷的死亡幽灵从我的心灵之园里割走了梦想。面对孔查的尸体，我感到一种绝望而沉闷的痛苦。因爱情而带上魅力的美丽梦幻！我感到一种奇异的悲伤，仿佛黄昏降落我的生命，而我的生命又仿佛是悲伤的冬日，结束一天只不过再次迎来下一个没有太阳的黎明。可怜的孔查已经死了！那听着我的每句话都是甜言蜜语的梦幻之花已经枯萎！那看着我的每一个举手投足都风流潇洒的梦幻之花已经……我还能再遇到一位面容苍白憔悴、目光迷人悲哀并永远崇拜我的公主吗？面对这一疑问，我哭了。我哭得就像一位不再有人崇拜的古代神灵！

冬季奏鸣曲

我已垂垂老矣，那些我昔日爱过并为之叹息的女人眼见着逐个先我而去。我为其中的一位合上了眼皮，从另一位那里我得到了一封悲伤的告别信，其余那些女人死的时候都已是高堂祖母，也早把我忘了。虽然我曾经爱得惊天动地，可如今我的灵魂却生活在最悲哀、最凄凉的孤独之中。当我梳理那满头白雪，不禁老泪纵横。回想昔日，曾几何时，抚弄我青春秀发的都是公主的高贵玉手，哎，这怎不令人一声叹息！我的人世经历好比是全部激情强有力的如花绽放。日复一日，我的日子在爱情的大火上烧烤。最洁白的灵魂给了我万种柔情，她们为我的残酷和荒唐而伤心落泪。她们苍白而急切的玉指一片一片撕裂那藏着心灵秘密的雏菊花瓣。为了永久保存我只能战战兢兢地猜测的一个秘密，那位姑娘竟然找到了死亡。在我迟暮之年的每一天，我都将为她而哭泣！当时的我已经头发花白，却激发了如此不祥的爱情！

我刚刚抵达国王①驻跸的埃斯特拉②市。满世界的奔波使我心生疲倦。我开始体验到快乐冒险的生涯中前所未知的新东西。我的生活

① 布拉多明拥戴卡洛斯，不承认女王伊莎贝尔二世，所以称争位的卡洛斯为国王，称卡洛斯妻子唐娜玛格丽塔为王后。

② 埃斯特拉在今西班牙纳瓦拉自治区境内。这里是巴斯克地区的腹地，曾经是卡洛斯王位战争的温床。

向来充满危险和跌宕，就像那些绅士人家的幼子[①]，他们投身戎马，远赴意大利追寻爱情、军功和财富。我感到一切理想行将失落，对世间万物怀有一种深深的幻灭。这是老年的第一丝寒意，它甚至比死亡的冰冷更叫人悲哀。我的肩膀仍然披着阿尔马维瓦[②]的斗篷，我的头上仍然佩戴着曼布里诺头盔[③]，可是死亡却渐渐临近！热血之火将要熄灭；爱情、骄傲和冲动，那些使古代诸神生机勃勃的高贵而神圣的激情成了理性的奴仆；这样的时辰也业已为我敲响。我处于人生暮年，而这正是有益于一切抱负，甚至比青春更强大的人生阶段，因为男欢女爱已经被迫放弃了。哎，多么希望我也能做到这一点啊！

我披上僧袍乔装打扮逃到埃斯特拉的朝廷，这僧袍是一位过冥想生活的僧人遗弃在一座农庄的厨房里的，他为了投身拥立堂卡洛斯七世的事业而挂袍还俗。圣胡安的钟正在敲响，预告国王的弥撒；一路风尘未洗的我打算径直前去听弥撒，为逃出生天而感谢神恩。我步入教堂之时，神父仍然在祭坛上主持法事。一盏油灯闪烁的灯光投射在国王随众汇聚的大祭坛台阶上。在那轮廓不清、面目难辨的黑压压的一堆人中，我的眼睛单单认出了国王陛下的尊贵形象。他在人群中间脱颖而出，气宇非凡，雄姿英发，仿佛一位古代帝王。国王陛下傲然有力的形象仿佛在呼唤一具米兰城的一流金匠精镂细雕打造的豪华盔甲以及一匹身披锁子甲的战马。他炯炯有神的如鹰目光在饰有冠顶和长饰罩的金甲护眼罩下定会大放光彩。堂卡洛斯·德波旁－德埃斯特

① 西班牙过去实行长子继承制，长子得全部地产，晚出的兄弟们去自谋出路。军事、神职、法律等是他们典型的职业选择。

② 阿尔马维瓦伯爵，法国作家博马舍两部喜剧《塞维利亚的理发师》和《费加罗的婚礼》中的人物，是个寻花问柳的形象。

③ 曼布里诺头盔，骑士小说里的著名头盔。堂吉诃德把理发匠的脸盆当成曼布里诺头盔的故事见《堂吉诃德》第一部第二十一章。

是唯一配得上披白鼬皮斗篷，握金权杖，戴古抄本里国王佩戴的宝石王冠的英明君主。

弥撒一结束，一位修士爬上了布道台，讲着他那巴斯克语对来自比斯开的士兵们鼓动圣战。他们初来乍到，平生第一次有幸护卫国王陛下。我被感动了，那些粗犷坚毅的话语仿佛石器时代轮廓粗糙的武器，给我留下一种难以形容的印象。它们具有一种远古的响亮音色，原始而庄严，仿佛麦子和玉米的种子落入大地的垄沟。虽然听不懂，我却能感到它们忠诚、真实、严肃、庄重。随从簇拥下的堂卡洛斯站立着并面向修士，听他布道。堂娜玛格丽塔和宫廷女侍们都跪在地上。这时我才能认清若干人的脸庞。我记得那天早上组成王家随从的有卡塞尔塔王子王妃、巴尔德斯比纳元帅、堂娜玛格丽塔的亲随女伯爵玛丽亚·安东涅塔·博尔法尼、来自那不勒斯的兰塔纳侯爵、来自法国的王权正统派巴拉提埃男爵、准将统帅，还有我的叔叔堂胡安·曼努埃尔·蒙特内格罗。

我怕被人认出来，就跪在一根柱子的阴影里，一直到修士说教完毕，国王陛下夫妇离开教堂为止。堂娜玛格丽塔身边走着一位身材姣好的女士，她拖在身后的黑纱长得几乎蹭到地面。她从我旁边走过，虽然我看不真切，但是从她看我的目光里，我猜测她认出了穿着卡尔特僧服的人就是我。我努力思量这位夫人是谁，但是记忆不能确定，仿佛一阵即来即去的风，又好像夜行人沿路看到的明灭的灯火，反而使我茫然了。教堂里人走空的时候，我去了圣器室。两位年老的教士在一旁角落里一边晒着暖洋洋的太阳一边谈话。一位甚至比他们年纪还要大的教堂司事正对着一个高大的栏窗吹灭熏香炉的余烬。我在门边停住脚步。教士们没理会我，但是司事瞪着被烟熏红的眼睛，一本正经地问我：

“神父大人您是来主持弥撒的吗？”

“我单单来找我的朋友安布罗西奥·阿拉尔孔修士。”

“安布罗西奥修士还要晚一会儿才来呢。”

其中的一个教士插话道：

“他就在教堂附近呢，如果您急着要见他，您肯定能遇到。”

这时有人敲门，教堂司事赶紧过去打开门闩。直到此时一直保持沉默的另一位教士低声说道：

“我觉得就是他。”

司事开门，门口出现了那位大名鼎鼎的修士的身影。他一辈子都为苏马拉加雷吉①的灵魂做弥撒。这是一位骨骼清奇的巨人，弓着背，眼窝深邃，脑袋总是在颤动。第一次卡洛斯战争时期，他当兵打仗，脖子上挨过一刀，才造成这一效果。司事在门口拦着他，低声提醒：

“有一位神父大人找您。一定是从罗马来的。”

我等着。安布罗西奥修士从头到脚将我打量一番，却没有认出我来。但是这并不妨碍他友好坦率地伸手拍我肩膀。

“您是要和安布罗西奥·阿拉尔孔修士说话？您没弄错？”

我让身上的僧衣落下，这便是我所有的回答。老游击队员惊喜地看着我。接着，他对那两个教士高声道：

“这位神父大人以布拉多明侯爵之名行于俗世！”

司事不再吹熏香炉里的余烬，坐在火盆前烤火的两位教士带着慈祥的笑容站了起来。我一时感到虚荣，他们的欢迎显示我的大名在埃斯特拉的朝中颇为显赫。他们打量我的目光含着亲切，但是也带着一丝父亲般的责怪。毕竟他们全是出家之人，或许也还记得我在红尘中的一些冒险行径。

① 托马斯·德苏马拉加雷吉（1788—1835），西班牙军人，参加过抵抗拿破仑侵略的西班牙独立战争，后来支持堂卡洛斯争夺王位，成为第一次卡洛斯战争的统帅。

大家围着我。我不得不讲述那件僧衣的来历，以及我是怎么越过边境的。安布罗西奥修士笑得很爽朗，而那两位教士一直从眼镜上面打量我，牙齿一颗不剩的嘴里露出一个犹豫的姿态。教堂司事在他们身后一动不动地听着，光线从窄窗里射到他身上。每当我那还俗从军的修士朋友打断我的话头，他总是不悦地责备他：

“嗨，让他讲嘛！”

可是安布罗西奥修士认为，既然我因为幻灭和悔罪而出家了，那么再离开修道院就不是什么好事。我讲述的时候他不止一次对那两个教士低声说：

“别听他的。那是我们大名鼎鼎的侯爵编来逗我们玩儿的。”

为了打消他的怀疑，我不得不郑重其事地发誓句句属实。从那一刻起，他假装出一副深信不疑的样子，还不停地画十字表示惊诧。

“真是叫人大开眼界啊！我倒没有认为布拉多明侯爵先生会是个不信神之人，但是绝对想不到您竟有那样的宗教热忱。”

我非常严肃地低声说道：

“悔罪并不像骑兵队一样听到军号才来到。”

正在此时，传来了备鞍的军号声，大家都笑了。然后一位教士冒着可爱的傻气问我：

“我想悔罪之心也不会像蛇那样悄不作声地就来了吧？”

我忧郁地叹了一口气。

“我照镜子看到自己的白发，它就来了。”

两位教士谨慎地交换了一个微笑，这自然让我把他们当成了耶稣会人士。我双手交叉搭在僧袍前，做出一副忏悔姿态，又叹了一口气：

“如今命运再次将我抛入人生苦海！我克服了所有的激情，除了傲慢。僧袍下的我常常记起自己是一位侯爵。”

安布罗西奥修士举起胳膊并提高嗓音，他那严肃的嗓音听起来正是讲修道院经典笑话的腔调：

“卡洛斯五世皇帝[①]也在尤斯特修道院里依然没有忘怀他的帝国。”

教士们像教义问答师那样皮笑肉不笑。一直坐着的司事晒着从窄窗射入的太阳，时不时地低声咕哝：

“让他讲啊！”

安布罗西奥修士言毕一阵大笑。那阵欢笑黑暗而无形的回声在圣器室屋顶萦绕未散，这时候，进来了一个脸色苍白的神学院学生。他嘴唇红润得像一位少女，正与他白皙的鹰脸造成反差。他的鹰钩鼻和垂睑的大圆牛眼透着一副凶相。安布罗西奥修士极尽嘲弄地以一个深鞠躬迎接他，他那永远颤个不停的脑袋笑得仿佛就要从肩膀上掉将下来。

“欢迎！被埋没的名将！新伊巴米农达斯[②]，若干世纪以后，另一位科尔奈留斯·奈波斯[③]将会记载您的丰功伟绩。请问候布拉多明侯爵先生吧！”

神学士摘下黑贝雷帽，红着脸和我打招呼。那贝雷帽和破旧得掉线的法袍是他优美身姿的全部装束。安布罗西奥修士一只手放到他的肩上，粗犷而亲密地摇晃着他，对我说：

“如果这位小伙子能召集到五十个人，他就会成为人人传颂的话题。他将成为另一个堂拉蒙·卡夫雷拉[④]。他像雄狮一样勇敢！”

神学士被迫后退一步，试图摆脱仍然压在他肩上的手。他一双鹰眼盯着我，仿佛猜透了我的想法并回答我：

“有人说一位优秀的将领不需要勇敢，他们或许是对的。如果堂

---

① 西班牙国王卡洛斯一世（1500—1558）同时也是神圣罗马帝国皇帝卡洛斯五世，他逊位之后由儿子菲利佩二世继任西班牙国王，自己则隐居在西班牙的尤斯特修道院里直到去世。

② 伊巴米农达斯（公元前418—公元前362），古希腊底比斯城邦将军，击败斯巴达并使城邦摆脱斯巴达的控制。

③ 科尔奈留斯·奈波斯（公元前99—公元前24），罗马传记作家和史学家。

④ 拉蒙·卡夫雷拉（1806—1877），第一次卡洛斯战争时卡洛斯派的统帅。

拉蒙·卡夫雷拉的胆子没那么大，说不准他的军事天才会更有成效。”

安布罗西奥修士轻蔑地看了他一眼。

“我的孩子啊，伊巴米农达斯胆子不那么大的话，他可能也就做做弥撒了。你说不定就会那样。”

神学士吃惊地一笑。“我不会那样的，安布罗西奥修士。”

坐在火盆前的两位教士只是笑而不言。一人把手颤巍巍地伸向盆火，另一人浏览着他的祈祷册子。司事眯起眼睛，准备学在他衣袍上打盹的猫的样子。安布罗西奥修士本能地压低语声：

“你这么说，那是因为你还年轻。你相信某些应该当主教而当了将军的人为自己胆小而作出的狡辩……我可见得多了。第一次战争爆发时，我在加利西亚的一座修道院里出家为僧。我挂起僧服，在国王陛下的军队里战斗了七年……凭我的僧服我告诉你，成为一个好将军，先要成为一个好战士。你笑那些说拿破仑胆小的人吧。”

神学士的眼睛闪亮得犹如阳光下两枚蓝黑色的子弹。

“安布罗西奥修士，如果我有一百个人，那么我会以战士的身份来指挥他们，但是如果我有一千人，只要一千人，那么我就会以将军那样指挥他们。有了他们我就能保证事业成功。这场战争中不缺伟大的部队；有一千人我就可以南征北战，打遍整个王国，就像上次战争中最伟大的将军堂米格尔·戈麦斯[①]在三十五年前所做到的。”

安布罗西奥修士专断、轻蔑而嘲讽地打断他的话：

“显赫而嘴上无毛的武士啊，你可曾听说过某位叫堂托马斯·苏马拉加雷吉的？那个人才是王位战争最伟大的将军。如果今天我们有一个类似的人物，那么我们就赢定了。”

神学士沉默不语，但是那两个教士显得几乎有点震惊不安。一个

---

① 米格尔·戈麦斯（1785—1849），第一次卡洛斯战争的卡洛斯派将军。

说道：

“胜利属于我们这不应怀疑！”

另一个说道：

“事业的正义是最好的将军！”

我感到自己悔罪的僧袍下有那股激励圣伯纳德[①]鼓动十字军东征时的烈火。

“最好的将军来自天主的神助！”

一阵赞同的低语，热烈如祈祷。神学士露出一个微笑并继续保持沉默。与此同时，钟声悠然敲响，年迈的教堂司事起身拍拍衣服上猫打过盹的地方。进来若干教士，他们是到葬礼上来唱歌的。神学士穿上紧身法衣，司事过来把熏香炉交给他，偌大的房间里烟雾缭绕，香气充溢。但听得神职人员拖着虚弱的声音平缓地低声嘟哝，他们一边低语，一边逐次穿上白麻布长袍、专门由修女们叠出褶皱的紧身法衣，还有染着百年前焚烧的没药香味的金色罩袍。神学士步入教堂，熏香炉的链子一路有声。穿戴完毕的教士们跟在他身后出来。终于只剩我和安布罗西奥修士两人独处了。他伸开长长的胳膊抱紧我，同时颇为动容地低声说道：

“布拉多明侯爵一定还记得我在索夫拉多修道院教您拉丁语的那个时候吧！”

接着，在一个作为引子的清咳之后，他再次露出老神学家的微笑，仿佛在忏悔室里似的压低嗓子：

“如果我说我不信刚才您讲给我们听的故事，大人您能原谅我吗？”

“什么故事？”

“您皈依宗教那一段。可以知道实情吗？”

① 圣伯纳德，十二世纪鼓动十字军东征的法国教士。

“只要没人听到就行，安布罗西奥修士。”

他神情严肃地表示同意。我嘴上不说，心里却怜悯那可怜的还俗僧侣，他居然喜欢历史而不爱传奇，对于不及我的杜撰有趣、典范、美妙的故事反而显得那么好奇。插翅而含笑的谎言啊，世人何时才能信服你胜利的必然性呢？他们何时才能学会，只被真理之光照亮的灵魂是悲伤、凄凉、备受折磨的灵魂？这种灵魂在沉默中与死亡交谈，并为生命铺上一层暗灰。欢快的谎言啊，我向你致敬，你这高歌如希望的光明之鸟！而你们，你们这些已化作不毛之地的底比斯诸城，充满孤独和沉寂的历史之城，你们在阵阵钟声下显得死气沉沉，你们不要让她如纷纭世事从破残的城墙逃去！她是栏窗两边的绵绵情话，是虫蛀斑斑的盾徽的灿烂辉光，是古罗马拱桥下滚滚浊流泛起的片片明镜。她一如忏悔，安慰痛苦的灵魂，使灵魂开花并还之以天惠。你们要注意了，这也是一种神恩！……太阳和公牛的古老民族，但愿你就这样千秋万代永葆你撒谎、夸张、吹牛的天才！你已经永远失去了修道院的粗茶淡饭和幅员辽阔的西印度，愿你在吉他声的催眠下睡上个千百年，聊慰你伟大的痛苦！阿门！

安布罗西奥修士坚称为我安顿住宿是他的荣幸，我只好恭敬不如从命。他陪我出来，我们走过那堪称事业圣柜的王城的街道。天下过雪，阴郁的屋宇边缘留下一道道洁白的雪痕。雨水从黑乎乎的檐头滴落，屋檐下偶尔有狭窄的窗口打开，探出某个老妇人的身影来，披巾包住的脑袋朝街上张望，看看天气是否转晴而能出门去望弥撒。我们路过一座大宅子，高大的围墙几乎使人望不见花园中的柏树。大门上方有一个很大的族徽，格栅霉迹斑斑，铜钉门半掩半开，露出光线昏暗的门厅，里面点着一盏大铁灯，摆着几条锃亮的长椅。安布罗西奥修士告诉我：

“乌克莱斯公爵夫人住在这里。”

我微微一笑，猜到了和尚不怀好意。

“她还像以前那么美吗？”

“听说是的……我没有亲眼见过，因为她总是戴着面纱。”

我不由一声叹息。

“她曾是我的好朋友啊！”

修士的干咳带着一丝嘲讽。

“我知道的。”

“忏悔透露的秘密？”

“公开的秘密。像我这样一个可怜的还俗僧，哪里会有如此显赫的精神女儿。”

我们继续默默走路。无意之中我想起过去的美好时光。曾几何时，我风流倜傥，诗才横溢。遥远的日子在我的记忆中如花开放，它们的魅力像一个几乎被遗忘的故事。这故事带来枯玫瑰的残香和古老的诗韵之美。哎！它们是属于那个美好年代的玫瑰和诗行，当年的美人依然舞姿翩翩！我曾经写下具有东方情调的热烈短章赞美她，我说她的身姿柔软如沙漠棕榈，说美惠三女神围住她的裙裾，随着金铃之声载歌载舞，载笑载言。事实上，她的美貌怎么形容也不为过。她芳名卡门，而且和那充满安达卢西亚式优雅的名字一样美好。卡门在拉丁语里意思是“歌”，在阿拉伯语里意思是“花园”。一想起她，我也想起了没有她在我身边的那些年岁；我想如果当年的她看到我的僧衣，定会被逗得发出水晶般的清脆笑声吧。我几乎无意识地问安布罗西奥修士：

“公爵夫人一直住在埃斯特拉吗？”

“她是王后唐娜玛格丽塔的亲随……但是除了去听弥撒，她从不走出宫殿一步。”

“我感到了诱惑，很想回头进去看看她。”

“会有时机的。”

我们走到圣玛丽亚教堂，并不得不靠到教堂栅门一边为几个骑马飞奔的战士让路。他们是正从城外戍防归来的卡斯蒂利亚枪骑兵。军号嘹亮，马嘶激越，马蹄踩在街道的古石子路上，声音铿锵勇武，如同罗曼采罗①里骑士们挥出的高贵的刀剑之声。骑士们前后奔过，我们继续走路。安布罗西奥修士对我说道：

“我们到了。”

他随手一指街道尽头的一间小屋，屋子带有柱子撑起的旧木阳台。一条老猎兔犬在门槛里打盹，见我们到来便发出一声嘟哝，却趴在那里并不稍动。门厅幽暗，弥漫着马厩干草和牲口呼吸的气息。我们摸索着爬上楼梯，楼梯在脚下抖动。到了楼上，那还俗僧便猛拉挂在门边的锁链敲门，屋里的门铃便似下蛋母鸡一样咯咯直响。接着传来脚步声和房东不悦的嘟囔声：

“还有这样敲门的！……谁啊？”

修士不容分说地回答：

“开门！”

“老天爷！……急什么！”

房东一边拉开门闩，一边继续嘟嘟囔囔。同时修士也在很不耐烦地低语：

“这婆娘真让人受不了！”

门打开，房东更加气恼。

“您当然不能独自一人回来啦！您东西多得吃不完，还不需要每天领人来帮您一起吃啊！”

① 罗曼采罗（Romancero），西班牙传统谣曲，诗歌形式脱胎于英雄史诗。

安布罗西奥修士气得脸色发青，他恐吓地扬起那双巨大却瘦骨嶙峋的胳膊。皱皱巴巴旧羊皮一样的手在一直颤动的脑袋上乱挥一气。

“闭嘴，蛇唇蝎舌！……闭嘴，学会点尊重。知道你胡言乱语冒犯谁了吗？知道吗？知道谁站在你面前吗？……请求布拉多明侯爵老爷宽恕你吧。”

傲慢无礼的下人！听到我的名字，那老巫婆显得既不后悔，也不慌张。巫婆的黑眼珠盯着我，那眼睛就像戈雅画的某些老太婆的眼睛。她只是将信将疑地轻轻动了动嘴皮：

“要真是所说的那位先生，那就让他长命百岁。阿门！”

她闪到一边给我们让路，嘴上还在咕噜个没完：

“瞧瞧这脚上带进来的泥巴！神圣的耶稣啊，看把我的地板糟蹋成什么样子了！”

地板打过蜡，不但干净，而且光亮如明镜，可以供她自照。这是她作为家庭妇女的心爱宝贝，却刚刚被我们野蛮地糟蹋了。我转身一看，吃惊地意识到自己犯下了多么骇人的亵渎之罪。在老巫婆眼中可以看到的仇恨也使我感到害怕。她还在唠叨：

“这是追杀纵火犯去了吧！……把我的地板糟蹋成这样。真不害臊！”

安布罗西奥修士从客厅里吼道：

“安静！……快给我们上巧克力。”

静悄悄的屋子里，他的话堪比战场上的枪炮声。这是他昔日用来给部队下达命令并唯一能使部下发抖的嗓音，但是那老太婆毫无疑问有伊莎贝尔二世的脾气，因为她几乎都不怎么转身，脾气却变得更大了：

“马上！……马上，准备好了才能端来不是！耶稣啊！赐我耐心！”

安布罗西奥修士瓮声瓮气地咳嗽着，屋里继续传来老太婆含混不清的嘀咕。在沉默的间歇，听到的是时钟的嘀嗒嘀嗒，仿佛那就是群猫绕身的老妖婆所统治的修士住所的脉搏。那是一座钟摆和吊锤裸露无盖的墙钟。修士的咳嗽、老太婆的埋怨、时钟的独白，我觉得它们保持着一种从某位痴迷音乐的巫婆的古钢琴那里学来的怪诞离奇的节奏。

我脱去僧衣，身上只剩下教皇军的祖亚沃军服[①]。安布罗西奥修士注视着我，高兴得像个孩子，大惊小怪地挥着长而僵硬的胳膊。

“嚯！瞧这一身行头！”

“您以前没见过吗？”

“只在画中见过，在堂阿丰索王子的一幅肖像里。”

他急于打听我的奇遇，低声问我的时候，肩上剃成圆顶的脑袋抖个不停。

“你到底讲不讲僧袍的故事呢？”

我冷冷答道：

“为了不落入那该死的神父手里的一件伪装而已。”

“圣塔克鲁斯？”[②]

“对。”

“现在他在奥亚尔顺扎营。”

“我是从阿里门迪来的，我在那里病得发高烧，躲在一庄户屋里。”

“老天哪！那么神父为什么和你过不去呢？”

“他知道是我从国王陛下那里得来命令，让利萨拉加[③]来枪毙他。”

安布罗西奥修士挺起他躬着的巨人身条。

---

① 祖亚沃军服源自阿尔及利亚，由法国军队引进，然后被美国、教宗国、西班牙、巴西、奥斯曼帝国等国军队广泛采用。军服特点如下：菲斯帽、无领短上装、肥裤腿。

② 圣塔克鲁斯（1842—1926）是一位神父和卡洛斯派的游击战猛将。他以残暴著称，是带有传奇色彩的历史人物。

③ 安东尼奥·利萨拉加（1817—1877），卡洛斯派将军，圣塔克鲁斯的宿敌。

“馊主意啊馊主意！错错错！”

我凛然答道：

“那神父是个强盗。”

“战争需要那样的强盗。当然，这也算不得战争，共济会的闹剧而已！”

我不禁微笑。

“共济会的？”

“对，共济会。多雷加莱①是共济会成员。”

“可是追捕猎物并发誓要消灭它的人是利萨拉加呀。”

修士朝我走来，两手捧住颤个不停的脑袋，生怕它从肩上滚下来似的。

“堂安东尼奥以为打仗是洒圣水而不是洒热血。他依靠领圣餐解决一切，可如果打仗也是领圣餐的话，那么吃的就是铅弹餐。堂安东尼奥像我一样和尚气，我说什么呢！比我和尚气多了，他甚至在没有最终剃度之前就已经那样了。我们这些年纪大的人从上次战争打过来，再看看这次，觉得丢脸，真丢脸哪！……羞得我恨不得抽风。”

他在椅子里坐下等着巧克力，双手把脑袋捧得更紧，因为走廊里已经响起老妈子的脚步以及金属托盘和瓷杯相碰的丁丁的响声。她进来时的态度已经判若两人，脸上露着那些以家务、念珠和针织活为幸福的老太婆才有的平静的微笑。

“上帝保佑，真是个大好日子！侯爵老爷大概不记得我了吧。我是从前抱过您的。我是米凯拉·拉加拉纳的妹妹。米凯拉·拉加拉纳您记得吗？就是伺候您祖母多年的一位侍女，您的祖母也是我的主子伯爵夫人。”

---

① 安东尼奥·多雷加莱·多明格拉（1823—1882），卡洛斯派将军。

我看着老太婆，几乎动情地低语道：

“哎呀，夫人，我甚至连自己的奶奶都不记得了！”

“她可是个女圣徒啊。谁能比得上她呢，一定紧挨着我主耶稣基督坐在天堂里！”

她把两盘巧克力放到柱脚桌上，附着修士耳朵一阵低语，便退下了。巧克力冒着热气，散发出精美悦人的香气。这是修道院里传统的索克努斯科巧克力[①]，从前西印度的副王总督们经常把它馈赠给修道院的长老们。我多年前的拉丁语老师依然念念不忘那段洪福齐天的美好历史。啊！永远被缅怀的索夫拉多王家帝国修道院！啊！那闲适的从容，寺院的富足，美食的欢悦！安布罗西奥修士守礼如旧，他先念几句拉丁文，然后举杯而饮。一杯用毕，他作出一副评判的架势，以一位奥古斯托时期经典作家的典雅准确低声赞叹：

“好喝！贫穷修女会的尼姑们制作的巧克力举世无双！”

他心满意足地舒了口气，又回到刚才的话头：

“老天爷！还好您没在圣器室里讲您乔装打扮的故事。那两个教士是圣塔克鲁斯的狂热拥护者。”

他略作思索，接着，打了一个长长的哈欠，又在自己黑如狼嘴的嘴上画了一个十字。

“上帝保佑！我这个可怜的还俗僧怎样才能为布拉多明侯爵老爷您效劳呢？”

我假装漠不关心地低语道：

“以后再说吧。”

修士狡猾地探着我的口风：

“也许不需如此……是的，侯爷，我现在仍然在博尔法尼伯爵夫

---

① 索克努斯科在墨西哥西南部恰帕斯州，当地特产的巧克力混合玉米粉、香草和其他香料。

人家里担任家庭神父之职。伯爵夫人一切尚好，尽管稍有不快……现在正好可以去看看她。”

我作出不置可否的姿态，却从钱袋里掏出一枚一盎司的金币。

“尘世的事务咱们先放放吧，安布罗西奥修士。这枚金币拿来做个弥撒，感谢上帝让我脱险……”

修士默默收好金币，并把自己的床让给我，让我打个盹，除去旅途劳顿。那张床铺了七层床垫，床头板上有一个基督受难像，床对面是一个大肚子衣柜，衣柜上摆着一只牛角墨水瓶，角尖上挂着一顶圆顶教士帽。

一整天都在下雨。雨打玻璃在这个地方是一种习以为常的声音。在雨停的短暂间歇，围绕卡洛斯派圣城的群山上才出现一点灰暗的天光。在这充溢冬之无聊的下午时光，你偶尔听到激越的军号，或者修女们召集九日斋的钟声。我必须觐见国王陛下，因此安布罗西奥修士还没回家我就出门了。一道如纱薄雾在阵风中起伏，两个士兵拖着疲惫的脚步穿过广场中心，身上的雨披直往下淌水。一所学校里传来孩子们单调的歌声。阴郁的午后赋予那积满水洼、空荡荡、荒如坟墓的广场一种莫大的悲凉。走在大街小巷，我数度迷路，却只遇到一位前往教堂的老太太可以探问。等我到达国王陛下家中时，天已经黑下来了。

“布拉多明，你这么快就除去了僧袍。”

这就是堂卡洛斯接见我时打的招呼。我尽量只让国王听见我的回话：

“陛下，那玩意儿走路绊脚啊。”

国王以同样的口吻低声说道：

“也绊我脚……但不幸的是，我不能脱掉。”

我斗胆回答：

"您应该把它毙掉[①]，陛下。"

国王微微一笑，并把我领到一扇窗前。

"我知道你和卡夫雷拉谈过。那些是他的主意。你很快会明白，卡夫雷拉是教皇至上党和那些造反神父的死敌。他做得不对，因为那些人现在是我们有力的帮手。相信我，没有他们，战争将不可能。"

"陛下，您知道将军也不赞成打仗。"

国王保持一阵沉默。

"我知道的。卡夫雷拉认为各个军政宏达[②]低调的幕后工作会更有成效。我认为他是错的……再者，我也不是那些造反神父的朋友。上回你对我说必须枪毙圣塔克鲁斯的时候，同样的话我已经对你说过了。我曾经一度反对组成战争委员会，那是为了避免忙于追杀他的共和派部队合力向我们进攻。你已经看到，事情确实是这样发生了。神父使我们损失了托洛萨。"

国王又一停顿，目光扫过整个房间。这是一个阴暗的大厅，铺着核桃木地板，墙上挂满武器和旗帜。这些旗帜是老一辈的将领们在七年战争[③]中赢得的，那些人在人们的记忆中已成传奇。乌尔赫尔主教、卡洛斯·卡尔德隆和迭戈·比利亚达里阿斯[④]聚在大厅远处的角落里低声交谈。国王陛下微微一笑，这是悲哀和示宠的微笑，是我在他身上未曾见过的。

"布拉多明，我和你说话，那些人已经嫉妒了。毫无疑问，就乌尔赫尔主教而言，你是个不受欢迎的人物。"

"陛下您为什么这么说呢？"

---

① 此处有文字游戏，因为上文"卸下、脱掉"（ahorcar）一词的第一个含义是"吊死"，所以侯爵才有"毙掉"云云。

② 宏达相当于委员会。

③ 指第一次卡洛斯王位战争（1833—1840）。

④ 卡洛斯·卡尔德隆（1845—1891），卡洛斯派名将。比利亚达里亚斯是他的副官。

"从他投向你的目光里看出来的。赶紧去亲吻他的戒指吧。"

我遵命退身；这时候，国王陛下为了让众人听见，大声提醒我：

"布拉多明，别忘了来与我一起进餐。"

我一个深鞠躬。

"感谢陛下。"

然后我来到主教所在的人群。等我靠近，他们已经默不作声。主教大人带着冷冰冰的亲切迎接我：

"欢迎，侯爵先生。"

我带着贵族的居高临下姿态回敬他，仿佛乌尔赫尔大教堂的主教只是我的家庭神父似的。

"别来无恙吧，主教大人！"

我以出于礼貌而非虔诚的恭敬亲吻过主教的紫晶石戒指。大人和封建时代那些长袍下暗藏凶器的主教一样心高气傲。他皱起眉头，试图以一番说教来打压我：

"布拉多明侯爵先生，我刚刚得知，今天清晨有人炮制了一个荒唐的故事，不但拿两个天真而轻信的可怜教士取乐，因而嘲弄了悔罪的粗布衣，而且也有失尊重场合的神圣性，因为此事发生在圣胡安大教堂里。"

"是在圣器室里，主教先生。"

大人已经有点气短，他停下来，又叹口气：

"我听说是在教堂里……可就算是在圣器室里，侯爵先生，那个故事也是对某些圣徒的生活的一种嘲弄。我以为，如果僧袍没有被用到戴假面的狂欢节上，那么穿戴它就不算亵渎神灵。但是讲给那些教士听的故事，那可是不敬神的伏尔泰才做得出来的嘲弄啊！"

毫无疑问，主教接下去要挨个数落百科全书派的各位人物。看到他这一步棋，我赶紧浑身发抖地请罪：

“我认罪。该怎么忏悔听凭大人发落。”

见自己的雄辩旗开得胜，那圣徒露出了慈祥的微笑。

“忏悔我们两人一起做。”

我不解地看了看他。主教将一只胖乎乎的白手拍到我的肩上，屈尊说明他话里的讽刺意味：

“我们二人将与国王陛下共同进餐，上他的餐桌难免就是斋戒。堂卡洛斯有着战士的节制。”

我回答道：

“他的祖先贝阿恩人[①]梦想每个臣民都能做到杀一只鸡吃。堂卡洛斯明白这只是诗人的异想天开，他更愿意和全体臣民一起斋戒。”

主教打断我：

“侯爵，咱们别开玩笑吧。国王也是神圣的！”

我举起右手放到胸口，表示我即使想要忘记他也万万不能，因为他的祭坛就在我的心中。因为我还要向唐娜玛格丽塔致敬，便起身告退了。

王后和她的近侍们正在前厅里为战士们绣护身符，一进门我的心中就同时体验到了宗教感和骑士精神。直到此时，我才真正领会骑士小说里描写的一切纯真感情，还有使骑士蒂朗[②]铁盔下的心怦然跳动的那种对女性的美貌和眼泪的崇拜。我比任何时候都更加把自己看成拥王事业的骑士。我渴望为那位贵妇而死，并以此为无上幸福。她不但有白如百合的双手，而且名字也蕴涵着苍白、圣洁、遥远的同名公主的

---

① 贝阿恩人指法国国王亨利四世（1553—1610）。据传他说过这样的话：“我希望我的所有臣民每个礼拜天锅里都能炖上一只鸡。”

② 骑士白衣蒂朗是西班牙中世纪骑士小说《白衣蒂朗》里的主人公，是堂吉诃德心目中游侠骑士的典范。

一个传奇故事的芳香。唐娜玛格丽塔在我心中唤起的是一种属于过往世纪的忠诚。她微笑着迎接我，那微笑中自有高贵而忧郁的魅力。

“我继续绣这个护身符，布拉多明你别生气啊。我把你当一位朋友来接待。”

她把绣花针戳在花绷上稍停一下，把手伸给我。我毕恭毕敬地亲吻过她的手。王后说：

“他们告诉我你病了。我看你脸色有些苍白。我觉得你是属于不会照顾自己的人，那样是不行的。不为你自己，就算为国王陛下你也要保重啊。他多么需要你这样的忠臣啊。我们周围有很多叛徒，布拉多明。”

唐娜玛格丽塔略作迟疑。话说到最后，她银铃似的嗓子变得嗫嗫嚅嚅，我还以为她会哭出声来。或许只是我的幻觉，但是我似乎看到她圣母一样美丽而贞洁的眼中充满了泪水。王后当时正低头看手中绣着的护身符，所以我不能肯定。过去了片刻。王后边抬头边叹口气，一条发缝分开头发，秀发下是皎洁如月亮的额头。

“布拉多明，你们这些忠臣一定要救国王陛下啊。”

我激动地答道：

“王后殿下，为了国王登基，我准备抛头颅，洒热血。”

王后雍容而有礼地看着我：

“我的话你理解错了！我要求你捍卫的不是他的王冠，而是他的生命……千万别让人家说，西班牙的骑士们，你们到遥远的国度寻找一位公主，却只是为了给她披上丧服！布拉多明，我把话对你再说一遍，我们身边尽是叛徒。”

王后陷入了沉默。但听得雨水一直敲打玻璃，远处传来滴滴答答的军号。侍奉王后殿下的贵妇人共有三位：唐娜胡安娜·帕切科、唐娜曼努埃拉·奥索雷斯和唐娜玛丽亚·安东涅塔·博尔法尼。从走进前厅起，我就一直觉得博尔法尼的眼睛就像爱的磁石紧紧盯着我。无人说话的间歇她乘机起身，走到唐娜玛格丽塔身边来问她：

“夫人要我去接两位王子吗？”

王后反问：

“他们的功课该结束了？”

“对，到时间了。”

“那好，你去叫他们来吧。这样也好让布拉多明认识他们。”

我对着王后一鞠躬，也乘机向玛丽亚·安东涅塔致意。她从容不迫，说了些我已经不记得的无关紧要的话应答我，但是她黑眼珠里射出来的火辣辣的目光却使我像二十岁的时候一样怦怦心跳。她走了以后，王后说道：

“玛丽亚·安东涅塔让我担心。我发觉她闷闷不乐有一段时间了。我就怕她也得上她姐妹的毛病。那两个是得肺痨死的……再说，这可怜的人跟她丈夫关系也不好。”

王后把绣花针戳到放在银制针线盒里的红缎面针插上，笑着把护身符拿给我看。

“好了！这是我为你做的礼物，布拉多明。”

我凑近身子到王后手中去接。王后殿下边把礼物交给我边说道：

“但愿敌人的子弹永远离开你！”

唐娜胡安娜·帕切科和唐娜曼努埃拉·奥索雷斯这两位记得七年战争的老贵妇低声应和：

“阿门！”

又是一阵沉默。忽然，王后眼睛一亮，一脸可爱的喜悦，原来是她的两个大孩子在玛丽亚·安东涅塔的带领下走了进来。孩子们一进门就朝她奔来，又是搂着她的脖子又是亲吻她。唐娜玛格丽塔装着严肃地问他们：

“谁的功课学得更好呢？”

小公主红着脸不说话了，堂海梅胆子大一些。

“我们学得一样好。”

“也就是说，谁也没学会。”

唐娜玛格丽塔亲吻他们来掩盖自己的笑脸，然后伸出纤纤玉手指着我对他们说：

“这位先生是布拉多明侯爵。”

小公主脑袋靠在母亲肩上，低声问：

“是在墨西哥打仗的那个人吗？”

王后爱抚着女儿的头发。

“这是谁告诉你的？”

“玛丽亚·安东涅塔不是讲过一回吗？”

“你记得真牢！”

小姑娘眼中满是胆怯和好奇，她过来问我：

“侯爵，你在墨西哥穿这身制服吗？”

堂海梅从母亲身边发话了，他的口气带着长子的权威：

“你真傻！关于制服你什么都不懂。那是教皇卫队的祖亚沃军服，和阿丰索叔叔的一样。”

王子也过来既亲切又礼貌地问我：

“侯爵，墨西哥的马真的能奔驰一整天吗？”

“是真的，殿下。”

公主转而问道：

“真有蛇叫水晶蛇吗？”

“也真有，殿下。”

两个孩子想了一阵子，直到母亲对他们说：

“告诉布拉多明你们都学了些什么。”

一听此话，王子带着童稚的自得站到我面前。

“侯爵，西班牙历史随便你怎么考我。”

我笑了。

“哪些国王和殿下您同名呢？”

“只有一位，征服者堂海梅。”

“那么他是什么地方的国王呢？”

“西班牙。”

公主红着脸低声说：

“是阿拉贡王国的。对吗，侯爵？”

“对，殿下。”

王子不以为然地看了她一眼。

“那不是西班牙吗？”

公主在我的眼神中寻找鼓励，然后又胆怯又严肃地回答：

“可那不是整个西班牙。”

于是她又脸红了。这是一位可爱迷人的小姑娘，眼神活泼，长长的鬈发贴着天鹅绒似的面颊。她鼓起勇气又问我的旅行：

“侯爵，你也真的到过圣地吗？”

“对，我也到过那里，殿下。”

“那你应该见过我主耶稣基督的坟墓吧？告诉我它是怎么样的。”

她坐在一把高凳上，胳膊肘撑住膝盖，两手捧着脸蛋，披散的头发几乎掩盖住她的小手。一直低声交谈的唐娜胡安娜·帕切科和唐娜曼努埃拉·奥索雷斯不再说话，也等着听故事……就在这时候，忏悔的时间到了，而根据主教大人的预言，忏悔将在御宴席间举行。

我有幸参加王后的聚谈沙龙。在此期间，我一直寻找和玛丽亚·安东涅塔单独说话的机会却终不可得。离开时我有一种说不清楚的担心，担心她整个晚上在有意避开我。走到街上，寒风刺面，我发觉有个几乎巨人般的高大影子向我走来。是安布罗西奥修士。

“国王和王后对您真是恩宠有加啊！布拉多明侯爵老爷这下肯定没什么好抱怨的了吧！”

我不带好气地低应一声：

“国王知道没有第二个像我这样的忠臣。”

修士也没带好气，但是口气要小一些：

“还是有的吧……”

我感到盛气益增。

“没有！”

我们默然而行，一直走到有路灯的一个街角。那还俗僧人在那里停住脚步。

“咱们这是往哪里走啊？……前面提到过的女士说，要是可能的话，您今夜就可以见她。”

我一阵心跳。

“在哪里？”

“就在她家……但是进门必须十分小心。我会给您领路。”

我们掉转脚步，沿着那条水洼累累、空无一人的街道往回走。修士低声告诉我：

“伯爵夫人也刚刚出门……今天早上她命我等她。毫无疑问，她想要让我把消息传达给侯爵老爷……她怕在国王家里不便与您交谈。”

修士一声叹息，不再说下去。不久他却大笑起来，笑得甚是古怪离奇。

“老天爷！”

“您怎么了，安布罗西奥修士？”

“没什么，侯爵先生。我看自己干起这种营生而觉得可乐。真给老游击队员挣面子啊。哎呀！……我那十七道伤疤还不知笑成什么样了呢……”

“您数得可真好啊！”

“我得到它们时才更好呢！”

他沉默下来，无疑在等着我接话，看我并不接茬，又继续冷嘲热讽地诉苦：

“确实没有比当博尔法尼伯爵夫人的家庭神父更肥的神职了。遗憾的是她不能履行承诺！……她还说那不是她的错，而是王室的错……国王夫妇和那些造反的神父多有龃龉，所以她不便惹得他们不快。哎，这事如果全靠我的女保护人！……”

我没让他说下去，停下脚步并坚决地告诉他：

“安布罗西奥修士，我的耐心已尽，再多一句话也不能容忍了。”

他垂下脑袋。

“老天爷！行！行！”

我们继续闷声走路。隔很长一段路便有路灯，黑暗中光影随意舞动。从驻扎士兵的房子门口经过时，可以听到吉他和唱霍塔舞曲的年轻而雄壮的歌声。随后一切复归寂静，只有哨兵的喝问和犬吠偶尔扰乱清夜。我们走进柱廊底下，在黑暗中小心翼翼地迈步。安布罗西奥修士走在前面，为我引路。一扇门为他悄悄打开了，那还俗僧回头以手示意我跟进，并随即闪入门厅。我跟着他并听到他的声音：

“可以点蜡烛吗？”

另一个声音在暗中回答，是女人的声音：

“可以，先生。”

门又关上。我等在黑暗中分不清东南西北，这时候修士点亮一盘卷状细蜡，燃烧的蜡烛散发出教堂的气息。幽暗的火苗在宽敞的门厅里颤动，闪动的光亮中我看到修士也在颤动的脑袋。一个人影走了过来，是玛丽亚·安东涅塔的侍女。修士把蜡烛交给她并把我领到一个角落。我看不真切，但是能猜出来那头顶剃度过的脑袋在猛烈颤动。

“侯爵先生，我再也不干这拉皮条的营生了，太没面子啦！”

然后他把骷髅手戳在我肩上。

“现在到了收获成果的时候，侯爵老爷。您必须给我一百枚金币，如果钱没带身上，您可以向伯爵夫人要。毕竟是她答应过我的！”

尽管大吃一惊，我却没有就范。我后退一步，伸手握住剑柄。

“您走错了门道。恶狠狠的样子威胁不到我，也吓不住我，安布罗西奥修士。”

还俗僧笑了，他的笑里带着怪诞的嘲讽。

“别高声嚷嚷，巡逻队经过会听到我们的。”

“您害怕啦？”

“我从不害怕……但是万一，如果现在是一队已婚妇女……”

我明白修士的险恶用心，沙哑着嗓子压低声音对他说：

“耍什么诡计！”

“这是战术，侯爵老爷。狮子已经落入陷阱！”

“你个混账和尚，我恨不得一剑结果了你。”

那还俗僧张开长长的骷髅胳膊，露出胸膛，虽然嘴倔，声音却透着恐惧：

“来吧！我的尸体会为我说话的。”

“够了。”

“把钱给我吗？”

“给。”

“什么时候？”

“明天。”

他迟疑片刻，然后又坚持，口气既胆怯又严厉：

“必须是现在。”

“有我的话还不够吗？”

他几乎谦卑地低声说道：

“我不怀疑您的话，但是必须是现在。明天或许我就没有勇气面对您了。再说我今夜就想离开埃斯特拉。那钱也不是为了我自己；我不是盗贼。我需要这笔钱去再次从军。我将给您留下一个签过字的文件。我有一项义务，老早就答应过别人的，不得不有所作为啊，安布罗西奥修士绝不是食言之人。”

我难过地问他：

“为什么这笔钱你不能作为朋友向我要呢？”

修士叹息道：

“我不敢。我不知道怎么求人，开不了口。向人要钱对我来说还不如杀人容易……不是本能邪恶，而是因为害臊……”

他嗓子哑得语不成调，不再多说。不顾正砸得满地乱响的滂沱大雨，他走到街上。浑身吓得发抖的女仆把我领到夫人等候的地方。

玛丽亚·安东涅塔刚到家不久，她手指交叉坐在火盆边，披散的头发因沾了雾水而显得湿润。我进门的时候她抬起头来，悲哀而阴郁的眼睛带着紫眼圈。

“为什么非要死皮赖脸今夜来不可呢？”

她冷淡的口气很使我受伤，我在房间中间停住脚步。

“很抱歉，我告诉你，这都是你的家庭神父编的故事……”

她坚称：

“我一进门就遇到他奉你的命令在等着我。”

我默默听她责备，不再声辩。告诉她我的行踪以及安布罗西奥修士如何设计把我引到那里有失君子风度。她和我说话时虽然语带哽咽，眼中却没有泪水。

“现在那么急着见我，不在时却连封信都没有！……现在又哑巴了！……你想干什么吧？”

我努力赔罪。

“我想要你，玛丽亚·安东涅塔。”

她美丽而神秘的眼中闪出轻蔑。

“你这是要害我，把我从王后身边踢开。你是我的刽子手！”

我笑道：

“我是你的牺牲品。”

我捧起她的手试图亲吻，但是她猛地把手抽走了。玛丽亚·安东涅塔有古人所说的“神圣病”。因为身上有圣徒的灵魂和交际花的血液，所以有时候到了冬季她会拒绝爱情。这可怜人属于那种令人起敬的女人：她们到了晚年便生活低调，足为道德模范，却也有旧日荒唐的传奇隐约随身。她黑着脸，叹着气，保持着沉默，眼睛怔怔地出神。我再次捧起她的手，并把它们藏在我的两手之间。我不打算吻她，怕她又把手躲开。我亲热地叫她：

“玛丽亚·安东涅塔！”

她哑默不言。过了一会儿我又叫：

“玛丽亚·安东涅塔！”

她转头看我，一边把手抽走一边冷冰冰地回答：

“你想要什么？”

“了解你的痛苦。”

“为什么？”

“为了安慰你。”

不久她便失去了矜持。她侧身向我，怒不可遏地呵斥我：

“数数你干了多少忘恩负义的行径，那些就是我的痛苦！”

爱情的火焰在她眼中燃烧，那是一种似乎要将她吞没的暗火。她眼里的那种神秘色彩有时候在修道院会客室里的修女头巾下也能瞥见。她声带哽咽地告诉我：

“我的丈夫要来当国王的助手了。”

“他原来在哪里？”

“在堂阿丰索王子那里。”

我喃喃说道：

“这可真讨厌了。”

“岂止是讨厌，因为我们必须生活在一起，这是王后强迫我的。如果那样，我更愿意回意大利去……你怎么说？”

“我只能尊重你的意愿。”

她含情脉脉地看我一眼。

“难道你忍心把我在你们二人之间对半分了？我的上帝啊，我多想做个老太婆，做个老朽无用的老女人啊！”

我满怀感激地亲吻我至爱女人的手。虽然我从不吃那些丈夫的醋，我却喜欢她的顾虑，因为这是额外的魅力，或许还是玛丽亚·安东涅塔可以奉献给我的最佳魅力。一个人没有学会下面这一点，就难称老成。眼泪、悔恨和鲜血是浇到风流韵事身上的催情剂，它们延长爱的快乐，它们是刺激情欲的神圣灵感，而情欲是神圣悲伤之母，也是自然之母。那天夜里，多少次我的唇间品尝到玛丽亚·安东涅塔的眼泪！我依然记得她在耳边吐出的温柔爱怨。她睫毛闪动，嘴角颤抖，绵绵情话给我以生命的呼吸。

“我不应该爱你……我应该把你在我的怀抱里闷死，这样，就这样……”

我叹息道：

“你的玉臂就是一副美丽的绞索！”

她软软地呻吟，把我抱得更紧。

“啊！……我太爱你了！为什么这么爱你？你给我灌了什么迷魂汤？你是我的疯狂！……你说话！你说话！”

“我更喜欢听你说。”

“可是我要你对我说！”

“那我就说你早已知道的吧……你在要我的命！”

玛丽亚·安东涅塔又亲我，只见她满脸通红地低声笑道：

“夜晚很长……”

“离别更长。”

“你骗得我好苦啊！”

“我将向你证明，正好相反。”

她的笑脸上还带着红晕。

“注意了，这可是你说的啊。”

“你马上会见识的。”

“注意了，我可不会手软。”

我坦白，听到这话，我发抖了。我的夜晚已经不再春风得意，比不得因尼娜·巧莱的激情而洋溢芬芳的那些热带之夜。玛丽亚·安东涅塔从我的胳膊中溜走，并进了闺房。我略等片刻，然后也跟了进去。我看到一身白衣的她一听见我的脚步便躲闪起来。她把自己藏在床帘之间。这是一张发亮的核桃木古床，是纳瓦拉地区的绅士夫妇们同眠到老的经典婚床。他们一辈子贞洁、简单、笃信宗教，但是对于使我的导师阿雷蒂诺那邪恶而略带神学色彩的才智获得消遣的房中术却一无所知。玛丽亚·安东涅塔像一位总督夫人一样严苛，但是我也像在忏悔室和文艺复兴宫廷中学会爱情秘术的老红衣主教那样睿智。她累得气喘吁吁地对我说：

“哈维尔，这是最后一次了！”

我以为她在说我们的爱情史诗。我感觉自己还能重振雄风，故而以轻如羽毛的一个亲吻逗弄她胸口的一粒草莓。她一声叹息，交叉起赤裸的胳膊并把手压到肩上，和古画里那些悔罪的女圣徒一个姿势。

“哈维尔，我们什么时候再见呢？”

“明天。”

“不！……明天我就开始受苦受难了……”

她沉默片刻，然后伸出可爱的胳膊缠住我的脖子，并非常小声地说道：

“王后殿下尽力撮合，可是我对你发誓，永远不可能的……我将自卫，说我身体有病。”

玛丽亚·安东涅塔得的是一种神圣病。那天夜里，她在我的怀中咆哮如一位半人半羊的古代女牧神。神圣的玛丽亚·安东涅塔是一位激情女子，而激情女子总是很好骗的。无所不知的上帝知道，她们并不可怕，可怕的是那些懒洋洋、唉声叹气，更在乎取悦爱人而非自得其乐的女人。玛丽亚·安东涅塔却像小姑娘一样天真而自私，一到销魂之际就把我忘了。在那样的时刻，她的胸脯跳动如两只白鸽，眼神迷离，半张着嘴露出清新光洁的牙齿，红唇犹如燃烧的玫瑰。她有一种浸染文学和威尼斯派绘画的无与伦比的肉欲之美，丰沃之美。

我和玛丽亚·安东涅塔分手的时候，天色尚未拂晓，而起床的军号声已经吹响。阴郁悲苦的月辉冷冷地照耀在这多雪的城市上空。我不知道这种时辰到哪里去住宿。我漫无目的地四处闲逛，却走到了安布罗西奥修士居住的广场。天又下起了毛毛细雨，我站到木阳台下躲雨。我很快注意到门半掩着，被发疯似的大风重重地撞来推去。夜里的天气实在太差，我不假思索便推门而入，并在黑暗中摸到了楼梯。拴在马厩里的猎兔犬一阵乱叫，也挣得铁索乱响。安布罗西奥修士举着一根大蜡烛从高处探出脑袋来。他高大而瘦削的身上仿佛吊灯笼似的挂着一件过短的黑袍，颤悠悠的脑袋上是一顶尖顶黑帽，整个模样活似一位怪诞的星象家。我阴着脸决然进入，一句话也没有说。修士跟在我身后高举蜡烛照路。屋里传来低声而嘈杂的人语以及叮叮的硬币碰击声。一群人聚在客厅里赌博，他们一直未脱帽子，身上的披风却只是斜搭在肩上。从他们刮得干干净净的下巴可以明显看出，他们都属于神职人员。一个长着鹰钩鼻，脸色灰黄的小伙子手里拿着一副扑克牌，就在我进门的时候他开始把牌发到桌上。他们在玩猜牌游戏。

“下注吧。”

一个人带着充满宗教热忱的声音嘀咕道：

“噢，是皇后！”

另一个人像忏悔室里的神父那样悄悄问：

“我们要什么牌？”

“这不是很明白的事嘛……人头牌……已经出了七张了。”

握扑克牌的人严厉警告：

“请不要唱牌。不能这样玩。大家都饿狼似的扑向那张被唱的牌。”

一个戴着眼镜、掉光了牙齿的老头带着传教式的平和说：

“别恼，米格尔乔，每人打自己的。堂尼古拉斯以为是人头牌……”

堂尼古拉斯肯定道：

“出了七张了。”

眼镜老头满怀同情地微笑。

“实际上出了九张……但不是人头牌，而是幺尖和数字牌。”

另一些人像念经一样催道：

“发牌啊，米格尔乔。”

“别理他们。”

“该什么牌就什么牌。”

“第二张不发吗？”

米格尔乔不悦地应道：

“不。”

他开始发牌。大家都不说话。有几个人显得不忿，他们飞快地瞄了我一眼又转而盯着扑克牌。安布罗西奥修士一个手势招呼那正在洗牌的神学士，后者放下牌走近我们。修士说：

“侯爵先生，今夜的事请您不要说出去吧……看在上帝分上，不要说出去。为了给自己壮胆，我一下午都在喝酒。”

他又含糊其词地说了一通什么，然后把葡萄藤似的手放到在我们身边专心聆听的神学士肩上，叹了一口气。

“都是这家伙的错……我要带上他做我的副手。”

米格尔乔肆无忌惮地盯着我，同时又脸红得像个小姑娘。

“我们尽量筹钱。安布罗西奥修士说他的朋友和保护人不知道有多么慷慨……”

那还俗僧张开黑嘴，毫不含蓄地拍马屁：

“慷慨极了！在这方面以及在所有别的事情上，他都是西班牙第一号骑士。”

几个赌客好奇地看着我们。米格尔乔走开，拿起扑克牌，继续洗牌。快洗完牌的时候，他对那戴眼镜的老头说：

“切牌吧，堂金蒂利亚诺。”

堂金蒂利亚诺一边抖着手拿起牌，一边乐呵呵地提醒：

“小心呵，我总是抓到幺尖的。”

米格尔乔又在桌上发了两张牌，并冲着我说：

“我不叫您下注，因为下的赌注少得可怜。”

总是谦恭如许的眼镜老头插了一句：

“我们都很穷。”

另一人又咕哝了一句格言：

“这里只能赢个分分毛毛的，但是反过来呢，输的话能输上个十万百万。”

米格尔乔见我犹豫，便站起来把牌发给我，桌边的全体教士都为我腾地方。我冲着那还俗僧微笑道：

“安布罗西奥修士，我看部队的经费都在这里留下了。”

“上帝不容！那就不玩了，马上结束。”

修士一口把灯吹灭。曙色从窗户透入，嘹亮的军号盖过广场石板上空空的马蹄。是一队巡逻的波旁枪骑兵。

尽管风雪交加，天气恶劣，堂卡洛斯还是决心发起一场战役。我被告知，这场战役人们盼望已久，只等波旁骑兵队到来。这支队伍有三百名身经百战的枪骑兵，日后当之无愧地被称为熙德骑兵队！随部队而来的博尔法尼伯爵成了国王的一名助手。因为我们是很好的好朋友，可以想见，我们相见甚欢，而且并马齐行。军号响起处，行军开始，风吹得战马鬃毛飘飘，人们聚在街上热烈欢呼：

“卡洛斯七世万岁！”

黑乎乎的屋檐下，从高高的窄窗里偶尔探出一位老妇人的身影，双手抓住半开的窗户插销，一边几乎怒气冲冲地高呼：

“好基督徒之王万岁！”

人群有力的声音回答：

“万岁！”

我们在路上略作停顿。肆虐的山风抽打着我们，凶猛，凛冽，狂野。我们身上的雨披猎猎飞动，贝雷帽也被吹得后移，露出战士们晒得黝黑的额头，使队伍略有一种愤怒之师的悲壮之美。有些战马前蹄腾空嘶鸣，于是全体士兵步调一致地控稳鞍座。整支编队继续行进。

山巅的教堂状如大山的冠冕，道路就在各个山头之间蜿蜒。一阵阵大风夹着冷雨继续冲袭我们，经过萨巴尔辛时，部队下令停止。国王一行安顿在一幢大庄屋里，屋子位于两条状况恶劣的道路交叉口，这两条路一条可通轮车，另一条只能走骡马。刚一下马，我们就聚到厨房里烤火，一个老太婆奔忙着从屋里把一位老爷爷坐的扶手椅子搬来让给堂卡洛斯国王陛下。雨水不停抽打窗户，噼噼啪啪声音甚大，人们的全部话题就是惋惜天气恶劣，害得我们不能如愿打击据守奥特萨路关的亲阿丰索一派人马。所幸的是，临近夜色降临时分，暴风雨开始平息下来。堂卡洛斯悄悄问我：

“布拉多明，我们能做什么来解闷呢？”

我冒昧答道：

“陛下，这里所有的女人都是老的。我们一起念玫瑰经您愿意吗？”

国王面带嘲讽地盯着我的眼睛。

“我看哪，你把你写给我堂弟阿丰索的十四行诗朗诵一下吧，请站到那把椅子上。”

朝臣们哄然而笑。我环视众人，然后对着国王一鞠躬并说道：

“陛下，当吟游诗人的话，我的出身太高了。”

堂卡洛斯先犹豫了一下，然后拿定主意，微笑着向我走来，给了我一个拥抱。

“布拉多明，我没有冒犯你的意思，你应该知道的吧。”

“陛下，我知道，但我恐怕别人不明白呢。”

国王陛下扫了一眼他的随从人员，非常庄严地低声道：

“你说得有道理。”

一阵长长的沉默，只有阵阵寒风和壁炉里噼啪的柴火扰乱这沉默。厨房里开始暗下来，但是透过雨水模糊的窗户，可以看出外面仍然是黄昏。那两条路，骡马道和轮车路，消失在崎岖不平的乱石之间，在这个时辰，它们看上去一样孤独。堂卡洛斯从窗前做了一个神秘兮兮的手势招我过去。

“布拉多明，你和博尔法尼陪我。我们去埃斯特拉，但是一定不能让别人知道。”

我忍笑问他：

“陛下，您要我通知博尔法尼吗？”

“博尔法尼已经通知到了。他就是准备聚会的人。”

我一个鞠躬，低声夸了我的朋友一番：

“陛下，我敬佩您能充分发挥伯爵的出色才华。”

国王沉默不语，似乎欲对我的话显出不快。稍后，他开窗并伸出手去。

“不下雨了。”

乌云密布的天空开始渐渐升起月亮。博尔法尼很快来到。

“陛下，一切准备停当了。”

国王简短地说了一声：

“我们等天黑吧。”

黑乎乎的厨房里响起两个人的声音，是堂安东尼奥·利萨拉加和堂安东尼奥·多雷加莱在讨论军事艺术。他们不但回忆过去打赢的仗，而且在打造新胜利的希望。多雷加莱讲到士兵时颇为动情，他夸奖卡斯蒂利亚兵的沉着坚毅，加泰罗尼亚兵的勇敢，纳瓦拉兵的善战。一个威严的声音突然打断他们：

“纳瓦拉兵是世界上最好的兵！”

炉火另一边，老将阿吉雷慢慢直起弯曲的腰身。火苗的红光在他皱皱巴巴的脸庞上晃动，两条长长的雪眉下，一双眼睛闪烁着青春的火焰。他激动得像一个孩子，颤着嗓子继续说道：

“纳瓦拉是真正的西班牙！忠诚、信仰、英雄主义依然在这里保存，和我们那个伟大辉煌的年代一样。”

他的声音含着泪水。那位老兵也是属于另一个时代的人。我坦承，我钦佩那些天真的灵魂，他们仍然指望古老质朴的美德能为人民带来福祉。我钦佩他们，而且同情他们，因为他们盲目一生而永远看不到，人民就像每个凡夫俗子，只有忘掉所谓的历史意识，并且凭着对于未来的盲目本能，才能获得幸福。这种对于未来的本能超越善恶，而且战胜死亡。然而，总有一天，活着的人们将会意识到，把尚未出生者定为罪人是太过严苛的审判。能把傻瓜帽戴到将古代隐修士的灵魂注满阴郁沉思的黄色骷髅之上的民族，那是怎样的一个由超凡入圣的罪人们构成的民族啊！打破万物规律，那联合蚂蚁和星辰的无上规律，放弃生命的创造，却在光明快乐的海滩上为死亡做准备，那是怎样一个由高雅的愤世嫉俗之辈构成的民族啊！难道萨福和加尼米德[①]的加冕不会是最有趣的世界末日吗？……此时此刻，夜色已经完全合拢，明月照耀窗台。湿冷的寒风从打开的窗户灌进屋里，将炉中的火苗吹得一明一灭。堂卡洛斯一个手势示意我们跟上。我们出门步行了一阵，来到一片巨石的避风处，一位战士手牵着马正在那里等候我们。国王陛下上马奔驰，我们一路跟进。当我们经过岗哨的时候，黑夜中有人高声发问：

“谁？”

战士高声应答：

“卡洛斯七世！”

“暗号？”

“波旁家族！”

于是他们让我们通过。道路两边的巉岩看似充满威胁。在夜的寂静之中，附近的山上传来山溪暴涨的声音。到了城门口，我们把马匹

① 萨福是古希腊女诗人，加尼米德是希腊神话人物，特洛伊的一位美少年王子，被宙斯看中并劫持。这两个名字在此处指涉同性恋。

交给战士，然后一路小心翼翼地步行。

我们在一座带栏窗的大屋子前停住。这里住着我那高升为乌克莱斯公爵夫人的美貌舞女。我们小心叩门，门开了……屋里的大铁灯亮着，一个男人走在我们前面把门一道道打开。我们走过之后，那些门很久便这样开着。那人不止一次好奇地看我。我也时时看他，想认出他是谁。他装一条木腿，长得高大，干瘦，黝黑，秃头，眼睛像吉卜赛人，轮廓似一位恺撒。看他时常神态庄严地抚摸鬓发，我突然明白他是谁了。木腿恺撒是一位有名的刺牛骑士①。此人在过去风采迷人，爱与弗拉门戈歌手和贵族老爷为伍，享受酒肉歌舞之欢。曾有传闻说，在舞蹈美女的心中，他替代了我的位置。我从来不想调查这种事情，因为我一直把尊重女人心中的小小秘密看作游侠骑士的一项义务。我怀着深深的忧郁回想起过去的那段美好岁月。木腿单调的笃笃声似乎一点点敲醒我的记忆，我们穿过又长又宽的走廊，墙上的一组旧版画描绘的是唐娜玛丽娜和埃尔南·科尔特斯②的爱情故事。当公爵夫人在一道门后现身的时候，我的心还在怦怦跳动。堂卡洛斯问她：

“来了吗？”

“应该快了，陛下。”

公爵夫人欲闪身让路，但是国王陛下颇有风度地谢绝：

“女士们先请。”

客厅又大又冷，带一片高台，台上是打蜡地板。桌上点了不少蜡烛，但是室内依然昏暗。高台上的沙发前烧着一个铜火盆，狮爪把火盆托住。堂卡洛斯一边伸手烤火，一边说道：

“女人们就知道让别人等……这是她们的伟大才干！”

---

① 刺牛骑士是斗牛士的助手，骑在马上用长枪刺牛背。

② 唐娜玛丽娜也叫马琳切，是墨西哥征服者科尔特斯的翻译兼情妇。

他不复多言，我们尊重他的沉默。公爵夫人对我莞尔一笑。看到她戴的寡妇头巾，我才想起唐娜玛格丽塔的随从人员走出教堂时我所看到的那位戴黑面纱的贵妇。走廊里又响起木腿的笃笃声和一阵人语。很快进来两位女士，她们气喘吁吁，浑身包得严严实实，身上的披巾冒着湿气。一看到我们，其中一位赶紧面露不快地退到门口。堂卡洛斯迎上前去，一阵低声交谈之后，陪她走了出去。另一位女士脚步无声地跟在后面，但是没过多久又回来了。她勉强从披巾里露出一只手对博尔法尼招手示意，博尔法尼起身跟上她。公爵夫人见只剩我们二人，便轻声笑道：

“她们躲您呢！”

“难道我认识她们？”

“我不知道……您什么也别问我。”

我一点都不好奇，也没说话。我试图亲吻我的朋友公爵夫人的贵手，但是她笑着把手抽了回去。

“请正经一点。你看我们已经是老头子老太婆了。”

“你永远年轻，卡门！”

她看了我一阵，恶意而残酷地回答道：

“同样的事可没发生在你身上。”

她心肠很软，为了给我的心灵创伤止血，她把自己的貂皮围巾套到我的脖子上，并为我献上红唇之果。美丽神圣的嘴唇！弗拉门戈“噢嘞！噢嘞”的青春馥郁已经化作祈祷的神圣芬芳！她猛地抽身而退，因为木腿的笃笃之声再次在偌大的屋里敲响。我笑问：

“你怕什么？”

她皱起弯眉，回答道：

“不怕什么！你也相信对我的诽谤？”

她把自己手指捏出的十字放到嘴边，看似一本正经，却是吉卜赛式的狡黠。

“我对你发誓！……我和那家伙从来没有什么……我们是老乡，我和他有同乡之谊，他被牛挑了不能谋生之后，我才出于慈悲收留了他。你也会这么做的！”

“会的！”

尽管我不是很肯定，但我还是这么庄严地应诺了。公爵夫人仿佛要彻底抹去那道记忆，半是娇嗔地责备我：

“你甚至都没有问起我们的女儿！”

我一阵迷惘，因为我几乎想不起来了。然而我的心把狡辩送到了唇边：

“我不敢。”

“为什么？”

“因为我是陪国王陛下出来探美访娇的，所以不想提到她。”

母亲眼中闪过一道悲伤的荫翳。

“她不在我身边……在修道院里。”

我忽然对那遥远而几乎虚无缥缈的女儿生了疼爱之心。

“像你吗？”

“不……她相貌平平。”

我担心她只是逗我，便笑道：

“但她真的是我的女儿？”

乌克莱斯公爵夫人再次吻着架成十字的手指发誓赌咒。这一回她的誓言我觉得没有吉卜赛套路。或许只是我自作多情。她大大的黑眼睛凝视着我，说话带着一种深沉的伤感之美，某些吉卜赛歌谣所具有的伤感之美。

“那孩子是你的也是我的。我从来没有掩饰，甚至包括对我的丈夫。那可怜的人是多么钟爱她哟！”

她擦干一滴眼泪。战争伊始，性格平和的乌克莱斯公爵默默无闻地战死，她就成了寡妇。昔日的舞女忠于贵妇人的传统，毁家纾难支持王位事业。她独自负担了一百名骑兵的武器和坐骑的开销，这一百名枪骑兵叫作堂海梅枪骑兵队。说到太子时她充满深情，仿佛那就是她自己的孩子。

“这么说，你见到我的宝贝王子啰？”

“对。”

“还见到哪位小公主了？”

“唐娜布兰卡。”

“好可爱，对吧？早晚会长成一个大美人！”

那道预言的翅膀在空中振动未息，屋里便传来了国王的声音。公爵夫人站起身来。

“不知怎么了？”

堂卡洛斯走了进来。他略显苍白。我们以目光询问他。他说：

“博尔法尼刚才出事了。当时那两位夫人已经离去，我正和他说着话，突然见他一点点倒下去，全身伏在椅子扶手上。我不得不扶住他……”

说完这些他就走了，我们服从他未及下达的命令，跟在他身后。博尔法尼缩成一团瘫坐在扶手椅里，耷拉着脑袋。堂卡洛斯走近并伸出有力的臂膀将他搀起，让他坐好。

“你怎么样，博尔法尼？”

看得出来，博尔法尼努力要应答，但是他说不出话来。一丝一丝的口水从他无力下垂的嘴里流出。公爵夫人赶紧为他擦干净，慈悲崇高如圣贝罗妮卡。博尔法尼死人一样的眼睛悲伤地望着我们。公爵夫人以女人在这种场合显出的勇气对他说：

“不要紧的，伯爵先生。我丈夫，当时可是有点胖……”

博尔法尼挥挥一只悬垂的胳膊，嘴里发出嘶嘶声。猜得出来，他想说话。我们看着他，心想他肯定活不成了。博尔法尼的嘴里又嘶嘶地吐出一点白沫。两滴清泪从他惘然的眼中流出，滚落白蜡似的面颊。堂卡洛斯仿佛在对孩子说话，他抬高声音，带着亲切的权威：

“把你送回家。你要布拉多明陪你去吗？”

博尔法尼还是说不出话来。国王把我们叫到一边，我们三个人秘密交谈。首先，作为宅心仁厚的基督教徒，我们同情可怜的玛丽亚·安东涅塔遭此沉重打击；其次，我们估计可怜的博尔法尼难逃厄运；最后我们商定必须以什么方式将他运回才能堵住众人悠悠之口。公爵夫人提醒，她家里的仆人不可以护送他。她说得对。经过一番犹豫，她同意将此事托付给龙达人拉菲尔①。木腿恺撒知情之后手抚鬓角，带着浓重的南方腔说道：

“咱们肯定他不是酒喝的？”

公爵夫人不无道理地动了气，并让他安静。恺撒继续无动于衷地摸着鬓角，直到最终转身看着我们，有了解决方案。博尔法尼伯爵的尸体将由住在阁楼里的两个军士来负责运送。他们忠诚可靠，是来自纳瓦拉的金托地区的老兵。由他们假装和死者半路相遇，并把他送回家。木腿恺撒如此这般说完，末了一声问道：“行吗？”这副腔调就像一杯雪莉酒，散发着昔日斗牛士和公子哥儿生活的全部芬芳气息。

我们回到刚才撇下坐骑的地方。国王并不掩饰他的不快。他频频痛苦而固执地重复：

“可怜的博尔法尼！他真是忠心耿耿。”

有那么一阵子，我们只听到哒哒的马蹄声。月亮，一道清澈的冬夜明月，照耀着白雪皑皑、一派荒凉的胡拉山②。呼啸的寒风正面打

---

① 指文中的刺牛骑士，来自安达卢西亚自治区马拉加省的龙达市。

② 胡拉山在纳瓦拉境内，以卡洛斯战争时打过三仗而出名。

在我们脸上。堂卡洛斯刚一开口，他的话就被一阵大风吹散。我勉强能明白他说什么。

“你看他会死吗？……”

我把双手拢成喇叭状，高喊道：

“恐怕会的，陛下！”

一个回音重复我模糊不清的话。堂卡洛斯保持沉默，一路上不再开腔。我们在紧邻大屋的乱石岗避风处下马，把马缰绳交给跟随我们的士兵，然后步行回屋。我们在门口略停片刻，看风卷残云依次从月亮身上飘过。堂卡洛斯还在低声念叨：

“该死的天气！他真是忠心耿耿。”

他最后看了一眼暴风雪将至之前峥嵘的天空，然后进屋。刚跨过门槛，我们便听到一片吵闹声。我劝慰国王：

“没事的，陛下。他们在赌未来的军饷。”

堂卡洛斯随和地微笑。

“你知道他们是谁吗？”

“我猜得到，陛下。整个王家指挥部。”

我们跨进用作国王卧室的房间。桌上点着一支大蜡烛，床上看来铺着一层高级的鼹鼠皮，放在两把行军椅之间的火盆里的炭火已经烧白。堂卡洛斯一边坐下休息，一边带着亲切的讽刺对我说：

“布拉多明，你知道，今夜有人在我面前说你的坏话呢……说你的友谊带来不幸……求我远离你。”

我笑问：

“是一位女士吧，陛下？”

“一位不认识你的女士……但是她告诉我，她的祖母从来都骂你是最坏的大坏蛋。”

我感到一阵朦胧的惊惧。

“谁是她的祖母，陛下？”

“一位罗马涅[①]公主。”

我暗惊不语。一生中最悲伤的记忆在我心中缓缓升起，带着彻骨寒冷穿透我的灵魂。离开房间时，我的灵魂就像穿上了一层丧服。一位老太太传递给她孙女的那种仇恨勾起了记忆中我平生第一次也是最伟大的爱情。命运弄人，初恋已经永远失去。带着多少悲伤，我回想起在意大利土地上度过的青春岁月，那是我任职教皇贵族卫队的一段时光！一个春日的黎明，钟声悠悠，玫瑰初绽，气息氤氲，我抵达古老的教皇圣城，并来到一位高贵公主的宫殿中，她在如花似玉的女儿们的簇拥下接待我，那仿佛就是一座爱神的宫殿。那道回忆在我心中洋溢。纷乱而虚掷的逝岁之潮铺天盖地向我袭来，汹涌苦水浑欲将我淹没。

为了寻求独处，我出门来到花园。在沉默的夜里，我带着孤独悲伤在月光下久久徘徊。多少次，那月光也曾是我爱情和辉煌的见证。满涨的山溪汹涌而下，淹没道路；我听着溪流的咆哮，在它和我的生命之间做着比较。我的生命有时激情咆哮，有时又是被烤成焦土的枯干河床。

月光不能驱散我的黑色愁思，我明白必须在别处寻求遗忘，于是我无奈叹息，乖乖走到王家指挥部的酒肉朋友们中间。哎！我难过地坦白，对于痛苦的灵魂来说，猜牌戏比皎洁的月光更能提供安慰呢！雄鸡唱晓，起床的军号吹响，我只得把一夜的进账放入口袋，再次陷入伤时感怀之中。不久来了一位助手，告诉我国王传呼我。在卧室里，我发现他正喝着一杯咖啡，已经上好马刺，别上马刀。

“布拉多明，我马上就好。”

① 罗马涅在意大利东北部，曾经是教宗国的一个省份。

“请您吩咐，陛下。”

国王喝下最后一口咖啡，放下杯子，将我拉到窗前。

“又出了一个造反神父！……他们告诉我，此人忠勇，但是狂热……他是来自奥里奥的神父。”

我问道：

“一个圣塔克鲁斯的模仿者？”

“不是……一个可怜的老人，对他来说，时势未变，他还像我祖父那个时代一样打仗……我相信他企图把两个俄国游客作为异端烧死，毫无疑问是两个疯子……我要你去见他，让他知道，世道已变。你建议他回他的教堂，并且把那两个俘虏交出来。你知道的，我不想使俄国不快。”

“那么如果他的脑袋实在太固执，我该怎么办呢？”

堂卡洛斯神色庄重地微笑道：

“敲破他的脑袋。”

接着他走开去迎接刚刚到达的邮件。我留在原地，等他最后一句话。读着信的堂卡洛斯抬头报我以一瞥，他的目光亲切、高贵、宁静、悲哀。伟大国王的目光。

我退身而出，不过多久即率领一支卫队驱马前行。卫队由十名精选的波旁枪骑兵组成。我们马不停蹄，一直赶到圣佩拉约·德阿里萨。我在那里得知，阿丰索派的一支军队已经切断了奥梅林桥。我问是否可以渡河，回答是不可以。溪流暴涨，已无浅水可涉，渡船也已被烧毁。必须往回走，沿着山路走到阿尔内斯桥才能过河。我一心想要完成身上所携的王命，所以尽管那条路意味着步步惊险，我也毫不犹豫地前往。向导极力强调说，道路充满危险。此人是一名村里的老头，有三个青壮年的儿子在国王陛下堂卡洛斯的部队里当兵。

出发之前我们先下到河边饮马，我一看对岸那么近，就感到了冒险的诱惑。我和手下一阵商量，有人显得坚决，另一些人表示怀疑，我索性不多啰唆，径直骑马走到河中。马儿颤悠悠地抖着耳朵。水没肚脐，马儿在水中游动，这时对岸出现了一位背柴捆的老妇人，她冲着我们大喊起来。我迅速判定她是在警告我们此处涉水的危险。到了河中央，我才真正明白她的意思。

"孩儿们，停下！看在上帝分上，千万别过来。路上全是阿丰索的黑衣兵……"

她把柴捆扔到地上，下到河边，连木屐都没到了水中，双手高举在空中，恰似一位村里的女巫，她尖声尖气地焦急大喊：

"天主考验我们，他想看我们每人心中是否真有信仰，看我们的信仰和行动有多坚定……那些人讲来讲去，不停地说他们打了一个大胜仗！孩子们，阿尔布因、塔法尔、恩德拉斯、奥泰斯，这些地方都落在黑衣兵手里了……"

我回头看手下人的脸色，发现他们吓得直退缩。正在此时，传来几声枪响，我分明看到子弹在我身边射入水中打出水圈。我加紧速度渡到对岸，就在马蹄碰到河沙，马身刚刚站立的时候，一颗子弹击中我的左臂，温热的鲜血流在我麻木的手上。骑兵们俯身马鞍，在布满湿漉漉的岩蔷薇的山坡上快步攀登。我们的马儿汗气蒸腾地跑进了村庄。我命人叫来一位土郎中。他用四根竹棒固定我的胳膊。我既不多加休息，也没有采取什么防范措施，径直率领骑兵队启程上山。向导牵着我的马步行在前，不停地预告新的危险。

伤臂引起的疼痛是如此剧烈，使得把我默默看在眼里的卫兵们对我充满了敬意。他们看我高烧发得两眼通红，面孔却痛得煞白，黑胡子似乎在短短几个钟头长长了不少，这就和某些尸体也会长胡子一个道理。痛苦几乎模糊了我的眼睛。因为缰绳未控，只是随意搭在鞍桥上，所以我的马儿信步乱跑。经过一座村庄时，它差点儿撞翻两个并肩而行的女人，而且把她们挤进了泥坑。她们边躲闪边大喊，目露惊恐地看着我。其中的一位女人认出了我。

“侯爵！”

我痛苦而漠然地回头。

“您要怎样，夫人？”

“您不记得我了？”

她走近我，稍稍揭开纳瓦拉乡下妇女用的那种披巾，露出脑袋。我看到满脸皱纹和一双黑眼睛。这是一个精力旺盛的好心肠女人。我努力回忆。

“是您？……”

我犹豫着止住血。她赶紧帮我。

“我是修女西蒙娜，侯爵！……我很吃惊，您真不记得我了？”

我茫然重复：

“修女西蒙娜……”

“可是我们曾和国王一起在前线，您见过我千百次啊！您怎么啦？受伤了吗？”

我把手亮给她看作为回答，死灰般的手毫无血色，指甲泛青而冰冷。她察看了一会儿，最后带着善意的冲动嚷嚷道：

“侯爵，您不能这样下去的。”

我低声道：

“可是我必须执行国王陛下的一道命令。”

“哪怕要执行一百道命令。我在这场战争中见过许多伤员，我告诉您，那条胳膊可不能再等……所以，让国王等着吧。”

她牵起我的马，让它拐弯。在那皱纹累累而且皮肤黝黑的脸上，修道院开山尼姑热烈的黑眼睛里盈满泪水。她回头对战士们说：

“你们跟着来，小伙子们。”

她的口气威严而温柔，这口气我在继承家业的老奶奶们[①]口中不知道听到过多少次。虽然痛得浑身无力，我却出于保持男子汉风度的习惯，依然努力翻身下马。西蒙娜修女阻止了我。她的话既亲切又直率。我毫无意志地听从她的吩咐，走进一条布满花园和矮小房屋的街道。在祥和的黄昏里，那些小屋里飘出炊烟，空气中扩散着松针燃烧的香味。一切恍若梦中，我听到嬉闹的孩子们的嘈杂声，母亲们怒气冲冲的吼声。一株树梢伸出围墙的柳树枝条扫在我的脸上。马背上的我赶紧低头走出这片不祥的树荫。

我们在一座乡绅大屋前止步，宅子大门上方有石制的族徽，宽敞的门厅里飘来新开启的葡萄酒的香气，似乎在宣告这户人家的殷勤好客。屋子在一座生长野草的广场上，四周空旷荒寂，只听到铁匠打铁和一位老妇人边缝衬裙边哼唱的声音。西蒙娜修女搀我下马。

“自从共和派烧毁安巴尔苏萨修道院之后，我们就撤退到了这里……他们的将军战死的时候他们可气得不行！”

我茫然问道：

“哪个将军？”

“堂曼努埃尔·德拉孔恰！”[②]

于是我才记起听说过有这桩事，但是我不知道发生在何时何地。那消息由一位打扮成村妇的修女送到埃斯特拉，修女为了赢得时间在暴风雨中徒步走了一夜的路，抵达时被欢呼为圣徒。她就是西蒙娜修女。她告诉我这段经历的时候还笑着提醒我：

---

① 欧洲有些地方过去有长子继承权的传统，巴斯克人的独特之处是他们也有绝对长子继承的习惯，即头生的孩子无论男女都继承所有财产。

② 曼努埃尔·古铁雷斯·德拉孔恰（1806—1874），指挥北方军的共和派将领，战死战场。

“哎！侯爵啊，那天夜里我以为会被打死呢！”

我靠在她肩上一点点爬上宽石阶，西蒙娜修女的同伴走在我们前面。她几乎还是个孩子，有一双天鹅绒般的眼睛，模样非常温柔可爱。她上前敲门，门房修女为我们开门。

“感谢上帝！”

“感谢上帝！”

西蒙娜修女对我说：

“这里就是我们的战地医院。”

我走进一个在黄昏中显得幽暗的铺核桃木地板的白色房间，看到屋里一群戴着头巾的妇女，她们正拉着纱布，撕着绷带。西蒙娜修女下令道：

“在堂安东尼奥·多雷加莱住过的房间里布置一张床。”

两位修女起身离去，其中一位腰里别着一大串钥匙。西蒙娜修女在陪伴她的女孩的帮助下开始解开我胳膊上的绷带。

“我们看看什么情况。这些竹棒是谁给您绑的？”

“圣佩拉约·德阿里萨的一位土郎中。”

“上帝啊！您很痛吗？”

“很痛！”

压迫着我胳膊的夹板拆卸之后，我感到一阵轻松。我忽然浑身有力地站起来。

“请给我轻度治疗就可以了，我好继续赶路。”

西蒙娜修女极其镇静地低声道：

“请坐下……别说疯话。您告诉我国王的那道命令……必要的话我自己去。”

我顺从修女的口气，坐了下来。

“这个地方叫什么呢？”

“纳瓦拉的比利亚雷亚尔。”

“离阿美尔苏有多远？”

“六里格。”

我忍住呻吟，低声道：

“我携带的命令是给奥利奥的神父的。”

“什么命令？”

“要他把几个俘虏交出来。我必须今天和他会面。”

西蒙娜修女摇摇头。

“我说了，这是胡闹，想都不用想。这事我来负责处理。他要交给您什么俘虏呢？”

“两个外国人，他要把他们当异端烧死。”

修女扑哧而笑：

“亏那强盗想得出来！”

我也忍痛而笑。过了一会儿，我和那女孩四目相遇。她骇怕而同情地看着我那条蜡黄的胳膊上血肉模糊的枪孔，慢慢抬起眼睛。西蒙娜修女低声吩咐她：

“马克西米娜，你为侯爵老爷的床铺上亚麻床单。”

她赶紧出去了。西蒙娜修女对我说：

“我看她快哭了。真是个天使一样的好孩子！”

那有着天鹅绒似的眼睛、充满同情悲伤的孩子使我心中感到万般柔情。狂热的记忆开始固执地重复：

“她相貌平平！相貌平平！相貌平平！……”

我在一位士兵和一位伺候修女的老女仆的帮助下躺到床上。西蒙娜修女不久来到，她坐在床头旁边开始说道：

“我已经派人通知市长，让他安排您带来的人马的住宿。医生马上就来，他正结束探视另一处病房。”

我露出一个虚弱的微笑表示同意。稍微过了一会儿，我们听到走廊里有人嘶哑而亲切地说话，修女们和颜悦色地答着他的话。西蒙娜修女一声低语：

“来了。”

又过了一阵子，那医生才从门口露面，嘴里哼着一支巴斯克人的梭齐科小调。这是一个快乐的老头，满面红光，眼睛富有表情，带着一种天真的调皮。他站在门边高声问：

“我怎么办？脱帽吗？”

我虚弱地呢喃一声：

“不用，先生。”

“那我就不脱啦，虽然允许我不行脱帽礼的应该是院长嬷嬷……咱们来看看这位勇敢的老兵怎么了。”

西蒙娜修女像老派贵妇一样严肃而有礼貌地轻声说道：

“这位军士是布拉多明侯爵。”

老头欢乐的眼睛专注地看着我。

“久闻大名。”

他不再说话，躬身检查我的手，然后他开始拆绷带，又回头道：

“西蒙娜修女，请您把灯靠近一点好吗？”

修女迅速应对。医生于是将我的胳膊一直裸露到肩膀，手指一路滑动着在我手臂上压。他吃惊地抬起头来。

“不痛？”

我弱不禁风地回答：

“有点儿。”

“痛就喊！我查的正是要知道哪里痛。”

他又开始，他的手不时停下来很久，眼睛一直看着我的脸。在枪窟窿周围他的手指更加使劲地压着。

“这里痛吗？”

“很痛。”

他压得更使劲，只听得骨头发出喀喇一声。医生脸上飘过一个阴影。他回头对一动不动举着灯的修女说：

“尺骨和桡骨断裂，而且是粉碎性骨折。”

西蒙娜修女以目示诺。医生小心翼翼地放下我的袖子，正面看着我。

“我看出来了，您真勇敢。”

我悲哀一笑。一时无人开腔。西蒙娜修女把灯放到桌子上，又回到床边。我看着暗中那两个专注而沉重的人影。我明白沉默的理由，并问他们：

“必须截肢吗？”

医生和修女对看了一眼。我读出他们眼神里的判断，但是我却在想，从今以后，在女人面前我该采取什么态度才能使我的独臂不乏诗意。要是我在千百年来最伟大的历史时刻变成独臂就好了！我坦白，当时我嫉妒那位神圣战士的赫赫军功，更甚于嫉妒他写了《堂吉诃德》的光荣[①]。我正这样胡思乱想，医生又卷起我的袖子并最终宣称，坏疽刻不容缓。西蒙娜修女一个手势招他过去，两人走到房间一边。我看到他们在暗中商量。修女然后回到我床头边。

“您要勇敢，侯爵。”

我喃喃道：

“我会的，西蒙娜修女。”

那好嬷嬷又重复：

“要很勇敢！”

---

① 塞万提斯参加1571年基督教联军和奥斯曼土耳其帝国之间爆发的勒班陀战役，并在战斗中失去一条胳膊。

我注视着她说道：

“可怜的西蒙娜修女，她不知道该怎么通知我！”

修女保持沉默，我一直怀着的朦胧希望此时如黄昏飞鸟逃得无影无踪。我感到心头犹如一只空空的旧巢。修女喃喃道：

“上帝命令赐给我们不幸，我们必须服从啊。”

她轻手轻脚地走开了。于是医生来到我的床头。我略为忧虑地问他：

“您切过许多胳膊吗，医生？”

他点头微笑：

“一些吧，一些。”

进来两位修女，他过去帮她们把纱布和绷带在桌上摆好。我的眼睛跟踪着这些准备工作，心里体验着一种苦涩而残酷的快意，努力控制面对自己不幸而生的自怜这种女性化感情。作为我一大美德的骄傲在支撑着我。切我的肉，锯我骨头，缝我残肢的时候我都没有发出一声哼哼。绑上最后一点绷带，西蒙娜修女目涵同情之火喃喃说道：

“从未见过这么勇敢的人！”

活人祭现场的助手们也纷纷惊呼：

“真勇敢！”

“太坚强了！”

“我们还惊叹那位将军勇敢呢！”

我猜她们在祝贺我，于是我有气无力地对她们说：

“谢谢你们大家！”

医生洗着手上的血，乐呵呵地提醒她们：

“你们让他休息……”

我闭上眼睛，藏起两滴正欲夺眶而出的眼泪。我闭着眼睛意识到房间已黑。然后我感到有轻轻的脚步在我周围徘徊。我不知道，在我思绪消失的时候，自己是睡着了还是昏厥了。

四下里一片寂静，有一个身影守在我的床边。我在淡淡的黑暗中睁开眼睛，那人影关切地凑上前来。那双天鹅绒似的悲悯的眼睛问道：

“您很痛吗，先生？”

是那个女孩子的眼睛。一认出她来，我的心里感到仿佛有安慰之水滋润了灵魂的焦土。我的思想如一只云雀高飞，冲破昏睡的迷雾。昏沉沉而现实感却挥之不去真是一种痛苦混沌的状态。我无力举起仅剩的那条胳膊，轻抚那似乎带有童稚而神圣的悲伤光环的头颅。她俯身亲吻我的手，抬头时我看到天鹅绒般的眼中闪着泪光。我对她说：

“别难过，孩子。”

她努力平静下来，依然颇为动情地呢喃道：

“您太勇敢了！”

那天真的钦佩之情使我稍感自豪。

“那只手本来也没用。”

孩子颤动着嘴角看我，睁得圆圆的大眼睛好比两朵圣方济各的小花，散发出卑微而亲切的花香。我欲再次品味她怯生生的话语所带给我的安慰，于是对她说：

“你不知道，我们有两条手臂，那是野蛮时代上树下树，和野兽搏斗的残迹……但是生活在今天，一条胳膊就够了，甚至绰绰有余，我的孩子……再说，我希望修剪那条树枝能让我延年益寿，因为我现在这样就是一个老树根啦。”

孩子哭着说：

“上帝啊，您不要这样说！这让我太难过了！”

她略带孩子气的声音仿佛涂了一层香膏，和她的眼睛有着同样的魅力。在黑暗的房中，她娇小、苍白、带着黑眼圈的脸庞依稀可辨。我的脑袋埋在枕中，虚弱无力地呢喃道：

“和我说说话吧，我的孩子。”

她回答得天真，几乎带着笑容，仿佛有一阵童趣之风吹过她的话语：

“为什么您要我和您说话呢？”

“因为听你说话我感觉好多了。你有香膏嗓子。”

孩子若有所思地沉默片刻，然后重复我的话，仿佛在寻找其中隐藏的含义：

“香膏嗓子？”

她缩在我床头边的藤椅里默默不语，只是缓慢地数着手里的念珠。我透过低垂的眼睑看着她。我的脑袋深陷在枕中，枕头热得火烫一般，似乎传染我并使我发了高烧。睡意之雾再次一点点笼罩我，那是一种轻飘飘、千疮百孔、充斥着魔鬼式几何图形的梦境。忽然我睁开了眼睛，于是那孩子对我说：

“现在院长嬷嬷走了。她把我责备了一通，她说我和您聊天使您疲劳。所以您最好别说话。”

她说话的时候带着微笑，在她那悲伤而憔悴的脸上，那微笑仿佛阳光反映沾满露水的无名小花。她缩在藤椅里，凝视我的眼睛里充满悲伤之梦。看着她的模样，我感到万种柔情穿透心田。这是祖辈爱孙辈的天真无邪之爱，他无非要安慰一个痛苦的小女孩，听她讲她的故事，并以此温暖自己的暮年残岁。为了听她的声音，我问她：

“你叫什么名字？”

“马克西米娜。”

“这名字很美。”

她红着脸看我，并快乐天真地回答道：

“那是我唯一美的地方吧！”

“你的眼睛也很美。”

“眼睛也许吧……但是总的来说我太不算什么了！……”

“哎呀！……我看你真的很棒。”

她急忙打断我：

“不，先生，我甚至都不是一个好人。”

我把独臂伸向她。

“我认识的最好的孩子。”

“孩子！……小女人一个啦，侯爵先生。您以为我多少岁？”

她站起来，双手交叉抱在胸前看着我，自嘲长得太矮小。我亲切地和她开玩笑：

“也许二十岁吧！”

她开心地看着我。

“您真会开我玩笑！……人家还不到十五岁呢，侯爵先生。我还以为您要说十二岁！……哎呀！我又让您说话了，院长嬷嬷禁止我做的不是别的，正是说话！”

她赶紧坐下并把一根指头放到嘴边，看我时露出过意不去的神情。我坚持让她说话：

“你当见习修女好久了？”

她微笑着又一次示意我别出声。然后她轻轻地说：

“我不是见习修女。我是学生。”

她坐在藤椅上变得心不在焉。我默默体验那双梦幻明眸向我袭来的无限魅力。孩子的眼睛，女人的梦！照亮我痛苦灵魂的暮年长夜的光明！

国王的军队在铿锵的军鼓声中从街上走过。只听得围观的人群狂呼乱叫。有人高喊：

“上帝万岁！”

另外一些人把贝雷帽抛向空中。

“国王万岁！卡洛斯七世万岁！”

我忽然想起身负重任，便试图起身，但是断臂的疼痛阻止我这么做。这是一种使我错以为手臂依然安在的沉闷的疼痛，它重重地压着我，仿佛是铅块。我转眼望着那见习修女，半是悲伤半是嘲讽地对她说道：

“马克西米娜修女！你能帮我叫一下院长嬷嬷吗？”

“院长嬷嬷不在……我可以帮你呀！”

我微笑地注视着她。

“您敢为了我冒一个大风险吗？”

见习修女低下眼睛，苍白的面颊上开出两朵玫瑰。

“我敢的。”

“你啊，可怜的孩子！”

我不说话。我激动得说不出话来。这是一种既悲伤又感激的心情。我想象那两只天鹅绒似的悲伤的眼睛或将是对我含情脉脉的最后一双秀目。我的这种心情恰似垂死之人注目西天燃烧的金色夕阳，并知道那如此美丽的夕阳对他是最后一遭了。见习修女抬头看着我，低声道：

“别光看我那么小，侯爵先生。”

我笑着对她说：

“我看你很大，好孩子！……我想象你睁开眼睛就在高空中。”

她看着我笑出声来，同时她带着老成人的可爱的严肃连连说道：

“什么话！……瞧这位先生都说些什么呀！”

我默默注视着那满是幼稚而悲伤的魅力的小脑袋。过了一会儿她既可爱又胆怯地问我，同时脸上又开出两朵玫瑰。

“为什么您问我是否敢冒险？”

我微笑道：

“我问你的不是那意思，亲爱的孩子。我是问你敢不敢为了我而冒险。”

见习修女沉默不语。我看到她颤动的嘴唇变得苍白。略过片刻，她低声开口，但是她不敢看我，只是双手十指交叉，一动不动地坐在藤椅上。

“您不就是我的同胞吗？”

我叹了口气。

“请别说话，我的孩子。”

我作出一个悲剧的姿势伸手捂住眼睛。就那样，我等了很长时间，等着姑娘先开口问我。但是她一直闭口无语，于是我决定首先打破那长长的沉默：

“你的话可真伤人，像义务一样残酷。”

那女孩低声道：

“义务是甜美的。”

“由心而生的义务，是的。但是从教条而生的义务，不是的。”

那天鹅绒般悲伤的眼睛严肃地看着我。

“我不懂您的话，先生。”

又过了一会儿，她起身为我蓬松枕头。一见我满脸严厉的表情，她痛苦地嗫嚅：

“侯爵先生，那是什么危险呢？”

我仍然严厉地看看她。

“随便一说而已，马克西米娜修女。”

“那您为什么要见院长嬷嬷呢？”

“为了提醒她，她答应过我一桩事，却又忘掉了。”

姑娘目露欢欣地看着我。

“我知道是什么事了。去和奥利奥的神父见面。谁说她忘记了呢？她来这里和您道别，您睡着了，她不想把您叫醒。”

见习修女无声跑到窗前。街上再次响起民众向王家军队致敬的欢呼：

“上帝万岁！国王万岁！”

见习修女在窗户边上的一条石凳上坐下。那扇窗户狭窄，有小而泛绿的玻璃，那是房间唯一的窗户。我问她：

“为什么你离得那么远呢，我的孩子？”

“从这里我也听得见您啊。”

她坐在窗边，时而向我投来恻隐的目光。窗外可以俯见两排枯杨夹着一条道路，远处是阴郁的积雪的群山。民众的呼声从街上传来，使人恍惚置身笃信宗教的中世纪：上帝万岁！国王万岁！

高烧刺激我胡思乱想。我入眠的时间非常短暂，时时惊醒，一直感到那被截掉的手痛苦地被拴在遥远的天边。一整天我就受着这种感觉的痛苦折磨而不得消停。天黑时分，西蒙娜修女进来了，她和我打招呼的声音不但严肃而且坚毅，仿佛经过古老的卡斯蒂利亚美德发酵似的：

“心情怎么样，侯爵？”

“我很沮丧，西蒙娜修女。”

修女用力抖落村妇式披巾上的雨水。

“说服奥利奥的那位好神父真是费我老劲了！”

我虚弱地问道：

“你见到他了？”

“我刚从那里回来……五小时步行，一小时苦口婆心劝他，直到我累了而且口气严厉对他说狠话……我恨不得学卡洛塔公主①的样抓他的脸。上帝原谅我！……我在说什么呢！那可怜的家伙从来没打算真要烧死俘虏，但是他想把他们留下来，看看能否使他们皈依。总之，那两人已经在这里了。”

我从枕上支起身来。

“西蒙娜修女，您能叫他们进来吗？”

院长嬷嬷走到门口一喊：

“希梅娜修女，让那两位先生过来。”

然后她回到我的床头低声道：

“看得出来他们是有身份的人。其中一个高得像巨人。另外一个很年轻，娃娃脸，而且在他本国无疑是个学生，因为他拉丁语说得比奥利奥的神父还好。”

院长嬷嬷闭口不语，专心听着从走廊上传来的缓慢而疲惫的脚步声，眼朝门口等着他们到来。没过多久门口出现了一个满脸皱纹的老修女，她裹着浆洗得笔挺的修女头巾，穿着一条蓝围裙，额头和手白如圣饼。

“院长，两位先生来的时候不但疲惫而且冻僵了，我把他们领到厨房稍微暖了暖身子。看我给的蒜汤他们吃得多香！他们好像三天没吃过什么正经东西了。院长有没有注意到，从他们光滑的手里可以看出，他们是很有身份的人？”

西蒙娜带着宽厚的微笑答道：

“我有点看出来了。”

“一个威严得像个法官，但是另一个小伙子长得真是帅气，给他

① 波旁家族的那不勒斯公主卡洛塔打了西班牙一位内阁大臣两个耳光，因为后者在国王费尔南多七世病重期间劝他废除允许女性继位的《国事诏书》，恢复以前只许男性继位的《萨利克法》。卡洛塔既是伊莎贝尔二世姑妈，后来也是她的婆婆。

穿上丝袍和羽翅，可以在游行队伍里扮大天使圣拉斐尔。”

院长嬷嬷微笑着听那修女说话。后者清澈的蓝眼睛中保留着一种孩子般的天真，尽管眼皮已经满是皱纹。她开心而率真地对她说道：

“希梅娜修女，一杯陈酿比羽翅和蒜汤搭配更好吧！”

“院长您说得对！现在我就去给他们一个惊喜！”

希梅娜修女拖着步子弓着背匆匆而去。院长嬷嬷目送着她离开，眼中是疼爱的神情。

“可怜的希梅娜修女，变成老孩子了！”

然后她十指交叉在我床头坐下。夜色渐渐降临，尽管窗户上的雨水如泪流下，群山仍然隐约可见，月光照耀下的白雪泛着银光。远处吹响军号，西蒙娜修女对我说道：

“随您而来的那些士兵真是胡作非为。百姓对他们，还有对昨日到达的一队人马，都感到愤愤不平。公证员阿特塔被他们打了一百棒子，因为他拒绝开酒桶请他们喝酒。他们企图将唐娜罗莎·佩德拉耶斯涂上柏油粘上羽毛以示侮辱，仅仅因为她二十年前去世的丈夫是埃斯帕特罗[①]的朋友。听说他们还把马匹牵到楼上，将大麦倒在靠壁桌上让牲口吃。真是无恶不作！”

响亮而辉煌的军号继续吹响，军号吹向空中的音符仿佛军旗迎风飘扬。我感到专横而封建的武士精神在我心头泛起，那重返古代的高贵精神使我成为另一个时代之人，同时又使我在当下的时代成为一个不幸之人。威名赫赫的阿尔瓦公爵！名垂青史的塞萨、特拉诺瓦和圣坦杰罗公爵[②]！伟大的埃尔南·科尔特斯！在你们的世纪，我愿意当

① 埃斯帕特罗（1793—1879），西班牙将军，在第一次卡洛斯战争中拥护女王伊莎贝尔二世一派。1841 年摄政，1854 年在伊莎贝尔女王请求下组阁。

② 塞萨公爵、特拉诺瓦公爵和圣坦杰罗公爵是同一个人，即贡萨洛·费尔南德斯·德科尔多瓦（1453—1515）。这三个贵族头衔都是西班牙天主教双王阿拉贡的费尔南多和卡斯蒂利亚的伊萨贝尔封的。

你们的旗手！我也能感觉什么是恐怖之美，我热爱鲜血染红的光荣，热爱洗劫城镇，热爱凶残的老兵，热爱强奸少女、烧毁庄稼之人，热爱在军事法保护之下一切胡作非为之人。我从枕边竖起身告诉修女：

“修女，我的士兵保持卡斯蒂利亚枪骑兵的传统，而传统美丽如歌谣，神圣如典礼。如果纳瓦拉的比利亚雷亚尔那些正直诚实的居民到我跟前来诉冤，我也会这样告诉他们。”

我看到修女在暗中拭干一滴眼泪。她动情地对我说：

“侯爵，我也是这么对他们说的……不是你的原话，我不像您这么雄辩，而是用我家乡简单平白的卡斯蒂利亚语说的。战士应当是战士，战争应当是战争！”

就在此时，另一个满脸皱纹的修女胆怯地开门现身，她手里握着灯，洁白而浆洗得笔挺的修女头巾里露出一脸笑容。她请求允许让俘虏进来。尽管时隔多年，我还是认出了那个巨人，原来就是曾经惹我不快的那位俄国王子。当时在那阳光明媚的国度里我企图引诱尼娜·巧莱。一看那两个俘虏成双成对，我比任何时候都痛惜自己从来不曾品尝那美丽的罪孽，诸神的礼物，诗人的诱惑。在当时那个机会里这本来可以成为我的战利品，并漂亮地报一箭之仇，因为巨人的伙伴是世上最为俊美的美男子。我想起自己悲凉虚空的命运，唯有无奈地一声叹息。美男子用拉丁语和我交谈，那神圣的语言在他唇间唤起别的美男子即他的同类弟兄由皇帝们亲手涂香膏戴花冠的幸福时代。

“先生，我的父亲感谢您。”

他的兄弟们也是用那崇高而响亮的父亲来称呼皇帝的吧。我满怀柔情地对他说：

“诸神保佑你避开一切邪恶，我的孩子！”

两位俘虏鞠躬行礼。我想那巨人认出我来了，因为我注意到他胆怯躲闪的眼神。我下不了手真的报仇。看着他们离去，我想起了目光似天鹅绒、神情悲哀的女孩。我遗憾地一声叹息，哎，她要是有那个美男子的优雅身材就好了。

远处传来枪声，整夜纷扰不停。天亮之时开始有伤员到来，我们得知阿丰索派的人马占领了圣塞尔宁神庙。战士们浑身泥泞，身上的雨披冒着湿气。他们乱哄哄地从山路上下来，不成队形。他们垂头丧气，疑心重重，咕咕哝哝地说被出卖了。

我征得允许从床上起来，额头贴着窗玻璃，注目灰蒙蒙的雨帘笼罩之下的群山。我感到非常虚弱；看到自己站在那里少了一条手臂，我坦白，当时心里难过极了。傲气刺激着我，我痛苦地预感到某些我在回忆录里从不提及的旧日女友幸灾乐祸的快意。我呆呆地坐在窗边的石凳上，万分沮丧地过了一天。那有着天鹅绒似的悲哀目光的女孩曾经在此长久陪过我。有一次我问她：

“马克西米娜修女，你给我带来什么香膏呢？”

她满是胆怯地微笑着，过来坐在窗边的另一条石凳上。我拉起她的手并对她解释起来：

“马克西米娜修女，你是三种香膏的主人。一是你的话，二是你的笑，三是你的天鹅绒眼睛……”

我就这样虚弱地、略为悲伤地和她说着话，仿佛讲一个童话故事逗孩子开心。她回答我道：

“我不相信您，但是我喜欢听您说话……您什么都知道，比谁都知道得多！……”

然后她红着脸哑默不语。接着她又会去擦拭起毛的玻璃窗，出神地望着花园。园中一片荒凉。树下随意生长着无名的墓地野草，雨水从光秃秃、黑乎乎、了无生气的树枝上滴落。井栏边有几只叫作雪雀的美丽小鸟蹦蹦跳跳。墙脚边一只绵羊一边咩咩叫着一边拉紧拴在身上的绳子，黑云峥嵘的天空中飞着一群乌鸦。我低声重复道：

“马克西米娜修女！”

她慢悠悠地回身，仿佛一个病孩子，游戏已不再使其开心。

“您有什么吩咐，侯爵先生？”

景色里的全部悲哀似乎留在了她天鹅绒的眼睛里。我对她说：

“马克西米娜修女，我的灵魂开了伤口，我需要你的香膏。你愿意给我哪一种？”

“随便哪一种。”

“我要你眼睛的香膏。”

于是我父亲般亲吻她的眼睛。她的眼皮动了好几次，并且神情严肃地看着自己儿童烈士的纤弱小手。我感到万千柔情带着从所未品的快感充满我的灵魂。仿佛泪水的芬芳注入了幸福时光之流。我再次喃喃道：

“马克西米娜修女……”

她并不抬头，只是淡然而痛苦地应道：

“您说，侯爵先生。”

“我说你是守财奴，守着自己的宝贝。为什么不看我呢？为什么不和我说话呢？为什么不对我笑呢，马克西米娜修女？”

她抬起悲伤而慵懒的眼睛，仿佛在叹息：

“我在想您站立了好几个钟头。这不会对您有害吗？”

我握住她的双手把她拉到我身边。

“如果你给我你的香膏，就不会对我有害。”

我第一次亲吻了她的嘴唇。冷若冰霜。我忘掉了伤感的口气，并带着青春之火问她：

“你能爱我吗？”

她浑身战栗，没有回答。我又问她：

“你能爱我吗？以你孩子的心灵爱我？”

“能！……我爱您！我爱您！”

她脸色陡变，从我的怀中挣脱。她逃之夭夭，那天我没有再看到她。我在窗前的石凳上枯坐良久。月亮悠悠升上山头，悬在乌云变幻的空中。花园一片幽黑，屋子处于圣洁的平安之中。我感到泪水即将夺眶而出。那是一种爱的情怀，赋予行将熄灭的生命以一种深切的悲伤。我梦想中最大的幸福便是那有着天鹅绒似的悲哀眼睛的女孩轻轻拭去我的泪水。修女们齐声念玫瑰经的声音传到我的耳边，仿佛那些谦卑而幸福的灵魂的一道回音。她们热爱我们的天主上帝，像照料园中玫瑰一样照料病人。月亮独自行走在黑暗的空中，遥远而洁白，仿佛一位逃离斋房的见习修女。那就是马克西米娜修女！

与罪孽和失眠整夜斗争之后，什么也比不过沐浴在祈祷声中并聆听黎明弥撒更能净化灵魂，所以说祈祷也是熄灭地狱之火的晨露。我是罪孽深重之人，在朝华之年就早早学会了这一点，在那个黎明时刻也不可能忘记。一听到修女们的钟声我就起床。我穿着军装跪在大祭坛上，听了神父举行的弥撒。一些瘦削的年轻人跪在平台上，他们身裹披风，额系绷带，从一面墙到另一面墙，在阴影中排了长长一队。幽暗的教堂里响起空洞的、得了肺痨似的咳嗽声，这声音盖过了礼拜仪式的拉丁语。弥撒结束，我出来走到庭院中，石板路被雨水洗得发亮。康复之中的战士们在漫步，高烧害得他们面黄肌瘦，眼窝深陷，在晨光中看似幽灵。几乎所有人都是乡村青年，他们的病是疲惫和乡愁。在战场上受伤的却只有一个人。我走过去和他交谈。一看我来他立即站得笔挺。我问他：

“你怎么样，小伙子？”

“在这里等着他们放我走。”

“哪里受伤？”

“脑袋上。”

“我是问你哪次战斗。”

“我们在奥泰斯附近有一场遭遇战。”

“什么军队？”

“就是我们自己对罗德里戈城来的两队人马。”

“你们是谁？”

“修士的兵。我是第一次上火线。”

“哪个修士？”

“一个埃斯特拉的修士。”

“安布罗西奥修士？”

“我想就是那个。”

“你是说你不认识他？”

“不认识，先生。指挥我们的人叫米格尔乔。我听人家说，修士受伤了。”

“你不是原来队伍里的？”

“不是，先生。他们经过奥梅林时招募了我以及另外三个人。”

“他们强迫你们跟着走吗？”

“是的，先生。他们抓壮丁。”

“修士的人马打得好不好？”

“我觉得好。我们打趴了七个红裤子兵。我们埋伏在一条路边等他们。他们来时漫不经心地唱着歌……”

小伙子自己停了下来。远处传来女性惊恐的喊叫。叫声纷乱响彻整座屋子：

“真是不幸！”

“圣母啊！”

“神圣的耶稣啊！”

忽然之间叫喊声熄灭了。屋子重归圣洁的平安。战士们你一言我一语，事件有了不同版本。我在拱廊下徘徊，没有仔细听那些断断续续的话，但是也能知道个大概。一群人说是一个年迈而卧床的修女床上帐子失火了。另一群人说是一个见习修女死在自己斋房里的火盆边。风夹着雨水朝拱廊里吹，我也走得疲乏，便回自己房间去。在一条走廊上我遇到了希梅娜修女。

“修女，可以告诉我吗？哭声一片发生了什么事呢？”

修女一阵犹豫，然后露出天真的微笑。

“什么哭声？……哎呀，我什么也不知道！……我忙着分发战士们的伙食呢。圣母啊，看着他们来时的可怜样子真叫人难过！”

我不再坚持，于是进门，把自己关在房间里。充满我心灵的是一阵微妙而颓废的悲伤。神秘主义者和诗人的潜在肉欲。清晨的阳光，那苍白的冬日的阳光，颤悠悠地照着那扇窄窗，通过窗子可以看到两排枯杨之间的一条道路，远处是山顶积雪的阴郁的群山。三三两两的战士在继续到来。修女们聚集在花园中亲切而热情地迎接他们，先用圣水洗他们的伤口，再为他们治疗。我不断听到痛苦而愤怒的沉闷低语。所有的人都说被出卖了。于是我预感到战争将要结束。从四周的群山上下来的不但有雄鹰，而且有背叛。我望着阴郁肃穆的绵绵群山，不禁想起王后殿下的话：“布拉多明，千万别让人家说，西班牙的骑士们，你们到遥远的国度寻找一位公主，却只是为了给她披上丧服！”

有人以指叩门。我回头一看，门外站着西蒙娜修女。她的变化大到我都没有认出她的声音来。修女神色威严地盯着我。

“侯爵先生，我来给您传达一个好消息。”

她欲言又止，试图使自己的话显得更为重要。她一动不动地站在门外，并不迈入一步，然后继续道：

“大夫说您已经痊愈，可以上路了，不会有危险。”

我吃惊地看看修女，琢磨她到底是什么心思，但是那张脸暗暗包在头巾里，一无表情。我渐渐克服修女和我说话的傲慢口气，问她道：

“我什么时候必须走，院长大人？”

“您什么时候想走都可以。”

西蒙娜修女显出要离去的意思，我一个姿势拦住她。

“您听我说，院长大人。”

“能为您效劳吗？”

“我希望和这些悲伤的日子里陪伴我的那个小姑娘告别。”

“那孩子病了。”

“那我可以看望她吗？”

“不可以。出家人的斋房里不见外人。”

她已经跨出门槛，这时候她忽然坚决地调转步子，走回房间，并关上门。她说话时气得发抖，而且听得出来，她痛苦极了。

“您真是罪大恶极，竟然让那个女孩爱上您。”

我坦白，那道谴责只在我心里唤起一种甜蜜而伤感的悔恨。

“西蒙娜修女，您想象一下，我满头白发，残臂一条，还有人爱上我哦！”

修女盯着我，皱纹斑斑的眼皮底下，她的眼睛闪着激愤之光。

“让一个天使般的小女孩爱上，对。您知道自己的美妙身材不再能使您拈花惹草，所以您装出一种男子气的忧郁悲伤，骗取同情。可怜的孩子，您的女儿，什么都对我交代了！”

我低着头重复道：

“可怜的女儿！”

西蒙娜修女后退一步厉声喝道：

“您原本就知道的！”

我感到惊惶不安。一片沉重的乌云裹住了我的灵魂，一个虚弱不堪而且异常陌生的声音梦游似的在我内心深处说着不祥的预感。我仿佛死期临头，感到自己罪孽的恐惧。我看到过去的岁月似潭潭死水，一片黑暗。内心的警戒之声无情地重复着那句被顽固提醒的话。修女握着双手，可怕地呵斥道：

“您原本就知道的！”

她那被我的滔天大罪所震慑的声音也震慑了我。我仿佛死人进了棺材，从坟墓里听着全世界对我的谴责。那双天鹅绒似的悲伤而甜蜜的眼睛是一道神秘，那是我风度翩翩、诗才横溢的年代的忧郁情怀的神秘。可爱的眼睛！我热爱它们，是因为我在其中找到了青春的浪漫忧愁和伤感渴望。当这种渴望落空的时候，它们带给我的是对世间万物的怀疑，是制造牺牲品并和她们哭作一团的忧郁的、唐·璜式的倒错。修女的话语不停在我耳边重复，似熔化的金属一滴滴落到我的身上。

“您原本就知道的！”

我阴沉着脸一声不吭。我在思虑中审视自己的良知，但求以悔恨的苦行粗衣惩罚自己的灵魂，可是悔罪之人的这种安慰也从我心中逃去。我认为我的过错是不能和我们的原罪相比的，我甚至附和雅科波·卡萨诺瓦的看法，父母不能在任何时候都让孩子幸福是一种遗憾。修女握着双手，带着惊恐而疑问的口气不停重复：

“您本就知道的！您本就知道的！”

她激烈而狂热的目光盯着我看，忽然她画了一个十字便破口大骂起来。我仿佛魔鬼灰溜溜地离开了房间。我下来走到庭院中，我的几名卫队战士正在和伤兵交谈，我下令吹起备鞍号。不过一会儿，军号嘹亮而不可一世地吹响，仿佛雄鸡高唱。卫队的十名枪骑兵在广场集合。骑士们在马背上控着缰绳，战马在带族徽的大门前时时举起前蹄，跃跃欲试。我跨上马背，实在太想念那失去的手臂，心里真是绝望至极，于是我举目向窗户望去，寻觅那双天鹅绒似的眼睛中的香膏。清晨的阳光照耀着狭窄的栏窗，但是那些窗子却没有一扇打开。我命人递过缰绳，骑到队伍前头，思绪陷入深深的幻灭。爬上一座山冈，我揽辔回首，向那座遭遇平生最美爱情的古老大宅投去最后一声叹息。我看见玻璃窗上有如许闪动的灯光，修女们企图隐瞒我的那桩不幸的预感如暗中飞行的蝙蝠穿过我的心头。我随手把缰绳扔到鞍桥上，举手盖住眼睛，不让战士们看到我哭泣的泪眼。在那痛苦、沮丧、彷徨的黑暗状态下，那句稚气的话穷追不舍地泛上我汹涌澎湃的记忆之海：她相貌平平！她相貌平平！她相貌平平！

那是我一生中最悲伤的旅途。千种痛苦万般感慨使我片刻不得安宁。高烧烧烤我一阵，我浑身战栗一阵，上上下下的牙齿直撞个不停。有时候我稀里糊涂地说着一串胡话，古怪离奇而又轻飘飘的念头渐渐嬗变为阵阵发作的梦魇。夜色降临时分，我们进入埃斯特拉的街道。我在马背上摇来晃去，下马的时候差点没跌到地上。我住到两位女士的家里，她们是母女二人，母亲是大名鼎鼎的堂米格尔·德阿里斯昆的遗孀。我依然清楚记得这两位女士的音容，她们穿哔叽呢衣服，脸色憔悴，两手细弱，脚步无声，说话声音犹如修女。她们为我端汤进酒，待我无微不至，而且时常打开一条门缝看我是否入睡或者是否需要什么。那天入夜以后，屋里响起一阵使劲的敲门声，那老女人的女儿吃惊地进来说道：

“侯爵先生，有人找你！”

一个身材高大的家伙出现在我的卧室门口，他头扎绷带，肩上搭着军装。他严肃的声音像安魂经一样响起：

“向威名赫赫的长官致敬，并对他的不幸表示悲痛！”

是安布罗西奥修士，见到他使我高兴不已。他走上前来，马刺咔嚓咔嚓擦着地面，右手按在太阳穴上，稍稍遏制脑袋的颤动。夫人亲切地和他打着招呼要退下，同时和蔼地提醒他：

“请别让病人累着了，说话声也请小点儿。”

还俗僧一个手势表示同意。屋里只剩我们两个，他在我床头坐下，开始说他那些陈词滥调：

“我的老天爷！……走遍世界，历尽艰险，居然在这场战争中丢了一条胳膊！这也不算什么正经的战争……老天爷！我们既不知道倒霉在哪里，也不知道幸运在哪里，更不知道死亡又在哪里……我们对什么都是茫然。那在最终时刻没有被致命罪孽掌控的人多么幸福啊！……”

我听着那游击队员兼僧侣的海阔天空，痛苦减轻了许多。我猜到他的意图是给我一番说教，我使劲忍着不笑出声来。安布罗西奥修士看我被高烧折磨得面无血色，憔悴不堪，便判定我大限已至，于是他乐于放下战士的架子，以便将一位为王位事业而死的朋友的灵魂引上去往来世的道路。修士既打反对阿丰索派的仗，也打反对魔鬼派的仗。他松开包扎在白眉间的绷带，露出了额头被刀砍出的血肉模糊的伤口。我伏枕呻吟，并以垂死挣扎而嘲讽的口气对他说：

“安布罗西奥修士，您还没有给我讲过您的丰功伟绩呢，也没讲过您是怎样受伤的。”

修士站起来，他的面目狰狞得像一位食人妖魔，而且我觉得他也像故事里的食人妖魔一样有趣。

“我怎么受伤的？……就和您的伤口一样，无足称道！……丰功伟绩？如今哪里有什么丰功伟绩！没有正经战争，也没有别的什么，只有一个闹剧。阿丰索派的将领们在我们眼皮底下逃走，我们从阿丰索派的将领们眼皮底下逃走。这是一场只为晋升却自取其辱的战争。

记住我说的话，这次战争终究也会如同上次战争那样以被出卖而告终。阿丰索派的阵营里有许多能做掮客的将领。如今的高官厚禄就是这样取得的！”

修士面露不快，不再多说，努力包好绷带。他的手和脑袋抖得一样厉害。他那光秃可憎的脑瓜令人想起使徒[①]马蹄下浑身流着血站起来的摩尔巨人。我面露微笑地对他说：

“安布罗西奥修士，我想说，我很高兴王位战争不会得胜。”

他大为吃惊地看了看我：

“您说的是讽刺话吗？”

“没有讽刺。”

这是实话。我一直以为走下王位比登上王位更美，而我是出于审美考量才成了传统的捍卫者。对我来说，卡洛斯主义有着大教堂般的庄严肃穆之美。哪怕当年正打得热火朝天的时候它被宣布为国家文物，我也会很乐意的。我可以不带吹牛地说，国王陛下的想法也和我一样。修士摊开双手，声如雷霆：

“我们的事业不能取胜是因为有许多叛徒！”

他沉默片刻，眉头紧蹙，绷带抓在手中，露出砍在脑袋上的可怕刀疤。我又一次问他：

“那么，说来我听听那道伤口是怎么来的吧，安布罗西奥修士！”

他试着把绷带扎回去，同时嗫嚅道：

“我不知道……不记得了……”

我不解地看了他一眼。修士站在我床边，光秃秃、颤悠悠的脑壳

---

① 此处的使徒指圣詹姆斯，西班牙语作圣地亚哥，耶稣十二使徒之一，西班牙的护国圣。西班牙的基督教王国在漫长的光复运动过程中乞灵这位圣徒保佑胜利，使他有了摩尔人杀手圣地亚哥的称号，西班牙美术传统里有此处所说的马背上的圣地亚哥挥剑斩摩尔人的经典形象。在征服美洲的过程中，这位护国圣又得了印第安人杀手圣地亚哥的称号。

在昏暗中泛着白光。四壁渐渐暗下来。忽然，他把已经变得丝丝缕缕的绷带往地上一扔，大声道：

“我们彼此了解。您很清楚我怎么受的伤，您问我只是故意让我难堪。”

闻听此言，我一下子从床上坐起身来，高傲而不屑地告诉他：

“安布罗西奥修士，这几天我吃够了苦头，哪里还有闲工夫去管您的三七二十一。”

他皱起眉头，低头言道：

“这倒是真的！……您也有您的苦……我这道伤口呢，是贼人米格尔乔砍的。那叛贼夺了我的兵权！……这笔账我早晚要算……相信我，那天晚上我对你说的无礼之言很让我揪心。说了的已经说了……幸亏布拉多明侯爵先生通情达理……”

我打断他：

“而且原谅一切，安布罗西奥修士。”

他的怒气最终变成沮丧，于是他叹着气在我床头边的扶手椅里一骨碌坐下。过了一会儿，他一边在军装下摸索着，一边开口了：

“我还是这句话！……西班牙第一骑士……瞧，这里是我给您的四枚金币。我想威名显赫的长官不会要求验金子的成色吧……听说那是犹太人才干的事。”

他从军装内里掏出了包在沾满鼻烟的纸片里的金币，并且开心地笑着。他的笑令人想起修道院的大膳房。我像罪人一样无奈叹息：

“安布罗西奥修士，您就用这四枚金币办一场弥撒吧。”

修士笑着张开黑嘴：

“以什么名义？”

“为了王位战争胜利。”

他从椅子起身，显出要结束来访的样子。我透过枕头盯着他，并嘲讽地保持沉默，因为我看到他在犹豫。终于，他说话了：

“我必须向您传达那位夫人的请求……她没有停止爱您，但是她请求您别再试图去见她……”

我吃了一惊，于是猛然从床上坐起身来。我想起那和尚对我下的另一个圈套，并判断他的话里藏着新的诡计。我轻蔑地告诉他我的想法，并示意他走人。他意欲辩解，但是我一言不发，再次倨傲地指着门让他滚蛋。他面露凶光地猛然摔门而去，口中念念有词地嘟哝着威胁的话。声音大得满屋子都能听见，两位女士在门里探头张望，着实吓得不轻。

一整夜我睡得香甜，也恢复了元气。黎明时分，附近教堂的钟声将我敲醒，稍后，两位照料我的女士在我卧室门外现身，她们穿着披巾，手腕上绕着念珠。两人的声音、举止、衣着全都一样。她们带着虔诚女士略为老套的亲切和我打招呼。两位女士笑得天真甜蜜，她们的满面笑容仿佛扩展到了用煤玉大发针和发髻固定在一起的披巾的神秘阴影里。我低声问：

“您两位是要去望弥撒吗？”

“不，我们回来了。”

“埃斯特拉有什么消息？”

“您想知道什么消息？”

两人说话像念经一样齐声协调，而卧室惨淡的灯光也似乎加强了她们的修女气。我决心直截了当地问：

“你们知道博尔法尼伯爵什么情况吗？”

她们互相看了一眼，我相信她们干枯的脸上染上了红晕。一阵沉默，接着，母亲一个示意，女儿便顺从地离开了我的卧室。四十年来她就这样监护着女儿的天真和正经。在门口，她笑着回头说话，那是原封不动的老姑娘天真无邪而人老珠黄的微笑。

"您好点了我真高兴，侯爵先生。"

她踩着优雅淑静的步子消失在幽暗的走廊里。我装着漫不经心，继续和另一位女士聊天：

"博尔法尼和我情同手足。我们出发当天他就出了事，以后的情况我一无所知。"

夫人叹息道：

"是啊！……还没有恢复意识呢。我感到惋惜的是伯爵夫人。他被送回家以后，她五天五夜守在丈夫床头……现在听说她就像圣伊莎贝尔一样照顾他，伺候他！"

我坦白，玛丽亚·安东涅塔对几近死人的丈夫表现出的爱使我不胜惊愕与悲伤。在那段日子里，我多少次注视着断臂而想入非非，相信我的伤口之血和她的眼中之泪将会滴落到我们的罪孽爱情之上并使之净化！我感到了最理想的安慰，那就是她的女性之爱嬗变为一种崇高而神秘的方济各式的慈悲。我嫉妒得心头怦怦乱跳。

"那么伯爵好一点了吗？"

"好是好一点了，但是落得像个孩子了。需要别人给他穿衣，扶他坐到椅子里，然后就在那里坐上一天。听说他谁也不认得。"

夫人说话的同时脱下披巾，仔仔细细地把它折叠起来，然后把大发针插到上面。见我默默无语，她判断应该走了。

"再见，侯爵先生。您需要什么，叫一声就行了。"

离开时她在门口停住脚步，仔细听走廊上渐行渐近的脚步声。她朝外一看明白了是谁，于是对我说：

"你的好伴侣来了。安布罗西奥修士在这里。"

我吃惊地从枕上坐起来。那还俗僧一进来就咕哝道：

"被大名鼎鼎的长官那样子羞辱之后，我本不应该再踏进这个家的门……但是既然是朋友，我这个微不足道的安布罗西奥修士就原谅一切啦。”

我把手伸给他。

“我们别说这个了。我已经听说我们的博尔法尼伯爵夫人的皈依。”

“那现在您怎么说？您现在知道这位可怜的修士昨天不应该被侯爵傲慢对待了吧？……我只是一个信使，一个卑微之极的信使。”

安布罗西奥修士使劲握着我的手，直到弄得我骨头咔咔响。我又重复：

“我们别说这个了。”

“当然我们必须说。您还怀疑我是您朋友吗？”

这是一个庄严的时刻，我乘此机会解脱我的手并把手放到胸口。

“永远不！”

修士挺身说道：

“我见到了伯爵夫人。”

“那么我们的女圣徒她怎么说呢？”

“她说她可以见您一面，只见一面，和您道别。”

知道玛丽亚·安东涅塔的决定，我并不高兴；相反，我感到仿佛有一个悲伤的影子盖住了我的灵魂。难道我的痛苦是因为预知独臂之身在美人秀丽的明眸看来已是了无诗意？

我搀扶着修士的胳膊走出住处，前往国王家中。一轮苍白的冬日在铅黑的云层里撕出条条缕缕，几天以来在黑乎乎的高墙边缘画出一道白线的积雪开始融化。我默默无语地走着。怀着罗曼蒂克的悲伤，我在心头缅怀自己的风流韵事，并一路品味着玛丽亚·安东涅塔即将给我的那个告别的殡仪馆的香气。修士告诉我，女圣徒出于谨慎不欲在自己家里见我，她期待在国王家里和我邂逅。我出于另一种谨慎叹息着声称，我前往她所在之处并非为了见她，而是为了向王后殿下致敬。一踏进客厅我就担心眼泪会夺眶而出。我记得那一天，当我亲吻洁白而蓝色静脉清晰可见的高贵之手，我感到了愿意为王后殿下献身的勇士的渴望。我第一次看着那丑陋的独臂尝到了自豪和安慰的滋味，为白皙圣洁如传奇中的公主的王后流过血的安慰。一群亲随贵妇正围坐在她身边，为王位事业的战士们缝制着护身符；我一进门，有些贵妇站了起来，仿佛迎接高级神职人员。王后对我说道：

“我得到你不幸的消息，不知为你做了多少祷告。你能活着回来是上帝的意志！”

我深深一个鞠躬。

“上帝不愿给我为您而死的荣耀。”

贵妇们听到我的话无不动容，并纷纷擦起眼睛。我露出悲哀的微笑，心里琢磨着，那就是从今往后我在女士面前为诗化独臂而要采取的姿态啦。王后殿下高贵而坦率地对我说：

“像您这样的人不需要胳膊，有心就足够了。”

“谢王后殿下！”

期间有若干短暂的沉默片刻，在场的一位主教先生低声道：

“天主准许您保留右手，那是挥笔舞剑的手。”

主教的话在女士中间引起了一阵低声暗赞。我回头一看，正与玛丽亚·安东涅塔四目相遇。一丝泪雾使她两眼发亮。我微微一笑向她致意，而她依然严肃，紧紧地盯着我。主教走过来，仁慈而得体地问道：

“我们的侯爵先生吃了好多苦啊！”

我点头然诺。主教大人严肃沉重地眯起眼睛。

“上帝保佑！”

贵妇人都唉声叹气，只有唐娜玛格丽塔镇静不语。她公主的心灵在告诉她，对我的自豪感来说，同情我和使我丢脸是一回事。主教继续说道：

“现在您不得不修养安息了，您应该写一本生平自传。”

王后笑着说：

“布拉多明，你的回忆录应该会很有趣。”

托尔侯爵夫人咕哝了一声：

“最有趣的部分他不会说的吧。”

我欠身答道：

“我只讲我的罪孽。”

托尔侯爵夫人是我的姨妈。那贵夫人又嘀咕一声，但是我没有听清她的意思。主教继续他的布道腔：

“关于我们大名鼎鼎的侯爵，人们讲的事情真是不一般！忏悔录只要是真诚的，总是含有极大的教益。想想圣奥古斯丁吧。诚然，我们每每看不到自己的傲慢，反而在那些书里炫耀自己的罪孽和恶习。想想那不信神的日内瓦哲人[①]的《忏悔录》吧。在那种情况下，经常在忏悔录一类书里可以享受到的清澈的教益，那书中学说的清泉，就变浑浊了。”

那番说教使贵夫人纷纷心不在焉地交头接耳。离得略远的玛丽亚·安东涅塔显得全神贯注地做着针线，并且保持着沉默。主教的话似乎只是用来教育我的。因为我不是个自私之人，我决定为女士们牺牲我自己，于是谦卑地打断说教：

“我不求教益，但求消遣。我的全部学说就在单单一句话里：小事万岁！在我看来，学会微笑是人类最大的成就。”

一阵开心而嘲讽的低声笑语。这使人怀疑千百年来的人们都绝对严肃，然而的确有许多时代从头到尾根本没有一次著名的微笑被载入

① 指法国哲学家卢梭。

史册。

主教大人把胳膊举到空中：

“很可能，几乎可以肯定，没有古人像我们法国化的侯爵一样喊过‘小事万岁’这样的口号。布拉多明侯爵先生，请不要以小事来谴责自己。地狱里一定从来都不缺爱笑之人。”

我正欲反击，却发现王后陛下严厉地看着我。主教显出博学的神态整理一番自己的长袍，然后带着神学院里的神学家们辩论时常见的那副咄咄逼人却满脸含笑的腔调，开始了新的长篇大论的说教。

托尔侯爵夫人像我所有年老而虔诚的姨妈一样，经常以随便而生硬的口气和我说话。她把我叫到阳台上。我走到她身边，心里很不情愿，因为我预感她不会有什么好话。她一开口就证实了我的担心并非多余。

“没想到在这里见到你……你该走了吧。”

我语带伤感地低声道：

“我倒是愿意服从您，可是我的心阻止我这么做。”

“叫你走的不是我，是那个可怜人。”

“那个可怜人忍心拒绝和我说再见吗？这可是永别啊！”

尊贵的姨妈犹豫了一下。在她的皱纹和拒人于千里之外的面容之下，依然保存着所有少女时期出入过莫拉廷[①]的文艺沙龙的老夫人的多愁善感。

“哈维尔，不要企图把她和丈夫分开！……哈维尔，你应该比谁都更了解她作出的牺牲！她情愿忠于那个在死神眼前被一个奇迹留住性命的影子！……”

① 指作家尼古拉斯·费尔南德斯·德莫拉廷（1737—1780），他是著名剧作家莱安德罗·费尔南德斯·德莫拉庭的父亲。

老夫人对我说这番话时既动情又富有戏剧性，还把我的手捧在她那干瘪的双手之间。我非常轻声，生怕太激动而嗓子打结。

“说个再见能有什么害处呢？再说是她提出来的！……”

“那是因为你先提了要求，而那可怜人没有勇气拒绝你。玛丽亚·安东涅塔希望永远活在你心中，她想放弃你这个人，但不放弃你的爱。我上了年纪，见过世面，知道她这是痴心妄想。哈维尔，如果你做不到尊重她的牺牲，那么也别做得太狠。”

托尔侯爵夫人擦干一滴眼泪。我悲愤交加。

“你怕我不尊重她的牺牲！你对我太不公平，当然你那样做只不过是在继承家庭传统而已。你们所有人对我的想法真让我伤心！上帝明鉴！……”

我的贵妇人姨妈恢复了威严的口气：

“闭嘴！……你是唐·璜里头最妙的一个：相貌丑陋，笃信天主，多愁善感。”

好夫人实在太老了，她忘了女人水性杨花的本性。再说人家缺了一只胳膊，又是满头白发，正不得不放弃问柳寻花的唐·璜主义呢。哎！那曾经在晨光中如两朵圣洁的无名野花为我而绽放的天鹅绒似的悲伤的眼睛！我知道那是最后一次有人对我深情凝眸了。今后在女人面前唯一合适我的姿态只能是破碎、漠然、冷冰冰的偶像的姿态。这是我第一次有这种预感。我惨笑着把军装空荡荡的袖口亮给她看。忽然，我意识到对幽闭于乡村古宅的少女的回忆使我过于动情了，我不得不撒点谎说起玛丽亚·安东涅塔。

“玛丽亚·安东涅塔是依然爱我的唯一女人。我在这世界上只拥有她的爱。见不到她又无可奈何，我真是心灰意冷，正打算出家了事，却得知她希望最后一次和我告别……”

“那要是我求你现在就离开呢？”

“你？”

“以玛丽亚·安东涅塔的名义。”

“我以为我不会不配由她亲口来对我说这话！”

“那么她，可怜的女人，难道不配你为她避免那种新的痛苦吗？”

“如果我今天同意了她的请求，说不定明天她又来叫我。你认为眼下把她朝丈夫那里推的那种基督教式的慈爱会持续永远吗？”

不等老夫人回答，一个沙哑含泪的呻吟声从我背后传来：

“永远，哈维尔！”

我回头和玛丽亚·安东涅塔照了个正面。她一动不动，火热的目光注视着我。我把独臂给她看，她吃惊地合上了眼皮。她看上去老了许多，简直判若两人。玛丽亚·安东涅塔长得很高，形象傲然威然，一直梳成蓬乱式的黑发已经混进了大绺大绺的灰白。她的嘴像雕像人物，她的面颊犹如凋谢之花，那忏悔的、干瘪的、凛然的两片面颊仿佛一对孤儿，死了亲吻和爱抚这两位父母。她的黑眼睛兴奋热烈，她的声音严肃如炉中红铁。她有某种怪异之处，似乎能听到灵魂飞离的振翅并能在半夜里和这些灵魂交流。经过一阵痛苦而漫长的沉默，她又重复了一下：

“永远，哈维尔！”

我紧紧盯着她。

“比我的爱还要长？”

“和你的爱一样长。”

近视又老花的托尔侯爵夫人把大厅瞄了一圈，同时平静地提醒我们。

“如果你们一定要说，至少不要在这里吧。”

玛丽亚·安东涅塔以目光表示然诺，然后严肃而无声地走开，在这当儿，一些贵妇已经开始好奇地朝我们这边看了。几乎同时，国王陛下的两条爱犬正闯进客厅。不久堂卡洛斯也进来了。一见到我，他就走上前来，一句话不说地把我拥抱了很久。然后他以惯常的亲切玩笑口气和我攀谈起来，好像我什么也没变似的。说实话，国王陛下的任何赞赏或示宠都不能像这种善解人意的敏感体贴更使我大为感动。

我的姨妈托尔侯爵夫人示意我跟上她，并把我领到了她的房间，玛丽亚·安东涅塔独自哭哭啼啼地等在那里。一见我进门，她站起来，红而发亮的眼睛死死盯着我。她急促地喘着气，和我说话时的声音激烈而沙哑：

"哈维尔，我们必须说再见了。自从那天夜里我们分手，你不知道我有多痛苦！"

我露出多愁善感的淡淡一笑打断她：

"你还记得我们永远恩爱的誓言吗？"

她反过来打断我：

"你来强求我抛弃一位可怜的病人，那决不可以！决不！决不！那样太卑鄙了。"

"爱情管不得卑鄙不卑鄙，但不幸我已老了，没有一个女人会为我而卑鄙了。"

"哈维尔，我必须牺牲自己。"

"世上确实有姗姗来迟的牺牲吧，玛丽亚·安东涅塔。"

"你真残酷！"

"残酷？"

"你的意思是，牺牲不应该不尽我身为人妻的义务。"

"或许这样会更好，但是在怪罪你的同时我也在怪罪我自己。两个人谁也没做到自我牺牲，因为那种智慧只有随着年岁而心肠变硬才能学会。"

"哈维尔，这是我们最后一次见面，你的话将留给我多么苦涩的记忆啊！”

“你认为这是最后一次？我看不是。就算我允准你的恳求，你还是会回头叫我的，我可怜的玛丽亚·安东涅塔。”

“你何必这样说！即使我那么没出息而回头叫你，你也不会来啊。我们这种爱已经不可能了。”

“我总是会来的。”

玛丽亚·安东涅塔举目望天，泪水使她的眼睛更美了。她像祈祷一样念念有词：

“我的上帝啊，恐怕有一天我会丧失意志，背不动身上的十字架！”

我靠近她，直到能感到她的呼吸，我牵起她的手。

“这一天已经到了。”

“决不！决不！……”

她试图挣脱双手，但是没有做到。我几乎贴着她的耳朵嗫嚅：

“你怀疑什么呢？已经到了。”

“你走，哈维尔！离我远点！”

“你的顾虑多么使我痛苦，我可怜的玛丽亚·安东涅塔！”

“你走！你走！……你什么也别对我说……我不想听你。”

我亲吻她的手。

“正经顾虑得像个圣徒！”

“闭嘴！”

她目露惊恐地避开我。一阵长长的沉默。玛丽亚·安东涅塔双手摸着额头，急促地喘气。渐渐地，她平静下来。再次开口说话时，她的眼中有一种绝望的决断：

“哈维尔，我会让你痛苦不堪的。我渴望你爱我像爱那些十五岁的少女。我真是个可怜的疯子！而且我对你有所隐瞒。”

“继续隐瞒。”

“我有其他情人！”

“生活不就是这样嘛！”

“不要蔑视我吧！”

“怎么会呢！”

“可是你笑了！……”

我清醒地回答她：

“我可怜的玛丽亚·安东涅塔，我笑是因为没有理由严肃！有人偏爱当女人的初恋，我从来都是偏爱当女人的末恋。但是我能行吗？”

“你的话真残酷！”

“当我们不能像盲目的孩子那样走过此生，生活是多么残酷啊！”

“你多么蔑视我！……是我作孽。”

“蔑视你？不。你和所有女人一样，不更好也不更坏。现在你修炼成圣徒了。再见了，我可怜的玛丽亚·安东涅塔！”

玛丽亚·安东涅塔哭哭啼啼，牙齿咬着蕾丝小手帕。她由着身子落到沙发里。我继续面对她站着。沉默之中却又叹息阵阵。玛丽亚·安东涅塔擦干眼泪，看着我哀哀苦笑。

“哈维尔，即使所有的女人都像你评判我的那样，或许我也并不像她们那样。可怜可怜我，别记恨在心！”

“我感到的不是怨恨，而是幻灭的忧郁。仿佛冬雪落心田的忧郁，而我心亦似荒原，将被冰雪盖住。”

“你将有别的女人爱你。”

“恐怕我的白发和断臂逃不过她们的眼睛。”

“少一只胳膊算什么！白发又有什么关系！……我宁可百里挑一地把它们找出来好好疼爱。哈维尔，此生永别了！……”

“谁知道生活还为我们藏着什么！再见了，我可怜的玛丽亚·安东涅塔！”

这是最后的话语。随之她默默将手伸给我，我亲吻她的手，于是我们分手道别。跨出房门之际，我不禁想回首再望，但是我战胜了这一诱惑。战争没有给我表现英雄气概的机会，爱情与我告别之际，或许是永别之际，却给了我这个机会。